Klarant Verlag

Rolf Uliczka ist geboren und aufgewachsen am Rande der romantischen Holsteinischen Schweiz und lebt mit seiner Frau seit einigen Jahren im Saterland. Menschen in all ihren Facetten und ihre Geschichten haben ihn schon immer fasziniert. Auch das Schreiben war und ist eine seiner größten Leidenschaften. Ostfriesland, das Land der Leuchttürme, des Wattenmeeres, der grünen Landschaften mit seinen geheimnisvollen Mooren und Inseln, wo jährlich Millionen ihren Urlaub verbringen, bietet ihm viel Stoff für das Unerwartete. Genau das macht auch die Spannung seiner Ostfrieslandkrimis aus.

Rolf Uliczka

Serienmord in Neuharlingersiel

Die Kommissare Bert Linnig und Nina Jürgens ermitteln: 2. Fall

Ostfrieslandkrimi

Klarant Verlag

Kapitel 1

Renate lag verzweifelt wimmernd in ihrem Bett, zusammen-gekauert unter ihrer Bettdecke. Was hatte sie nur getan? Auf was für ein Spiel hatte sie sich eingelassen? Da unten in der Diele lag ihr Mann in seinem Blut. Getötet von ihrem Liebhaber. Sie wusste, eigentlich müsste sie sofort die Polizei anrufen. Aber was sollte sie denen sagen? Etwa: *Mein Liebhaber hat meinen Mann umgebracht, aber damit habe ich nichts zu tun?*

Bis zum letzten Hafenfest in Neuharlingersiel war ihre kleine Welt noch völlig in Ordnung gewesen. Sie arbeitete als Designerin für eine Werbeagentur in Aurich, meist von zu Hause aus. Ihr Mann war unter der Woche als Handelsvertreter für eine Firma in Bremen in ganz Deutschland unterwegs. Kinder hatten noch nie auf ihrer Agenda gestanden. Schon in ihrer Studentenzeit war sie gerne gereist und auf so einer Reise hatte sie auch ihren Mann kennengelernt. Seitdem waren sie schon gemeinsam um die halbe Welt gejettet. Mit Kindern wäre das so nicht möglich gewesen.

Dann hatte Klaus seinen alten Kumpel Atze beim Hafenfest in Neuharlingersiel wiedergetroffen und ihn am darauffolgenden Wochenende in ihr Haus eingeladen. Und da war es passiert. Beide Männer hatten viel getrunken. Ihr Mann sogar viel zu viel. Atze hatte sie von Anfang an sehr beeindruckt, er hatte das gewisse Etwas. Dabei wusste sie noch nicht einmal seinen richtigen Namen, ihr Mann hatte nur gesagt, dass alle in der Berliner Szene ihn schon immer „Atze" genannt hatten. In dieser Nacht waren sie sich dann irgendwie auf einmal nahegekommen, viel zu nah. Und seitdem ... Das ging nun schon über ein halbes Jahr so.

Aber seit dem Zusammenbruch von Klaus vor vier Wochen in der Dusche war ihre Welt völlig aus den Fugen geraten. Notarzt, Klinik, Hirntumor, nicht mehr operabel, nur noch wenige Monate ... Seitdem hatte sie sich nicht mehr mit Atze getroffen. Hatte nur noch für ihren Mann da sein wollen.

Sie hatten heute Abend schon im Bett gelegen, als es an der Haustür klingelte. Klaus war nachsehen gegangen. Dann hatte sie gehört, wie ihr Mann sagte: „Mensch Atze, du mitten in der Nacht hier? Was ist los, Alter? Komm erst mal rein."

Dann dieser gurgelnde, sonderbare Schrei und ein dumpfes Geräusch. Wie an dem Morgen, als Klaus im Bad zusammengebrochen war. Sie war wie elektrisiert aus dem Bett gesprungen. Von der Galerie aus hatte sie ihren Mann unten in der Diele auf dem Boden liegen sehen. Atze war über ihn gebeugt, so dass sie den Kopf ihres Mannes nicht hatte sehen können. Und als Atze sich aufrichtete und zu ihr hochschaute, hatte es sie wie ein Keulenschlag getroffen. Sie sah, wie bei Klaus das Blut aus einer klaffenden Wunde am Hals mit jedem Herzschlag herausgestoßen wurde. Dann hatte sie eine schützende Ohnmacht umfangen.

Und jetzt lag sie in ihrem Bett. Sie hatte keine Ahnung, wie sie dahin gekommen war. Hatte Atze sie ins Bett getragen? Wie lange lag sie schon da? Es war totenstill im Haus. Renate fröstelte trotz der wärmenden Bettdecke. Sie müsste nachsehen und die Polizei ... Aber sie war wie gelähmt. Wieso war es so still? Wo war Atze?

Dann kamen Gedanken. Welche Leiden waren Klaus jetzt erspart geblieben? Die Chemo hatte ihm schon stark zugesetzt. Und viel Hoffnung könne er ihr nicht machen, hatte der Arzt gesagt. Zu weit fortgeschritten ...

Immer wieder hatte Atze sie in den letzten Wochen telefonisch und per SMS zu einem intimen Date drängen wollen. Gestern hatte sie ihm am Telefon endgültig gesagt, dass sie nur noch für ihren Mann da sein wolle und für ihn da einfach kein Platz mehr sei. Dabei hatte sie aber für sich behalten, dass ihr Mann nicht mehr lange zu leben haben würde. Das Gewissen plagte sie zu sehr. Obwohl sie eigentlich genau wusste, dass ihre Affäre mit seiner Krankheit nichts zu tun hatte.

6

Sie konnte es einfach nicht begreifen. Das Ende einer einfachen außerehelichen Beziehung konnte doch nicht der Grund für einen solchen bestialischen Mord sein! Sie sollte doch noch mal nachsehen. Vielleicht lebte Klaus ja noch und sie hatte das alles nur geträumt. Ein Alptraum. Renate zwang sich aus dem Bett. Nur mit ihrem Nachthemd bekleidet schleppte sie sich zögernd zur Brüstung der Galerie.

Ein riesiger Blutfleck unten in der Diele ließ keinen Zweifel mehr aufkommen. Da war eine fürchterliche Bluttat geschehen. Renate drohten erneut die Sinne zu schwinden. Sie konnte sich nur mit Mühe am Geländer festhalten. Wo war ihr Mann? Wo war Atze? Panik kroch in ihr hoch.

„Atze?" Es hätte ein lauter Ruf werden sollen. Stattdessen kam ihr nur ein fast stimmloses Gekrächzte über die Lippen. „Atze?"

Keine Antwort. Totenstille. Sie musste doch die Polizei verständigen! *Sofort!*, hämmerte ihr Gewissen. Erneut drohten ihr die Sinne zu schwinden. An der Wand abgestützt hatte sie nur noch einen Gedanken: Ins Bett, alles vergessen.

Irgendwie hatte sie es dann geschafft und sich wieder unter ihrer Bettdecke verkrochen wie ein kleines Kind. Und da lag sie nun als zitterndes Häuflein Elend. Doch dann endlich verfiel sie in einen bleiernen Schlaf des Vergessens.

Sie hörte auch nicht das Summen des elektrischen Garagentores, hörte nicht die Tritte auf der Holztreppe. Sie bemerkte auch nicht, wie sich eine nackte männliche Gestalt unter ihre Bettdecke schob.

Doch der Augenblick des bösen Erwachens nahte! Unaufhaltsam! Was mit so viel Leidenschaft begonnen hatte, endete für sie in Bitterkeit und tiefster menschlicher Enttäuschung. Sie musste sich der gnadenlosen Erkenntnis, der erdrückenden Wahrheit stellen. Dann sah sie nur noch eine offene Tür für ihre Handlungsoptionen. Sie musste durch diese Tür gehen, so schmerzhaft es auch war.

So wie das Blut mit jedem Schlag ihres Herzens aus ihren Adern floss, zerrannen auch alle schmerzlichen Erinnerungen.

Bis endlich die alles verschlingende Dunkelheit ewigen Vergessens den erlösenden Mantel über sie deckte.

Kapitel 2

Die schrecklichen Ereignisse um Renate und ihren ermordeten Mann lagen nun schon über ein Jahr zurück. Die Sonderermittler des LKA aus Hannover waren längst wieder abgezogen und hatten dem Kommissariat in Wittmund einen ungeklärten Mordfall hinterlassen. Der Liebhaber von Renate und Mörder ihres Mannes schien sich in Luft aufgelöst zu haben. Weder die von der Spurensicherung sichergestellten Fingerabdrücke noch die DNA-Spuren hatten zu erkennungsdienstlichen Erkenntnissen geführt. Auch alle Befragungen durch die Sonderermittler im Umfeld der Opfer hatten keine Ergebnisse gebracht.

Die heißen Sommertage waren vorüber und mit Beginn der Nachsaison schien der Tourismus an der Nordseeküste und auf den Ostfriesischen Inseln einen anderen Gang eingelegt zu haben. Es war wie in jedem Jahr. Nach dem Ende der Schulferienzeit veränderte sich nicht nur das Strandbild, auch die Geschäftigkeit in den Straßen und Häfen schien einen Gang zurückgeschaltet zu haben. Das Hafenfest und die beliebte Kutter-Regatta von Neuharlingersiel: bleibende schöne Erinnerungen für gute Vorsätze unzähliger Kur- und Feriengäste, im nächsten Jahr bestimmt wiederkommen zu wollen. Es war fast so, als hätte man in einem Buch ein neues Kapitel aufgeschlagen.

Die Uhren schienen auf einmal auch etwas langsamer zu gehen. Und die ruhige und bedächtige ostfriesische Beschaulichkeit gewann wieder die Oberhand. Dabei kamen ja sehr viele Ferienurlauber mit ihren Kindern gerade deswegen hierher, um der hektischen Betriebsamkeit vieler Großstädte zu entfliehen. Aber es war wohl unvermeidlich, dass sie einiges davon jedes Jahr wieder aufs Neue in ihrem Gepäck mitbrachten.

Doch jetzt beherrschten die Nachsaisongäste das Straßenbild. Auch im *BadeWerk* Neuharlingersiel mit seinem ganzjährig

9

geöffneten *Meerwasser-Hallenbad*, der ansprechenden *Themen-Saunalandschaft* und dem *Wellness-Bereich* ging es wieder etwas ruhiger zu. Die Schwimmerinnen und Schwimmer konnten ihre Bahnen ziehen, ohne auf planschende Kinder achten zu müssen. Geschäfte an und um den malerischen Hafen lockten mit Sonderangeboten, um die letzten Saisonartikel noch aus dem Lager zu bekommen. Der historisch einzigartige *Sielhof* mit seiner einladenden Parkanlage, die hübsch restaurierte *Seriemer Mühle* oder das *Buddelschiffmuseum* an der Westseite des Hafens konnten wieder ohne Gedränge besichtigt werden.

Die Fischerstatuen *Alt- und Jungfischer*, das Wahrzeichen vom Hafen in Neuharlingersiel, schien das aber alles nicht zu beeindrucken. Der alte und der junge Fischer waren immer noch in ihrem, für manche Ostfriesen sicher nicht gerade untypischen, stummen Zwiegespräch vertieft. *Weer? Kummt un geiht. Water? Kummt un geiht. Jahrstied? Kummt un geiht. Wat sall man daar vööl Woorden maken.*

Und auch in der Verwaltung des Kurvereins machte sich das Ende der Schulferienzeit bemerkbar. So gab es auch mal wieder Luft für ein kurzes Schwätzchen am Kaffeeautomaten. Alles lief eben wieder einen Tick gemächlicher.

Selbst die Sonne schien heute etwas länger gebraucht zu haben, bis sie schließlich als glutroter Ball in das Wattenmeer eingetaucht war. Viele Nachsaisongäste hatten heute am Strand gestanden, um das farbenprächtige Himmelsereignis im Film, Foto oder Handy festzuhalten.

Für die Nacht waren lockere Bewölkung und eine steife Brise aus Nordwest angekündigt. Die im Westen über den Horizont gerade heraufziehenden Wolken hatten wohl auch heute Abend für dieses beeindruckende Farbenspiel am Himmel gesorgt.

Inzwischen war es tiefe Nacht geworden. Die Straßen des kleinen Fischerortes waren menschenleer. Irgendwo bellte ein Hund und ein anderer antwortete mit kurzem Geheul. Der Halbmond verbreitete ein fahles Licht. Und der Wetterbericht

10

hatte tatsächlich recht behalten. Ein kräftiger Nordwestwind trieb Wolkenfetzen über den Deich, die gespenstische Schatten in die ostfriesische Landschaft warfen.

Auf der *Cliener Straat* schritt eine dunkle Gestalt mit weit ausholenden Schritten in Richtung Neuharlingersiel. Der dunkle lange Umhang und die große, weit über den Kopf gezogene Kapuze hatten etwas Bedrohliches. Es hätte nur noch die Sense über der Schulter gefehlt. Der Gevatter Tod auf dem Weg, sein nächstes Opfer zu holen?

Eben hatte diese furchteinflößende Kreatur die Einfahrt zur *Fischerei-Genossenschaft* passiert, als sich vom Ortszentrum her schnell der Lichtschein eines Autos näherte. Im nächsten Moment leuchtete das Fernlicht des Autos auch schon die Straße voll aus. Doch niemand war mehr zu sehen. Das Wesen schien plötzlich wie vom Erdboden verschluckt. Vielleicht doch der Sensenmann?

Das Auto war in Richtung Carolinensiel verschwunden. Der Mond hatte sich für einige Augenblicke hinter einer Wolke versteckt und man sah kaum die Hand vor Augen. Als er wieder sein silbriges Licht über den schlafenden Ort ausbreitete, konnte man schwach erkennen, dass die Gestalt fast schon die Einmündung des *Ostenweges* erreicht hatte. Was trieb dieses gespensterhafte Wesen?

Kurz darauf verließ die finstere Erscheinung die Straße und näherte sich über die Einfahrt einem Haus. Oben im Giebelfenster über dem Haupteingang flackerte der Schein einer Kerze. Eine Kerze, wie sie früher Mütter und Ehefrauen ins Fenster stellten, damit dem Sohn oder dem Mann auf See oder im Krieg nach Hause geleuchtet werde.

Die Rollläden im unteren Geschoss des Hauses waren alle heruntergelassen. Der Haupteingang lag im Dunkeln. Nur durch das rautenförmige Milchglas in der Haustür war ein wenig diffuses Licht im Inneren mehr zu erahnen, als direkt zu sehen. Das unheimliche Individuum steuerte aber zielstrebig zur Tür an der Seite des Hauses, die als Nebeneingang diente, und drückte die Klinke nieder. Offensichtlich war die Tür nicht

11

verschlossen und die fast mystisch wirkende Person trat ein, ohne zu zögern.

***

Gerade war Enno Jansen, Decksmann auf dem Kutter von Nanne Gerdes, zu Fuß in die Einfahrt eingebogen. Der fahle Halbmond verschwand wieder hinter einer dunklen Wolke. Das große Wohnhaus seines Käpt'ns lag im Dunkeln und eine Kerze im Giebelfenster leuchtete gespenstisch. Enno lief ein Schauer über den Rücken. Merkwürdig, dachte er, wieso stellt der Käpt'n eine Kerze ins Fenster? Aber bevor er den Gedanken zu Ende denken konnte, bemerkte er für den Bruchteil einer Sekunde die unheimliche Gestalt, die im selben Augenblick auch schon im Seiteneingang des Hauses verschwunden war.

Was war denn das, schoss es Enno durch den Kopf. Wer besucht denn um diese nachtschlafende Zeit meinen Käpt'n? Und dann noch so eine merkwürdige Erscheinung. Durch das Milchglas in der Tür vom Haupteingang sah er gedämpftes Licht im Hintergrund des Hauses. Er wollte schon den Klingelknopf betätigen, da hörte er drinnen eine weibliche Stimme. Es war aber nichts zu verstehen. Sie sprach zu leise, oder die Schalldämmung der Eingangstür war zu gut.

Schließlich klingelte er doch, denn es war eigentlich nicht seine Art, an Türen zu lauschen. Sofort erstarb die Stimme und eine gespenstische Stille breitete sich aus. Enno wollte schon gehen, ihm war irgendwie mulmig, obwohl er eigentlich kein ängstlicher Typ war. Da fragte plötzlich von drinnen die Stimme der Frau seines Chefs: „Wer ist da?"

„Enno. Ich hab was für den Chef."

„Den hast du gerade verpasst. Der ist heute schon früher zum Boot. Und ich war schon im Bett."

„Tschuldigung. Dann nehm ich ihm das zum Boot mit. Gute Nacht."

Enno wusste nicht, was er davon halten sollte. Sah er vielleicht schon Gespenster? Oder hatte die Frau seines Chefs etwa einen Liebhaber? Das konnte er sich aber beim besten Willen nicht vorstellen. Nicht die Frau seines Käpt'ns. So eine war die nicht. Da war Enno sich eigentlich ganz sicher. Was aber hatte er dann gesehen? Vielleicht einen Einbrecher? Aber mit dem hätte sie dann sicher nicht so leise gesprochen? Sollte er seinem Käpt'n das erzählen?

Was aber, wenn er sich überhaupt geirrt haben sollte? Vielleicht hatte ihm ja das Mondlicht einen optischen Streich gespielt. So etwas konnte einem auf See auch schon mal passieren. Man meinte, etwas gesehen zu haben, was in Wirklichkeit gar nicht da war. Wenn man längere Zeit in das Dunkel gestarrt hatte, musste man sich nicht wundern, wenn plötzlich scheinbar der Klabautermann auf einem Wellenkamm herangeritten kam.

Enno fand keine Antworten auf seine Fragen. Dabei hatte er nicht den Hauch einer Ahnung, welche fatalen Folgen das noch haben sollte. Aber so ist das Leben. Eine an sich harmlose Entscheidung, ja sogar eine Nichtentscheidung, kann manchmal höchst dramatische Ereignisse beeinflussen. Plötzlich ist man Schicksalsgott und weiß es gar nicht.

Kapitel 3

Seit Ennos Beobachtungen waren inzwischen das Weihnachtsfest und der Jahreswechsel mit einem prächtig geschmückten Bootshafen in Neuharlingersiel auch schon wieder Geschichte. Unzählige Touristen hatten sich wie jedes Jahr an Weihnachtsmarkt und Feuerwerk erfreut. Der Winter war ins Land gegangen und das Frühjahr hatte Einzug gehalten. Es war wieder Granatfischersaison an der ostfriesischen Wattenmeerküste.

Enno war mit seinem Käpt'n nach der Winterpause endlich wieder auf Fangfahrt. „So'n Schiet! Da hat uns wieder mal so ein großer Fremdfischer von der Kabeljau-Connection den besten Fang vor der Nase weggeschnappt und macht uns damit nachher auch noch am Markt die Preise kaputt!" Nanne Gerdes war stinksauer. Zum dritten Mal hatten sie jetzt ein fast leeres Netz nach oben geholt.

Dabei hätten sie eigentlich schon längst wieder in Richtung Heimat schippern wollen. Schließlich waren sie schon fast die ganze Nacht draußen gewesen und ein Silberstreif am Horizont kündigte bereits den Morgen an. Aber sie hatten noch nicht einmal ihre halbe Fangquote im Kühlraum.

„Vielleicht war das ja aber auch wieder dein Freund, der Holländer" entgegnete Enno Jansen.

„Hör bloß auf!", polterte Nanne los. „Daran darf ich gar nicht denken. Dann kriege ich das Kotzen!"

„Hm", knurrte Enno. Auch er konnte den Holländer nicht leiden, obwohl er gar nicht genau wusste, warum sein Chef eigentlich so sauer auf den war. Es musste da noch etwas anderes sein, als nur die Fanggebiete. Allerdings war es nicht das erste Mal, dass der Holländer in ihrem Revier gewildert hatte und sie sich schon manche Nacht umsonst um die Ohren geschlagen hatten. Dabei gab es ungeschriebene Gesetze unter den Fischern, an die sich auch grundsätzlich alle hielten.

„Nützt nichts, wir müssen noch weiter raus. Sonst haben wir mehr Kosten produziert als eingefahren."

„Jo", war die einsilbige Antwort. Zwischen den beiden wurde normal nicht viel geredet, jeder wusste, was er zu tun hatte. Enno hatte schon als junger Bursche bei Nanne angeheuert. Dann hatte er seine Ausbildung zum Fischwirt bei ihm gemacht. Irgendwie war er ihm in den mittlerweile zwölf Jahren ans Herz gewachsen. Und so tuckerten sie schweigend zu den neuen Fanggründen.

Nanne stierte in die Nacht hinaus und seine Gedanken fuhren mit ihm Karussell. Sie drehten sich um Willem de Jong, den holländischen Krabbenfischer, der nach Neuharlingersiel gezogen war und dort Grete Harms – Erbin eines Hotels – geheiratet hatte. Anfangs hatte er sich ganz gut in die Gemeinschaft der Krabbenfischer integriert. Willem und er waren damals sogar fast schon ein wenig befreundet. Auch Grete und Beeke verstanden sich zu der Zeit gut.

Dann hatte Willem eine größere Erbschaft gemacht und seinen alten Kutter gegen den modernsten Kutter, der seinerzeit am Markt zu bekommen war, eingetauscht. Der Kutter war natürlich wesentlich stärker, schneller und im Betrieb kostengünstiger als alle anderen Kutter seiner Kollegen in der *Fischerei-Genossenschaft*. Und vor allem wollten die vergleichsweise enormen Kapazitäten auch ausgelastet werden.

Zwar gibt es bis heute für die Nordseegarnele, auch Granat genannt, gesetzlich keine Fangbeschränkungen, aber es gibt unter den Fischern ungeschriebene Gesetze, die das Zusammenleben ungemein erleichtern helfen. Das heißt im Grunde nichts weiter, als leben und leben lassen. Und dazu gehört auch das Beschränken auf die eigenen Fanggebiete und vor allem: keine Dumpingpreise!

Willem hatte aber begonnen, um das hohe Leistungsspektrum seines Kutters richtig auslasten zu können, auch in anderen Fanggründen zu räubern. Zur Rede gestellt, hatte er das dann immer auf die - durch Fangquoten nicht mehr ausgelasteten -

15

Hochseefischer mit ihren leistungsstarken großen Pötten geschoben. Als ihn dann die Videoaufnahme der Handykamera eines Kollegen überführt hatte, war es in der Fischerei-Genossenschaft zum Krach gekommen und Willem war daraufhin ausgetreten.

Keiner der Kollegen in Neuharlingersiel wusste, wo er seine Krabben seitdem vermarktete. Man ging davon aus, dass er sie direkt an einen Großabnehmer in Holland verkaufte, wo auch die Hochseefischer ihre Krabbenfänge zu Dumpingpreisen loswurden. Nanne hatte irgendwo sogar Verständnis für die Kollegen von der Hochseefischerei, die sich mit ihren Fängen, zum Beispiel beim Kabeljau, an strenge internationale Auflagen und Quoten zu halten haben. Aber wenn sie denn schon, als Ersatz sozusagen, auf die Krabbenfischerei meinten ausweichen zu müssen, dann sollten sie ihre Fänge doch wenigstens nicht zu Dumpingpreisen verkaufen.

Nanne erinnerte sich noch genau: Im Jahr 2011 hatten alle Krabbenkutter in Neuharlingersiel am Kai gelegen, um gegen das Preisdumping zu streiken. Da war Willem mit erhobenem Mittelfinger in seinem Kutter an ihm vorbeigefahren und war erst nach zwei Wochen wieder im Hafen von Neuharlingersiel zurück gewesen. Darauf angesprochen hatte er hämisch lachend geantwortet: „Einer musste ja die Überbestände abfischen und für ein ausgewogenes Preisniveau sorgen."

Beinahe wäre es da zwischen ihm und Willem zu einer Schlägerei gekommen, wenn nicht ein paar besonnene Kollegen dazwischengegangen wären. Allein bei dem Gedanken daran kochte bei Nanne das Blut hoch. Voller Wut donnerte seine Faust mit solcher Wucht auf den Kartentisch, dass sogar eine Teetasse herunterhüpfte und zu Bruch ging.

„Is wat, Chef?"

„Nee, Enno!" Der Angesprochene fegte unaufgefordert die Scherben der Tasse zusammen.

Nanne versuchte, sich abzulenken, um auf andere Gedanken zu kommen.

„Der Wind hat gedreht."

„Jo."

„Nord-West."

„Hm."

„Halbe Stunde."

„Okay."

Mit dem Ende dieser ausführlichen ostfriesischen Konversation kamen bei Nanne doch wieder die Gedanken zurück. Es gab da noch etwas, was er dem Holländer nie verzeihen würde und was seitdem immer wieder wie ein Stachel in ihm bohrte. Willem hatte beim letzten Hafenfest versucht, seine Beeke anzubaggern. Er selbst hatte einen über den Durst gehabt und war am Tisch eingeschlafen. Irgendwer hatte ihm dann später erzählt, dass Willem mit seiner Beeke sehr lange und sehr eng getanzt habe. Die hatte allerdings immer beteuert, dass da nichts gewesen sei.

Trotzdem konnte er seitdem das Gefühl nicht loswerden, dass Willem immer noch ein Auge auf sie geworfen zu haben schien. Zumal es in der Ehe von Willem und Grete wohl auch mächtig kriselte. Man erzählte sich, dass der Holländer seine Frau mal mit einem Gast aus dem Ruhrgebiet in flagranti erwischt habe, als er überraschend von einer Fangfahrt zurückgekommen war. Grete hatte sich in den darauffolgenden Tagen nur mit einer Sonnenbrille im Ort sehen lassen.

Der blasse Halbmond war inzwischen mehr und mehr hinter Wolken verschwunden.

„Das sieht nicht so gut aus!", meinte Nanne.

„Nee."

„Wahrscheinlich kriegen wir auch noch Regen."

„Hm."

Als sie kurz darauf ihr neues Fanggebiet erreicht hatten, ging Enno wortlos raus, um die beiden Baumkurren, die speziellen Grundschleppnetze für den Krabbenfang, klarzumachen. Das schätzte Nanne so an ihm, dass er immer genau wusste, was zu tun war. Nach einiger Zeit kam Enno wieder in das Ruderhaus und goss sich eine Tasse Tee ein.

17

„Na, denn man los, Chef! Schleppen, bis der Arzt kommt!"
Ein Grinsen ging über Nannes sonnengegerbtes Gesicht.

Er war bereits seit seiner Kindheit mit seinem Vater zum Krabbenfischen rausgefahren. Für ihn war das sein Leben. Er brauchte immer eine Handbreit Wasser unterm Kiel, um sich wohl zu fühlen. Für das Landleben war er nicht gemacht, wie er immer sagte. Und für Enno schien dasselbe zu gelten.

Seinen ersten Kutter hatte Nanne noch von seinem Vater übernommen, der bereits in der fünften Generation Krabbenfischer in Neuharlingersiel gewesen war. Allerdings hatte er den alten Kutter schon bald durch einen neuen ersetzen müssen. Die *Beeke*, nach dem Namen seiner Frau, war sein ganzer Stolz. Und vor einigen Jahren bereits hatte er die letzte Rate bezahlt gehabt und daher auch die Krise in der Krabbenfischerei im Jahr 2011 ganz gut überstehen können. Was leider nicht auf alle seiner Kollegen an der ostfriesischen Küste zugetroffen hatte, der eine oder andere hatte aufgeben müssen. Trotzdem musste auch er immer wieder in den Kutter investieren und auf seine Kostendeckung achten.

Sein größter Kummer aber war, dass seine Ehe mit Beeke bislang kinderlos geblieben und ihm inzwischen klargeworden war, dass es für ihn keinen Sohn als Nachfolger geben würde. Schließlich hatte er im letzten Jahr seinen Fünfzigsten gefeiert. Und einige von seinen Kumpels, die sein Problem kannten, hatten ihn getröstet, dass auch Charlie Chaplin sogar im hohen Alter noch mal Vater geworden war. Ja, aber bei seiner Beeke, auch wenn man ihr die Mitte vierzig wirklich nicht ansah, tickte die biologische Uhr.

Zudem war er selbst sogar - mehr oder weniger - der Grund für ihre Kinderlosigkeit: zu wenige Spermien, so der Befund der Ärzte. Das hatte er seiner Beeke aber bis heute verschwiegen. Zumal er sich doch mit seinen über einen Meter neunzig immer noch als ganzer Mann fühlte. Auch wenn ihm die meisten seiner ehemals schwarzen Haare bereits abhandengekommen waren. Was er mit einer typischen dunkelblauen, von seiner Frau selbst gestrickten Mütze gut verbergen konnte. Darunter lugte dann ein inzwischen graumelierter Haarkranz hervor.

Seine hellblauen Augen in dem wettergegerbten Gesicht verrieten den versteckten Schalk, der ihm im Nacken saß. Und mit seinem trockenen Humor foppte er gerne seine Umwelt. Zudem verriet die Wölbung seiner Körpermitte, dass er gutem Essen, Bier und Korn nicht abgeneigt war.

In den Wintermonaten, wenn sie sowieso nicht auslaufen konnten, ging auch so mancher steife Grog seine Kehle hinunter. Dabei zitierte er dann gerne den alten Hamburger Schnack: „Rum muss, Zucker darf, Wasser kann." Und so manches Mal war er dann am nächsten Morgen auch ganz schön *groggy*. Wobei böse Zungen unter seinen Fischerkollegen doch tatsächlich behaupteten, dass die Bezeichnung *Grog* damit etwas zu tun hätte.

„Enno, geh doch mal raus und guck, ob der Arzt schon da ist".

„Eh? Was'n für'n Arzt?"

„Na, du hast doch gesagt, *schleppen, bis der Arzt kommt*. Und jetzt guck doch mal nach, ob er schon da ist."

„Oh Mann, Chef!" Enno verzog sich grinsend nach draußen. So kannte er seinen Käpt'n. Aber trotzdem fiel er immer wieder darauf rein.

Inzwischen war es hell, der Wind hatte nachgelassen. Es war etwas diesig geworden und hatte zu nieseln begonnen. Enno machte das Fanggeschirr zum Einholen der Netze klar. Es hatte sich gelohnt, den Fangplatz zu wechseln. Beide Netze waren voll mit feinstem Granat.

Da sie bereits Netze mit Vornetz verwendeten, war der größte Teil des Beifanges bereits herausgefiltert und schwamm wieder putzmunter in der Nordsee umher. Sehr zum Leidwesen der ständig dem Kutter folgenden Möwen.

Jetzt kam auf Enno richtig Arbeit zu. Die Netze mussten direkt in den Krabbenkocher entleert und der restliche Beifang rausgesammelt werden. Dann wurden die Krabben sofort in Seewasser gekocht und danach über ein Transportsystem direkt in den Kühlraum geleitet.

„Na, Enno, noch einmal so einen Fang und die Heimat ruft. Das reicht dann auch. Bei solchem Schietweer macht das wirklich keinen Spaß hier draußen."

„Dat maaks woll seggen, Chef."

Inzwischen hatte der Wind wieder aufgefrischt und es hatte richtig zu regnen begonnen. Ein für Ostfriesland durchaus typisches Frühjahrswetter. Daher ließ sich Enno davon auch wenig beeindrucken und verrichtete routiniert seine Arbeit.

Für Nanne war er inzwischen schon fast so etwas wie der eigene Sohn geworden. Deshalb sollte er auch sein Nachfolger werden. Darüber war er sich mit Beeke inzwischen einig. Denn es gab weder in Beekes noch in seiner Verwandtschaft jemanden, der sich für die Granatfischerei interessiert hätte. Sie hatten das für seinen Todesfall sogar schon testamentarisch beim Notar geregelt. Das hatte er Enno auch schon vor einiger Zeit gesagt.

Der Junge stammte aus ärmlichen Verhältnissen. Sein Vater war früh verstorben und seine Mutter hielt sich - neben Harz IV - mit ein paar kleinen Putzstellen mehr schlecht als recht über Wasser. Warum sollte Ennos Fleiß und seine Zuverlässigkeit nicht belohnt werden, wenn die Welt sonst schon immer so ungerecht zu sein schien. So jedenfalls sahen das Nanne und seine Frau. Natürlich hätten sich die Erben im Verwandtenkreis der beiden darüber gefreut, eines Tages auch noch das Geld vom Kutterverkauf zu bekommen. Aber am Hungertuch nagte von denen keiner.

Der nächste Fang war sogar noch besser als der vorhergehende und sie hatten jetzt fast zwei Tonnen feinster Nordseekrabben in ihrem Kühlraum. Der Regen peitschte immer noch heftig gegen die Scheiben des Ruderhauses und der Kutter tuckerte gegen die tanzenden Wellen in Richtung Heimat. Enno hatte frischen Tee eingegossen und beide hingen ihren Gedanken nach.

Enno träumte davon, wie er eines Tages den Kutter von seinem Chef übernommen haben würde und selbst als Käpt'n mit einem Decksjungen auf Fangfahrt wäre. Aber da würde er sich sicher noch etliche Jahre gedulden müssen, bis sein Chef in den Ruhestand gehen und ihm den Kutter übertragen würde. Denn Nanne Gerdes dachte noch gar nicht daran, jetzt schon als Frührentner zur Landratte zu werden.

Wie das manchmal so in Dörfern geht, am Ende hatte keiner sagen können, wo das Gerücht seinen Anfang genommen hatte. Jedenfalls hatte es sich unter den Fischern inzwischen rumgesprochen, dass Enno Jansen den Kutter mal erben sollte. Ein Decksjunge beerbt seinen Käpt'n. Das passierte ja nun wirklich nicht alle Tage und rief auch Neider auf den Plan. Für den einen oder anderen Kumpel am Biertisch Grund genug für einige makabre Gedankenspiele. Enno lief ein Schauer über den Rücken, wenn er nur daran dachte.

„Mensch Enno, wie lange willst du denn noch auf dein Erbe warten? Mann, auf See kann doch immer mal was passieren. Da kann man doch nachhelfen. *Käpt'n über Bord! Und schon bist du der Käpt'n*", hatte vor kurzem Lars Bordersen laut in den Schankraum gebrüllt. Sie hatten alle schon reichlich Bier und Korn intus gehabt. Lars hatte sich über seinen eigenen Witz gebogen vor Lachen. Enno hatte nicht darüber lachen können.

Nanne kamen unterdessen wieder die Gedanken über seine Beeke. Gedanken, die er früher mit seinem sonnigen Gemüt sofort verdrängt hätte. Eifersucht? War eigentlich immer ein Fremdwort für ihn gewesen. Doch irgendetwas hatte sich verändert. Er spürte es genau. Beeke und Willem? Aber ausgerechnet Willem?

Manche Menschen glauben daran: Gedanken werden Realität. Und bei diesen beiden Fischern? Dabei sollte es ihre letzte gemeinsame Fangfahrt gewesen sein. Aber davon hatte keiner von beiden auch nur den Hauch einer Ahnung.

Kapitel 4

Ubbo de Buer schritt mit langen Schritten die Cliener Straat in Richtung Carolinensiel entlang. Der Morgen dämmerte bereits über die Deichkrone hinweg und es hatte zu nieseln begonnen. Die Kapuze seines Umhanges hatte er tief ins Gesicht gezogen. Trotzdem fragte sich sicher mancher Autofahrer, der die Gestalt mit dem langen schwarzen Lodenumhang erkannt hatte, was Ubbo, der Schäfer, um diese Zeit auf der Landstraße suchte.

Ubbo schien das in diesem Moment völlig egal zu sein. In Gedanken war er immer noch bei seinem geliebten Schwänchen. Es hätten mal wieder leidenschaftliche Stunden werden sollen. Aber wie sagt es schon der Volksmund so treffend: „Leidenschaft ist das, was Leiden schafft." Seine Wünsche waren nicht Realität geworden. Obwohl er eigentlich zu denen gehörte, die fest daran glaubten.

Entsprechend bitter waren seine Überlegungen heute Morgen. Seine Swantje war verheiratet und das war das Problem. Und so konnten sie ihre Leidenschaft nur in aller Heimlichkeit ausleben. Zu einer Trennung von ihrem Mann könne sie sich noch nicht entschließen. Dafür brauche sie einfach noch Zeit. Und schließlich: „Was sollen denn die Leute denken!", hatte sie immer wieder auf sein Drängen gesagt. „Uns kennt doch hier jeder!" Da hatte sie allerdings recht. Trotzdem hätte er sie am liebsten ganz für sich alleine in seiner Schäferei gehabt.

Voller Vorfreude war er mitten in der Nacht zu ihrem Haus gelaufen, um mit seinem Schwänchen ein Schäferstündchen verbringen zu können. Doch die Tür war heute verschlossen gewesen und er hatte sogar klingeln müssen. Erst nach einer ganzen Weile hatte sie die Tür geöffnet.

„Wir sind doch nicht verabredet?", war ihre Begrüßung gewesen.

„Schwänchen, aber ich hatte so eine Sehnsucht. Wo ist denn dein Verlangen, deine Leidenschaft geblieben?", hatte er sie gefragt.

„Eine gute Frage. Mein Mann hat in der letzten Zeit einige wichtige zukunftsträchtige Entscheidungen getroffen. Was mich auch in gewisser Weise dazu veranlasst hat, über einiges nachzudenken."

„Hast du dich denn jetzt endlich entschieden, dich von deinem Mann zu trennen?", hatte er seinem Sehnen Ausdruck verliehen.

Umso mehr hatte ihn ihre Antwort ins Mark getroffen: „Das ist ja gerade das Problem. Ich kann mich nicht so einfach von meinem Mann trennen und dann zu dir in die Schäferei ziehen."

„Warum nicht? Sollen sich doch die Leute das Maul zerreißen, so viel sie wollen. Mir ist das scheißegal, was die Leute denken", war sein letzter Hoffnungsfunke gewesen.

„Mir aber nicht!"

„Liebes, wir haben doch uns. Was interessieren uns da die Anderen?" Er hatte nicht aufgeben wollen.

Umso niederschmetternder war ihre Antwort gewesen: „Ubbo, wir sind beide hier geboren und haben gemeinsam unsere frühe Kindheit hier verbracht. Du bist dann nach der Grundschule auf das Internat nach Oldenburg und später zum Studium nach Hamburg und Berlin gegangen. Da magst du sicher vieles anders sehen. Aber ich war mein Leben lang hier in Neuharlingersiel. Hier habe ich meine Verwandten und meine Freunde. Und das sind zum größten Teil auch die Freunde meines Mannes. Das hier ist meine Welt. Und in dieser Welt soll ich dann täglich Spießruten laufen?"

„Wieso täglich Spießruten laufen. Die Menschen sind doch so was von vergesslich."

„Aber bei genau so was nämlich nicht, mein Lieber!", hatte sie erwidert.

„Ich denke da gerade an eine damalige Klassenkameradin von uns, die Jule", hatte er versucht einzuwenden. „Da haben die

Leute auch gemunkelt, dass sie ein Verhältnis hat. Du hast mir das sogar selbst erzählt, Schwänchen. Und nachdem im vorletzten Jahr ihr Mann bei einem Unfall ums Leben kam, hat sich auch niemand darüber aufgeregt, als sie dann zu ihrem Lover gezogen ist."

„Da war sie Witwe! Und das mit dem Verhältnis war ja schließlich auch nur ein Gerücht gewesen. Da ist schon ein Unterschied, wenn man sich von seinem Mann trennt, um dann, auch noch im gleichen Ort, zu dem Geliebten zu ziehen. Das ist dann für jeden offensichtlich. Da zeigen dann die Leute mit dem Finger auf einen. Gerade wenn man eine Frau ist!"

Ein Argument, dem er nur entgegenzusetzen gehabt hatte: „Ach Liebes, mach doch nicht alles so kompliziert! Komm, zünde den Kamin und die Kerzen an und lass uns ein paar liebevolle und zärtliche Stunden miteinander verbringen. Dann sieht die Welt schon wieder ganz anders aus."

Er hätte gar nicht sagen können, wie lange sie hin und her diskutiert hatten. Bis sie schließlich einen endgültigen Schlussstrich gezogen hatte: „Nein, Ubbo! Ich brauche erst einmal etwas Abstand und Zeit, um zu mir selbst zu kommen. Diese Heimlichtuerei ertrage ich auch nicht auf Dauer", hatte sie ihn kühl abserviert.

Und dann noch hinzugefügt: „Außerdem muss ich mir selbst erst einmal über meine tatsächlichen Gefühle im Klaren werden. Und dazu brauche ich, wie gesagt, zunächst etwas Abstand und Zeit. Und bis ich mir darüber im Klaren geworden bin, was ich als Frau selbst eigentlich wirklich will, werden wir uns vorerst nicht mehr heimlich treffen."

Ubbo war wie vor den Kopf gestoßen gewesen. Und während er die Zufahrt zu seiner Schäferei entlangging und ihm die Windböen den Nieselregen ins Gesicht peitschten, wurde es in seinem Kopf immer klarer. Jedenfalls war das seine Wahrnehmung. Plötzlich waren sie wieder da. Die Bilder von seiner Mutter. Sie wurden Bestandteil seiner ganz persönlichen realen Wirklichkeit. Er hatte es nur nicht sehen wollen. Auf einmal stand für ihn fest, er würde eine Entscheidung treffen müssen. So oder so.

Kapitel 5

„Willem, so geht das nicht weiter mit uns! Wir müssen miteinander reden!"

„Was gibt es da noch zu reden? Bin ich mit dem Feriengast aus dem Kohlenpott ins Bett gehüpft oder du?"

„Mensch, Willem. Es tut mir wirklich leid. Das ist inzwischen doch schon fast Geschichte. Wie oft willst du das Thema denn noch wiederkäuen und wie oft soll ich denn das noch sagen. Das war das erste und einzige Mal, dass ich mich auf so etwas eingelassen habe. Das musst du mir einfach glauben!"

„Der Glaube gehört in die Kirche."

„Im Übrigen, wie sagt man das immer so treffend, wer im Glashaus sitzt, soll nicht mit Steinen werfen."

„Was soll das denn nun wieder heißen?"

„Na ja, wo wir beim Glauben sind. Was weiß denn ich, was du so alles in Holland treibst, wenn du da deinen Krabbenfang löschst. Wie oft bist du vierzehn Tage und länger weg. Manchmal sogar, ohne einmal anzurufen."

„Das beruht dann wohl auf Gegenseitigkeit. Schließlich hast du auch meine Handy-Nummer gespeichert und könntest mich jederzeit anrufen."

„Ich weiß ja nicht, ob ich nicht gerade bei wichtigen Arbeiten störe. Und oft hast du auch keinen Empfang."

„Ausrede!"

„Aber wo wir beim Telefonieren sind. Als du vorhin unter der Dusche warst, habe ich mir die Telefonliste in deinem Smartphone angesehen. Seit wann telefonierst du denn wieder regelmäßig mit Nanne Gerdes? Zumindest hast du diese Nummer immer noch unter seinem Namen gespeichert."

„Das geht dich einen Scheißdreck an! Und wie kommst du überhaupt dazu, in meiner Telefonliste herumzuschnüffeln?"

„Das will ich dir sagen. Ich habe eine alte Schulfreundin getroffen. Die meisten alten Freunde hier im Ort reden ja nicht mehr mit mir, seit du aus der *Fischerei-Genossenschaft* ausgetreten bist. Aber Mareike hat mir erzählt, was sie beim letzten Hafenfest beobachtet hat. Ich bin da doch schon früher nach Hause gegangen."

„Und was will die gesehen haben?"

„Da hättest du sehr eng mit Beeke Gerdes getanzt. Die soll auch nicht mehr ganz nüchtern gewesen sein und der Nanne hätte schon richtig einen im Tee gehabt und am Tisch gesessen und gepennt."

„Das macht der ja öfter bei solchen Veranstaltungen."

„Jedenfalls sollst du mit der Beeke danach sogar längere Zeit verschwunden gewesen sein. Mareike meinte mindestens eine halbe Stunde. Sie hat nämlich an einem der anderen Tische gesessen und euch die ganze Zeit beobachtet."

„Die hatte bestimmt Tomaten auf den Augen. Ja, ich habe mal mit der Beeke getanzt. Und das hat die sicher auch nur gemacht, weil die wirklich nicht mehr ganz nüchtern war. Denn Nanne und sie sind immer noch sauer auf mich wegen der Krabbenfischerei. Dann war ich auch mal auf der Toilette. Was die Beeke gemacht hat, weiß ich nicht. Jedenfalls soll deine Mareike nicht so einen Scheiß in die Welt hinausposaunen, wenn die nicht noch richtig Ärger mit mir kriegen will."

„Willst du sie etwa auch verprügeln, wie mich und unseren Feriengast?"

„Jeder bekommt von Willem de Jong das, was er verdient. Das war schon immer so und wird auch immer so bleiben. Und manche brauchen eben manchmal was aufs Maul, damit sie es begreifen."

„Du kannst aber nicht alles mit deinen Fischerpranken regeln. Auch du wirst dafür noch deine Rechnung bekommen."

„Willst du mir etwa drohen? Du hast doch keine Ahnung."

„Ach, keine Ahnung? Und was ist das für eine holländische Telefonnummer, die du ständig anrufst?"

„Ich muss doch regelmäßig mit meinem Abnehmer für die Krabben in Kontakt sein. Was denkst du denn?"

„So, dann lass uns doch mal eben diese Nummer anrufen."

27

Grete griff nach Willems Smartphone, das immer noch auf dem Tisch lag. Im gleichen Moment packte er mit eisernem Griff ihr Handgelenk.

„Du tust mir weh!"

„Und du lässt deine Finger von meinem Telefon! Damit wir uns ein für alle Mal verstehen! Und wir werden niemand anrufen! Damit das klar ist!", brüllte Willem sie an.

„Für wie blöd hältst du mich eigentlich? Wenn das tatsächlich die Nummer von deinem Krabbenabnehmer wäre, dann könnten wir den doch jetzt ohne Probleme anrufen. An einem Vorwand dürfte es dir doch sicher nicht mangeln. Also rufen wir die Nummer jetzt an!"

„Wir werden nirgendwo anrufen! Und was du glaubst oder nicht glaubst, geht mir am Arsch vorbei!", ließ Willem lauthals Dampf ab.

„Ich glaube, du hast recht, Willem de Jong. Wir brauchen wirklich niemanden anzurufen. Deine vulgäre Ausdrucksweise spricht ihre eigene Sprache. Zwischen uns gibt es nichts mehr, für das es sich noch zu kämpfen lohnen würde. Daher glaube ich, es ist besser, wenn sich unsere Wege trennen. Am besten, du bleibst mit deinem Kutter gleich ganz in Holland."

„Kannst du haben, dann nehme ich Peter aber mit, damit aus ihm ein vernünftiger Niederländer wird."

„Unseren Sohn bekommst du nicht! Der bleibt hier! Das könnte dir so passen! Wer soll sich denn um ihn kümmern, wenn du wochenlang auf Krabbenfang bist?"

„Das könnte meine Schwester in Groningen übernehmen."

„Ausgerechnet deine Schwester, die ihre Partner wechselt wie andere Leute ihr Hemd. Außerdem ist Peter hier geboren und aufgewachsen. Hier geht er zur Schule und hat die liebevolle Betreuung seiner Mutter. Warum glaubst du, dass ein deutsches Gericht so einen Schwachsinn erlauben sollte."

„Was interessiert mich irgend so ein blödes deutsches Gericht? Ich bin sein Vater und nur ich entscheide! Alles andere interessiert mich nicht. Und wage nur nicht, dich mir in den Weg zu stellen! Wer sich Willem de Jong in den Weg stellt

…", mit einer geballten Faust unterstrich er unmissverständlich seine Worte.

„Na, was passiert mit dem? Sprich es ruhig aus. Willst du den krankenhausreif schlagen, oder etwa sogar kaltmachen? Oder warum sprichst du es nicht aus?"

Kapitel 6

Nanne Gerdes ging mit weit ausholenden Schritten in Richtung Hafen. Nebelschwaden zogen von See her durch die nächtlichen Straßen von Neuharlingersiel. Er nahm heute kaum Notiz davon, ihn beschäftigten wieder die Gedanken. Irgendwie hatte sich seine Beeke in der letzten Zeit verändert. Aber er hätte noch nicht einmal konkret sagen können, woran er dieses Gefühl festmachte. Äußerlich schien alles beim Alten zu sein. Und doch ... irgendetwas war da. Und wieder kam ihm der Willem in den Sinn. Sollte er vielleicht doch noch mal wieder zurückgehen?

Er blieb stehen und blickte zurück. Was war das gewesen? Er meinte, im Dunst einen dunklen Schatten wahrgenommen zu haben. Nanne war kein ängstlicher Mann. Und doch beschlich ihn ein sonderbares Gefühl. Aber er schob das dann doch auf seine bedrückenden Gedanken über Beeke. Entschlossen setzte er seinen Weg fort. Wenn seine Frau ihn betrügen wollte, dann hätte sie durch seinen Beruf sicher genug Gelegenheit dazu. Sollte er ihr vielleicht einen Aufpasser vor die Tür stellen? Lächerlich!

Seine Beeke war eine sehr attraktive Frau. Aber sie konnte nach außen hin so kühl wirken, dass das die meisten Männer auf Distanz hielt. Aber wohl kaum diesen Willem. Dazu war der viel zu kaltschnäuzig. Irgendwer unter den Kollegen hatte mal gesagt: „Der geht über Leichen." Sollte er nicht vielleicht doch einfach die Fangfahrt abblasen? Das Wetter war ja wirklich nicht gerade einladend. Den Enno könnte er gleich wieder nach Hause schicken und dann vielleicht mal überraschend zu Hause nachschauen?

Der Nebel wurde zunehmend dichter und schien regelrecht an den Häuserfronten zu kleben. Wirklich kein Wetter, das zum Krabbenfang einlud. So ähnlich musste es ausgesehen haben, als Jack the Ripper in London sein Unwesen getrieben hatte, kam es ihm spontan in den Sinn. Das lenkte ihn für einen

Moment von seinen Gedanken über seine Frau ab. Unwillkürlich blickte er sich erneut um. Und wieder meinte er, einen Schatten gesehen zu haben. Aber wer sollte denn hinter ihm herlaufen und warum? Wer sollte schon etwas von ihm wollen?

Als er im Hafen ankam, war noch alles ruhig. Er und Otto Hansen waren die Einzigen gewesen, die sich gestern Abend bereits sehr früh vom Grünkohlessen bei Fietje Sibum verabschiedet hatten. Fietje hatte zu seinem Siebzigsten eingeladen gehabt. Da würden die anderen Kollegen wohl auch erst etwas später bei ihren Kuttern auftauchen, wenn überhaupt. Schließlich waren reichlich Bier und Korn geflossen, wie es sich bei einem anständigen Grünkohl mit Pinkel gehört.

An Bord waren seine Handgriffe geübte Routine: Instrumente und Funkgerät checken. Wo bleibt denn heute Enno, fragte er sich und schaute auf die Uhr. Normalerweise war Enno immer pünktlich. Er wollte doch mit Wechsel der Tide los, das Auslaufen mit ablaufendem Wasser sparte Sprit.

Nanne nahm sein Handy: „Moin Enno, wat is?"

„Schiet, Chef. Verpennt. Bin gleich unterwegs."

Nanne war beruhigt. Vielleicht hatte Enno ja vergessen, den Wecker zu stellen. Obwohl so etwas eigentlich bei ihm sonst nicht vorkam.

Er holte sich die aktuellen Wetterdaten. Keine guten Aussichten. Aber wiederum auch nicht so schlimm, dass man besser im schützenden Hafen bleiben sollte. Da waren Enno und er schon bei schlechterem Wetter draußen gewesen.

Nanne hatte die Tür vom Ruderhaus offen stehen gelassen und hörte ein Geräusch von der Reling. „Enno?"

Ein zustimmendes Grunzen schien Ennos Anwesenheit zu bestätigen und Nanne beschäftigte sich wieder mit den Wetterdaten und der Seekarte. Dann ertönten Stiefeltritte auf den Metallstufen zum Ruderhaus. Nanne blickte zur Tür. „Du? Was willst du denn hier?" Er machte einen Schritt auf die Tür zu.

31

Doch statt einer Antwort sprang die Gestalt auf ihn zu und rammte ihm etwas mit Wucht in den Bauch. Nanne stieß einen gurgelnden dumpfen Schrei aus. Die ungeheuren Schmerzen in der Mitte seines Leibes strahlten durch seine Eingeweide und schienen wie ein gewaltiger Strudel sämtliche Kraft aus seinen Armen und Beinen zu ziehen.

Kraftlos sackte er nach hinten weg. Im selben Augenblick spürte er einen stechenden Schmerz an seinem Hals, der ihm fast die Sinne raubte. Reflexartig griff er mit der Hand dorthin, Blut spritzte ihm durch die Finger. Bilder jagten im Zeitraffer durch sein Gehirn, sein Vater, seine Mutter, sein erster Kutter, Bilder, Bilder, Bilder ... dann Beeke. Schließlich verblasste auch ihr Bild und alles wurde von einer erdrückenden Dunkelheit auf ewig verschluckt.

Kapitel 7

Der Morgen war noch nicht angebrochen. Seit etwa einer halben Stunde war ablaufendes Wasser und es würde noch fast zwei Stunden dauern bis Sonnenaufgang. Im Fischerhafen von Neuharlingersiel hatte Krabbenfischer Otto Hansen damit begonnen, seinen Kutter zum Auslaufen klarzumachen. Die meisten Boote lagen noch immer verschlafen und ruhig da, nur hier und da ein Lichtstrahl oder ein dumpfes Gepolter. Nur der Liegeplatz der *Beeke* war schon leer.

Nanne und er hatten sich insbesondere beim Korn zurückgehalten und sich auch schon rechtzeitig von Fietje verabschiedet. Er hatte mit Nanne den ganzen Abend zusammengesessen. Und sie hatten ein verdammt heikles Thema draufgehabt. Das berühmte letzte Hemd, das bekanntlich keine Taschen hat. Nanne hatte gemeint, dass, wenn man mal das halbe Jahrhundert überschritten hat, es wohl an der Zeit sei, sich auch darüber Gedanken zu machen.

Sie waren schon zusammen in den Kindergarten gegangen. Beider Vorfahren fuhren schon seit Generationen als Krabbenfischer zur See. Ihnen war die Granatfischerei sozusagen bereits in die Wiege gelegt worden. Sie hatten die Seefahrt und das Fischen bei ihren Vätern gelernt und später auch die Kutter ihrer Väter übernommen. Und sie hatten beide dasselbe spezielle Problem, wenn es dann eines Tages bei ihnen um das letzte Hemd ohne Taschen gehen würde.

Sie hatten nämlich keine unmittelbaren Erben. Der Kinderwunsch war ihnen beiden verwehrt geblieben. Für Haus und Hof ließ sich sicher eine Regelung finden, aber wer sollte die Tradition der Krabbenfischerei fortsetzen? Und die sollte natürlich, wenn möglich, auch in der Familie bleiben. Otto hatte zwar von seiner einzigen Schwester zwei Neffen, aber keiner hatte sich für die Granatfischerei begeistern können. Der eine war als Bankangestellter bei der Sparkasse und der andere würde den Malereibetrieb von seinem Vater übernehmen. Und bei Nanne sah das ähnlich aus.

Der hatte ihm erzählt, dass er kürzlich bei einem Notar in Esens alles geregelt hätte. Den Krabbenkutter sollte sein Decksmann Enno bekommen. Die Idee fand Otto gar nicht so schlecht. Denn auch sein Decksmann, Fokke Claasen, hatte bereits bei ihm gelernt und auch sie fuhren schon über zehn Jahre gemeinsam zum Krabbenfang. Daher wusste er genau, auf Fokke konnte er sich absolut verlassen und da wäre das Boot in besten Händen.

Aber so etwas wollte gut überlegt sein. Otto Hansen war von eher bedächtiger Natur. Da würde er sicher noch auf mancher Fangfahrt drüber nachdenken müssen. Aber was hatte er denn eigentlich für Alternativen?

Doch jetzt musste er diese Gedanken erst einmal wieder zurückstellen. Die Vorbereitungen für das Auslaufen erforderten, trotz aller Routine, die volle Konzentration.

Die Wetteraussichten waren zudem auch nicht die besten. Vom Watt waren dichte Nebelschwaden auf das Festland und den Hafen zugezogen und hingen wie Watte im Hafen und zwischen den Häusern. Später sollte der Wind aus Westen auffrischen und Regen bringen. Aber so war das nun mal: Granatfischer war kein Schönwetterberuf.

Otto hatte gerade die Maschine gestartet, da meldete sich auch Fokke Claasen, an Bord. Auch auf anderen Kuttern begann es langsam, sich zu regen. Der eine oder andere bereitete sich jetzt ebenfalls für das Auslaufen zur Fangfahrt vor.

Es dauerte nicht lange, dann meldete Fokke: „Wir können, Käpt'n."

„Okay, dann los!"

Fokke machte die Leinen los. Der Diesel tuckerte im Bauch des Schiffes seinen speziellen Takt für die langsame Fahrt mit ablaufendem Wasser durch den Hafen, in dem die Sicht immer schlechter geworden war. Fokke war gerade noch damit beschäftigt, die Leinen wieder zu richten, da gaben die

Dunstschwaden plötzlich den Blick auf ein schwach beleuchtetes Ruderhaus frei, das vor ihnen über dem Wasser zu schweben schien.

„Käpt'n, Hindernis voraus!", brüllte Fokke voller Schreck.

Aber auch Otto Hansen hatte es bereits gesehen und sofort das Ruder nach Steuerbord herumgerissen. Im nächsten Moment hatten die Nebelschwaden auch schon wieder alles verschluckt.

„Mensch Fokke, was um Himmels Willen war das denn?", schrie Otto durch die offene Ruderhaustür.

„Sah fast aus wie ein Geisterschiff, Käpt'n."

„Aber da ist irgendwas. Und das war kein Geist. Ich habe es auch gesehen. Sah tatsächlich aus wie ein über dem Wasser schwebendes beleuchtetes Ruderhaus. Wir müssen das klären, bevor die anderen auslaufen und es noch zu einer Havarie kommt."

Otto hatte den Kutter inzwischen gestoppt und ließ die Maschine mit kleiner Kraft zurücklaufen, um wieder vorsichtig auf die Höhe von dem Hindernis zu kommen. Plötzlich öffneten sich die Nebelschwaden wieder etwas und gaben in Höhe des Anlegers für die Fährschiffe den Blick auf einen quer treibenden Kutter frei. Nur im Ruderhaus brannte Licht, sonst war alles dunkel.

„Das ist die *Beeke*. Keine Positionslampe an, da stimmt was nicht. Da läuft auch kein Motor. Die scheint mit ablaufendem Wasser rausgetrieben worden zu sein!"

Otto Hansen drehte bei und setzte sich vorsichtig längsseits an den scheinbar führerlosen Kutter. Weder im Ruderhaus noch sonst wo regte sich etwas auf dem Boot.

„Fokke, geh mal rüber und sieh nach!"

Fokke kletterte rüber auf den anderen Kutter. Schnurstracks lief er zur offenen Tür des Ruderhauses, aus der auch der Lichtschein drang, kam aber kurz darauf wieder herausgestürzt.

„Käpt'n ... Käpt'n, alles voll Blut! Es ist ...", seine letzten Worte wurden durch einen Schwall Erbrochenes erstickt.

***

Bei der Seenotrettungsstation DGzRS (Deutsche Gesellschaft zur Rettung Schiffbrüchiger), die direkt im Hafen von Neuharlingersiel auch mit ihrem Seenotrettungsboot NEUHARLINGERSIEL ihren Liegeplatz hat, war Großalarm.

Krabbenfischer Otto Hansen hatte per Funk einen führerlosen Kutter mit dem toten Fischer an Bord in Höhe des Anlegers für die Fährschiffe gemeldet. Er hatte den Krabbenkutter mit Namen *Beeke* längsseits vertäut und war dabei, beide Boote wieder durch die enge Hafeneinfahrt zurück an die Kaimauer zu manövrieren. Die inzwischen alarmierten Seenotretter hatten sichergestellt, dass ihm auch kein auslaufender Kutter entgegenkam.

Als Otto Hansen vorsichtig mit beiden Booten an der Kaimauer anlegte, waren die ersten freiwilligen Helfer der Seenotrettungsstation bereits vor Ort, um den Kutter wieder festzumachen. Polizei und Rettungssanitäter waren von der Rettungsstation ebenfalls bereits alarmiert worden.

Der Tote war der Krabbenfischer Nanne Gerdes, der in seinem Blut im Ruderhaus lag. Sehr schnell war den erfahrenen Rettungsleuten klargeworden, dass sie ihm nicht mehr helfen konnten. Da gab es nur noch Arbeit für die Kripo und den Bestatter.

Otto Hansen und Fokke Claasen hatten ihren Kutter, die *Seemannsbraut,* inzwischen wieder an ihren alten Liegeplatz gebracht und vertäut. An Auslaufen war für sie heute nicht mehr zu denken.

„Käpt'n, da ist ja Enno auf der Kaimauer. Ich geh mal eben von Bord."

„Okay, aber bleib in der Nähe. Die Polizei wird sicher eine Menge Fragen an uns haben."

„Mensch Enno, Gott sei Dank, du lebst!" Fokke war mit Enno seit vielen Jahren befreundet. „Schrecklich, was mit deinem Käpt'n passiert ist."

„Was ist denn passiert? Die wollten mich ja nicht mehr auf die *Beeke* lassen. Haben alles abgesperrt." Die Aufregung und Sorge um seinen Chef hatten offensichtlich auch die Zunge des sonst so mundfaulen Enno gelockert.

Die beiden hatten sich auf eine der Bänke an der Hafenmauer gesetzt und Fokke erzählte seinem Freund, was passiert war und was er gesehen hatte.

„Meine Schuld!" Enno war wie versteinert.

„Mensch Enno, wieso deine Schuld? Du hast doch deinen Chef nicht umgebracht, oder?"

„Bist du bescheuert? Nun fang du nur auch noch so zu spinnen an, wie der Lars neulich, mit seinem *Käpt'n über Bord*. Aber trotzdem, wenn ich pünktlich gewesen wäre, dann wäre das sicher nicht passiert", sagte Enno geistesabwesend.

„Sag mal, hast du eine Ahnung, wer das gewesen sein könnte? Dein Käpt'n war doch mit seinem trockenen Humor überall beliebt. Und außer mit dem Holländer hatte der doch auch mit niemandem Streit. Warum sollte den also einer ermorden? Da hat doch keiner was davon, oder?"

„Doch, ich."

„Ja, du. Aber du bist doch kein Mörder!"

„Das sehen aber vielleicht nicht alle so. Denk nur an das dumme Geschwätz vom Lars. Was glaubst du, wie schnell sich so was verbreitet. Und der Idiot hat das in seinem Suff ja auch noch lauthals durch die ganze Kneipe gebrüllt."

„So habe ich das noch gar nicht gesehen. Aber du hast recht. Wer weiß, was die Leute sich alles so ausdenken. Am Ende hättest du sogar noch jemand beauftragt, um schneller an das Erbe zu kommen. Und deswegen wärst du vielleicht sogar extra verspätet zum Hafen gekommen."

„Mann, Fokke, wenn du das den Bullen erzählst, dann bin ich ja der Erste, den die verhaften werden. Und dann kommen die und drehen einem das Wort im Mund herum. Sieht man ja immer im Fernsehen. Am besten man sagt gar nichts."

„Na, das dürfte dir nun wirklich nicht schwerfallen. Darin bis du bekanntlich absoluter Champ."

Von Ferne waren Martinshörner zu hören, die schnell näherkamen. Und kurz darauf erschienen auch die ersten Fahrzeuge im Hafen. Das rotierende Blaulicht warf bedrohliche Lichtblitze über die Häuserfronten. Autotüren schlugen, Befehlsfetzen drangen herüber und dann wimmelte es auf einmal von Uniformierten.

Eine Frau in Zivil sprach mit den Seenotrettern, die auch die *Beeke* vertäut hatten. Nachdem sie sich Plastiküberzüge über die Schuhe und Gummihandschuhe angezogen hatte, ging sie an Bord des Kutters. Dort liefen bereits mehrere Beamte in weißen Anzügen herum. Die Frau verschwand im Ruderhaus. Nach einiger Zeit kam sie wieder heraus. Auf der Kaimauer sprach sie erneut mit den Seerettern. Diese zeigten dann auf Fokkes Kutter und sie ging auf den Liegeplatz der *Seemannsbraut* zu.

„Die ist bestimmt von der Polizei. Ich muss wieder an Bord! Ich komm so schnell ich kann zu dir zurück, Enno. Bleib auf jeden Fall so lange hier!"

Fokke rannte zu seinem Kutter zurück und traf mit der Frau zu gleicher Zeit dort ein.

„Gehören Sie zu diesem Kutter?", fragte sie ihn.

„Ja, mein Käpt'n und ich haben die *Beeke* gefunden und wieder hier an den Liegeplatz zurückgebracht."

„Dann habe ich an Sie und Ihren Kapitän ein paar Fragen. Mein Name ist Nina Jürgens vom Kommissariat in Wittmund."

Fokke half ihr auf das Boot und führte sie zu seinem Kapitän.

Nina Jürgens stellte sich vor und nahm dann zunächst die Personalien der beiden Fischer auf.

„Wir werden Sie mit Sicherheit noch als Zeugen benötigen. Daher möchte ich Sie jetzt schon bitten, vorerst mit Ihrem Boot den Hafen nicht zu verlassen."

„Das hab ich fast schon befürchtet", war die trockene Antwort von Otto Hansen.

Dann ließ sich die Kommissarin von den beiden den Hergang und ihre Beobachtungen schildern.

Nina war sich der Verantwortung bewusst, die hier auf ihren Schultern lastete. Wo war nur ihr Chef? Wieso hatte sie Bert weder zu Hause noch auf dem Handy erreichen können? Dass sie ihn vertrat, wenn er krank war oder Urlaub hatte, das passierte ja nicht zum ersten Mal. Aber bei so einem blutigen Mord … Da war es äußerst wichtig, von Anfang an keine Fehler zu machen, die richtigen Entscheidungen zu treffen, nichts zu übersehen und die richtigen Prioritäten zu setzen. Die Witwe musste informiert, Beweise und Zeugenaussagen gesichert werden. Und alles möglichst gleichzeitig.

Kapitel 8

„Moin Bert. Gut geschlafen? War ja eine kurze Nacht."
Kriminalhauptkommissarin a. D. Heike Grabowski hatte ihren früheren Kollegen aus Essen, Bert Linnig, Kriminalhauptkommissar in Wittmund, gestern zu einem Abendessen eingeladen. Bert hatte dabei allerdings ein wenig zu tief ins Glas geschaut, um noch selbst mit dem Auto nach Wittmund zurückfahren zu können. Daher hatte sie ihm ihr Gästezimmer für die Nacht angeboten.

„Moin Heike. Ja, gut geschlafen und ja, war eine kurze Nacht. Hätte noch ein paar Stunden Schlaf gebrauchen können. Dafür war es aber auch ein schöner Abend bei dir und vor allem ein tolles Essen. Mensch, wer hätte das gedacht, dass wir uns eines Tages hier oben an der Küste in Neuharlingersiel wiedersehen."

„Das kannst du laut sagen. Es tat richtig gut, über die alten Zeiten in Essen zu quatschen."

„Sehe ich auch so. Das war wirklich eine heiße Zeit gewesen und wir mittendrin. Dass wir beide das damals ohne größere Blessuren überlebt haben, grenzt wirklich an ein Wunder."

„Na ja, wenn man mal von meiner Ehe absieht, die dabei auf der Strecke geblieben ist. Aber wem sage ich das."

„Das könnte man dann wohl Kollateralschaden nennen."

„Wie man das nennen könnte, ist mir eigentlich völlig egal. Meine Tochter hat damals sehr darunter gelitten. Mit ihrem Vater kam sie nicht so richtig klar. Und unser Beruf ist nun mal nicht die beste Voraussetzung für eine allein erziehende Mutter. Das Problem ist dir ja erspart geblieben. Du hattest keine Kinder."

„Gott sei Dank. Aber ich habe das bei dir damals auch mitbekommen. Kann mich noch gut daran erinnern."

„Aber das ist heute alles Geschichte. Jedenfalls könnten wir noch mehrere solcher Abende wie gestern dranhängen. Uns würde der Gesprächsstoff nicht ausgehen. Ich glaube, wir sollten Krimis schreiben."

„Gute Idee. Du bist ja jetzt im Ruhestand, das wäre doch was für dich. Und damals ging im Kohlenpott ja richtig der Punk ab. Aber wahrscheinlich würden die Kollegen dort das heute genauso sagen. Das Verbrechen hat leider immer Konjunktur."

„Uns hat es damals jedenfalls an unsere Grenzen gebracht. Kaum ein Tag, geschweige denn eine Woche, wo wir nicht irgendwo im Einsatz waren. Na, vielleicht schreibe ich eines Tages wirklich ein Buch darüber."

„Stoff hättest du wirklich genug."

„Allerdings. Schade, dass du heute so früh schon zum Dienst musst. Wenn mein Enkel in Essen am Samstag nicht Geburtstag gehabt hätte, dann hätten wir uns ja auch am Samstagabend treffen können. Dann hättest du am nächsten Tag nicht zum Dienst müssen. Aber das lässt sich sicher nachholen. Wittmund ist doch gerade um die Ecke. Und wo ich jetzt hier in Neuharlingersiel wohne, werden wir das sicher mal wieder hinkriegen. Dann können wir ja vielleicht auch gleich eine Übernachtung einplanen."

„Gute Idee. Da sollte sich sicher bald wieder eine Gelegenheit finden. Jedenfalls danke ich dir nochmals für den netten Abend und das tolle Menü. Du solltest dich beim *Perfekten Dinner* im Fernsehen bewerben."

„Vielleicht mache ich das wirklich. Den Kaffee habe ich übrigens schon aufgesetzt. Ich fahre nur schnell zum Bäcker und hole uns ein paar frische Brötchen. Also, bis gleich."

Bert packte seine Sachen zusammen und verstaute alles in seinem Auto. Kaum hatte er das erledigt, war Heike auch schon mit duftenden Brötchen wieder zurück. Eigentlich hätte Bert gerne noch sein Handy abhören wollen, er hatte es gestern Abend an die Ladestation gehängt. Aber dann siegten doch die frischen Brötchen und der Kaffeeduft. Und die beiden ließen es sich ausgiebig schmecken.

„So ein Frühstück, mit Krabben, Ei, Schinken und Käse und dann noch in so angenehmer Gesellschaft, da kann einem der Tag doch nichts mehr anhaben."

„Das hoffe ich, Bert. Das hoffe ich jedenfalls sehr für dich!"

„Du sagst das so komisch. Was ist los?"

„Na ja, ich kenne ja den Betrieb. Deswegen wollte ich dich erst mal in aller Ruhe frühstücken lassen."

„Mensch Heike, mach´s nicht so spannend! Ist was passiert?"

„Kann man wohl sagen. Beim Bäcker war die Hölle los. Und die Gerüchteküche brodelte nur so."

„Irgendwo ein Einsatz? Dann hätte man mich doch schon längst informiert."

Bert griff nach seinem Handy, das er vorhin nur von der Ladestation genommen und eingesteckt hatte.

„Scheiße, das Handy ist tot. Es hat nicht geladen."

„Hattest du das an das Verlängerungskabel mit der Mehrfachsteckdose angeschlossen?"

„Ja, wieso?"

„Da ist ein Schalter dran, den hättest du einschalten müssen. Hast du wahrscheinlich nicht drauf geachtet."

„Ne, habe ich gar nicht gesehen. Hatte ja gestern nur die kleine Nachttischlampe an und die Verlängerungsschnur mit den Steckdosen lag neben dem Bett im Dunkeln. Aber jetzt lass es raus, was ist los?"

„Im Ort wimmelte es von Polizeifahrzeugen. Das war mir schon komisch vorgekommen. Und dann kam eine drahtige dunkelhaarige Frau in den Laden. Sie sagte, sie müsste zum Einsatz, ob man ihr mal schnell zwei belegte Brötchen geben könne. Die roch auch so schon meilenweit nach Kripo. Na klar bekam die sofort ihre Brötchen, dafür hatte doch schließlich jeder Verständnis. Die hab ich angesprochen. Das war eine Nina Jürgens."

„Das ist meine Kollegin aus Wittmund", unterbrach sie Bert.

„Na, ich hab ihr gesagt, dass ich bei der Kripo in Essen gewesen bin und sie gefragt, was denn los sei. Sie schien ziemlich im Stress zu sein. Sie sagte nur, dass man im Hafen einen Toten gefunden habe und dann war sie auch schon raus aus dem Laden."

„Verdammter Mist, Heike. Scheiß-Handy. Mein Team ist im Einsatz und ich sitze hier in aller Gemütsruhe beim Kaffee!"

„Das Handy kann nichts dafür. Und jetzt tue dir mal die Ruhe an. Du solltest doch aus langer Erfahrung wissen, der Tote läuft dir mit Sicherheit nicht mehr weg. Dafür garantiere ich dir sogar", versuchte ihn Heike lächelnd aufzumuntern. „Jedenfalls war die Bäckersfrau gesprächiger als deine Kollegin. Und die Gerüchte schienen sich mal wieder schneller verbreitet zu haben, als die Polizei erlaubt. Sie hat mir dann erzählt, dass ein Krabbenfischer mit seinem Kutter als Geisterschiff durch den Hafen getrieben wäre. Und der Krabbenfischer selbst soll tot in seinem Blut im Ruderhaus gelegen haben."

„Heike, dann muss ich sofort los! Danke für den schönen Abend und das tolle Frühstück. Du hattest recht. Wenn du mir das vorher gesagt hättest, wäre das Frühstück mal wieder an mir vorbeigegangen. Also, nochmals herzlichen Dank!"

Bert sprang in seinen Wagen und war auch schon unterwegs zum Hafen. Die Worte: „… und schön, dass du dagewesen bist …", hatte er dann schon gar nicht mehr gehört.

Die Kollegen der Spurensicherung waren noch voll im Einsatz, als er am Hafen ankam. Gerade als er sich auf den Weg zu dem abgesperrten Kutter machen wollte, kam ihm seine Kollegin Nina Jürgens entgegen.

„Mensch Bert, gut dass du endlich kommst. Wir konnten dich nirgendwo erreichen, weder zu Hause, noch über Handy. Hattest du ein geheimes Date? Oder warum warst du nicht auf Sendung?"

„Nein, Nina. Ich war hier gestern Abend bei einem ehemaligen Kollegen aus meiner Essener Zeit zum Abendessen eingeladen. Da ich für meinen Führerschein ein Glas zu viel getrunken hatte, habe ich dort übernachtet. Und meinem Handy ist der Saft ausgegangen, daher konntest du mich nicht erreichen. Aber ich habe schon gehört, hier gibt es einen toten Krabbenfischer."

„Bei einem Kollegen aus Essen? Hallo! Könnte das vielleicht auch eine Kolleg*in* aus Essen gewesen sein?" Bei Nina läuteten die Alarmglocken des weiblichen Instinkts.

„Wie kommst du denn darauf?"

„Na, ich kann doch eins und eins zusammenzählen. Und du weißt doch, manchmal ist die Welt kleiner, als man denkt. Und das immer gerade dann, wenn man es am wenigsten erwartet. Da quatscht mich beim Bäcker so eine recht attraktive Rothaarige an und sagt, dass sie eine Ex-Kollegin von der Kripo aus Essen wäre. Sie wollte von mir wissen, was hier los ist."

„Das war tatsächlich die Kollegin aus meiner Essener Zeit, bei der ich gestern zum Essen eingeladen war. Die ist nach einem Burnout wegen Dienstunfähigkeit in Frühpension und verbringt jetzt hier ihren Lebensabend."

„Und warum erzählst du mir dann erst was von einem Kollegen aus Essen? Ich glaube, da haben wir noch ein wenig Klärungsbedarf, mein Lieber. Aber jetzt bin ich im Stress, muss hier ja schließlich für zwei arbeiten. Mein Chef vergnügt sich in der Zeit lieber mit einer alten Liebschaft", ließ Nina spitz ihrem Ärger freien Lauf.

„Da war nichts mit alter Liebschaft. Damals waren Heike und ich noch verheiratet gewesen."

„Vielleicht ein Grund, aber bekanntlich kein Hindernis. Außerdem kannst du mir doch viel erzählen. Aber jetzt haben wir hier wirklich was anderes zu klären. Und wie du weißt, kommt in unserem Job das Private immer erst am Schluss. Außerdem gibt es offiziell zwischen uns ja eh nichts Privates", tat Nina auf einmal cool, obwohl es in ihr brodelte.

Bert war ein guter Beobachter. Er spürte ganz genau, das Thema war noch nicht beendet. Es war aber auch zu dämlich gewesen, von einem Kollegen zu sprechen. Er ärgerte sich über sich selbst, versuchte aber, sich dies nicht anmerken zu lassen.

„Was liegt denn jetzt an?", bemühte er sich um Sachlichkeit.

„Ein toter Krabbenfischer mit durchschnittener Kehle liegt in seinem Blut an", antwortete Nina schnippisch. „Und sein Decksmann sollte eigentlich hier am Kai sein. Der scheint sich aber abgesetzt zu haben. Am besten, du machst dir erst einmal selbst ein Bild. Dr. Rabe und die SpuSi sind noch auf dem Kutter da vorne voll im Einsatz. Ich fahre dann jetzt zu der Witwe, um ihr die schlimme Nachricht zu überbringen. Hoffe, dass die Gerüchteküche nicht schon schneller war."

„Wie ich sehe, hast du mal wieder alles voll im Griff", versuchte Bert, wieder gut Wetter zu machen. „Und wenn du zurückkommst, können wir uns gemeinsam um den Decksmann kümmern."

„Wie du meinst. Du bist der Chef", erwiderte Nina kühl. „Ach ja, der heißt Enno Jansen."

„Wer, der tote Krabbenfischer?"

„Nein, der Decksmann. Der tote Krabbenfischer heißt Nanne Gerdes."

Und schon war Nina unterwegs zu ihrem Wagen. Bert kletterte auf die *Beeke* hinunter. Durch das ablaufende Wasser befanden sich die Kutter im Hafen mittlerweile schon einiges unterhalb der Kaimauer. An Bord zog er sich Plastiküberzüge über seine Schuhe und Gummihandschuhe an. Wie Nina gesagt hatte, war der Gerichtsmediziner, Dr. Klaus Rabe, noch an Bord und begrüßte ihn im Ruderhaus.

„Moin, Herr Doktor. Da ich gerade erst eingetroffen bin, wollte ich mir zunächst ein Bild vom Tatort machen. Können Sie denn schon etwas zur Todesursache und zum Todeszeitpunkt sagen?"

„Genaueres natürlich erst nach der Obduktion. Sie kennen das ja, Herr Linnig. Aber so wie es aussieht, wurde das Opfer durch einen Einstich im Solarplexus-Bereich zunächst schwer verletzt. Dieser Stich war aber sicher nicht die eigentliche Todesursache. Denn dem Opfer wurde die Halsschlagader durchtrennt, so dass der Mann verblutete. Sie sehen ja die große Blutlache, in der der Tote liegt."

Bert Linnig schaute sich den auf dem Rücken liegenden Toten von verschiedenen Seiten an.

„Verdammt, Doc. Sieht fast so aus wie bei unserem immer noch ungelösten Fall von vor zwei Jahren. Einstich im Bauch und durchtrennte Halsschlagader."

„Sehe ich genauso."

„Ein Serienmörder, hier bei uns? Das hat mir gerade noch gefehlt."

„Na, warten wir mal ab, ob sich das auch auf dem Seziertisch bestätigt."

„Und wie sieht es mit dem Todeszeitpunkt aus?"

„Da können wir im Moment nur Vermutungen anstellen. Irgendwo zwischen 03:00 Uhr und 05:00 Uhr. Mehr kann ich Ihnen erst nach der Obduktion sagen."

„Danke, Doc. Wir telefonieren."

Bert wollte noch mit dem Leiter der Spurensicherung sprechen, bevor Nina von der Witwe zurück war. Er kletterte die Leiter zur Kaimauer hinauf. Jetzt hätte er alles für einen doppelten Schnaps gegeben. Dabei lag ihm nicht nur der Tote, sondern auch das verunglückte Gespräch mit Nina im Magen. Aber er war im Dienst und für ihn galt immer noch der alte Spruch: „Dienst ist Dienst und Schnaps ist Schnaps."

Mit Anfang fünfzig und über dreißig Jahren bei der Polizei hatte der Dienst auch schon so manche Spur bei ihm hinterlassen. Von einer Auseinandersetzung mit einem Messerstecher zu Beginn seiner Karriere zeugte eine Narbe in seinem Gesicht. Dazu seine ausgeprägten Züge, sein glattrasierter Schädel mit dem bereits leicht ergrauten Dreitagebart und sein stechender Blick verliehen ihm fast etwas Verwegenes.

Er war ein Mann der Tat, der über eine muskulöse, kräftige, gut durchtrainierte Figur verfügte und zuzupacken verstand. Mancher Ganove hatte davon schon ein Lied singen können. Von sich selbst und seinem Team verlangte er sehr viel. Blieb aber dabei ausgesprochen fair und konnte auch schon mal fünfe gerade sein lassen. Bei seinem dienstlichen Engagement war es kaum verwunderlich, dass seine Ehe schon vor Jahren auf der Strecke geblieben war.

Er fand den Leiter der Spurensicherung, Sönke Nansen, in seinem Einsatzfahrzeug.

„Also Bert, was wir bisher haben, ist mehr als dürftig. Von dem oder den Tatwerkzeugen fehlt noch jede Spur. Vielleicht befinden sich diese bereits im Schlick des Hafenbeckens."

„Haben wir schon irgendwelche Hinweise auf den oder die Täter?"

„Auch da Fehlanzeige. Wir haben zwar jede Menge Fingerabdrücke, die wir aber erst auswerten müssen. Hinter dem Krabbenkocher haben wir ein Feuerzeug gefunden, was da eigentlich nichts zu suchen hat. Aber das kann auch dem Fischer oder seinem Decksmann gehört haben. Das Einzige, was wir im Moment konkret sagen können, ist, dass das Boot offensichtlich nach der Tat losgemacht und dann mit ablaufendem Wasser aus dem Fischerhafen hinausgezogen wurde. Hinweise auf Kollisionen des Kutters haben wir nicht gefunden. Und der Krabbenfischer Otto Hansen mit seiner *Seemannsbraut* konnte dem treibenden Kutter des Toten gerade noch ausweichen. Da die Positionslampen nicht an waren, hatte er ihn bei dem Nebel erst im allerletzten Moment bemerkt."

„Aber eigentlich hätte er den doch auf seinem Radar rechtzeitig sehen müssen?".

„Ja, wie das im Leben manchmal so ist, Bert. Eigentlich. Den Hafen kennt man ja wie seine Westentasche und wer guckt da schon unentwegt auf den Radarschirm? Mit so etwas rechnet doch keiner."

„Und wie ist die *Beeke* dann wieder an die Kaimauer gekommen?"

„Otto Hansen hat mit seinem Kutter seitlich an dem Boot des Toten festgemacht und seinen Decksmann rübergeschickt. Von dem wurde der Tote im Ruderhaus gefunden. Der Hansen hat dann gleich die Seenotrettung hier im Hafen alarmiert. Dann haben er und sein Decksmann beide Boote vorsichtig in den Hafen zurückmanövriert. Die Leute von der Seenotrettung haben uns auch gleich verständigt, die *Beeke* am Kai festgemacht und den Tatort gesichert."

„Eigentlich hätte der Decksmann doch nur den Motor der Beeke zu starten brauchen und so das Boot wieder an den Liegeplatz zurückbringen können, oder?"

„Hätte er wahrscheinlich schon. Aber dann hätte er in die Blutlache treten müssen. Und das hat er, Gott sei Dank, gar nicht erst versucht."

„Mensch, das war ja lehrbuchreif."

„Würde ich auch so sehen. Die haben sich sogar alle bemüht, so wenig Spuren wie möglich zu verwischen."

„Ja Sönke, wenn das nur in jedem unserer Fälle so wäre. Andererseits war die Gerüchteküche wieder schneller, als uns lieb sein kann." Bert berichtete von dem Gespräch seiner Ex-Kollegin mit der Bäckersfrau.

„Das wird man im Handy-Zeitalter auch kaum noch verhindern können. Da kannst du schon froh sein, wenn der Tote in seinem Blut nicht noch als Video ins Netz gestellt wird."

„Weißt du irgendetwas über den Decksmann von dem Toten, einen Enno Jansen?", wollte Bert dann wissen.

„Habe nur von den hiesigen Rettungsleuten gehört, dass der hier am Kai war, als die *Beeke* wieder festgemacht wurde. Auf das Boot gelassen haben sie ihn aber nicht. Dann soll er mit dem Decksmann vom Hansen längere Zeit hier auf einer der Bänke an der Hafenmauer gesessen haben. Mehr weiß ich über den nicht. Ach doch, warte mal. Einer von den Rettungsleuten hat was davon erzählt, dass dieser Enno Jansen den Kutter erbt, weil der Tote keine eigenen Kinder hat."

„Na, das ist ja ein Lichtblick. Da hätten wir doch schon zumindest ein Motiv."

„Wer weiß, vielleicht hast du ja recht. Aber der Mann vom Rettungsdienst hat auch gleich dazugesagt, dass er den kennen würde und dass er dem einen Mord, um schneller an das Erbe zu kommen, absolut nicht zutrauen würde."

„Okay, aber Nina hatte mir vorhin gesagt, dass sie dringend mit ihm hatte sprechen wollen, doch da sei er schon weg gewesen. Wenn er nichts zu verbergen hat, dann hätte er ja wohl warten können. Mal sehen, ob der Hansen mir dazu was sagen kann. Jedenfalls erst einmal vielen Dank für die Infos, Sönke."

„Da nicht für, Bert."

Kapitel 9

In Nina kochte es. Dabei war es nicht nur der Ärger über Bert, sondern auch der Ärger über sich selbst. Sie hatte sich geschworen: nie wieder Gefühle. Nie wieder! Und jetzt brachte sie bereits eine Rothaarige aus Berts Vergangenheit so aus der Fassung. Bilder ihrer gescheiterten Ehe kamen in ihr hoch. Irgendwie war sie im Nachhinein froh gewesen, dass ihr Ex und sie für Kinder keine Zeit gehabt hatten. Für sie beide hatte damals die Karriere im Vordergrund gestanden. Aber Polizeikarriere und allein erziehende Mutter, das wäre nicht nur für sie, sondern auch besonders für ein Kind eine große Herausforderung und Belastung gewesen.

Nach seinem zweiten Staatsexamen als Jurist hatte Gero eine Karriere in der höheren Beamtenlaufbahn bei der Landesregierung in Hannover angestrebt, während Nina ihre Ausbildung zur Kriminalkommissarin absolviert hatte. Und dann kam ihre erste Verwendung als Kommissarin bei der Drogenfahndung in Hannover mit verdammt unregelmäßigen Dienstzeiten. Verbrecher halten sich nun mal nicht an Regelarbeitszeiten.

Ihr Ex hatte sich sein Beamten- und Eheleben wohl etwas ruhiger und vor allem planbarer vorgestellt gehabt. Da hatte dann eine jüngere Kollegin aus seiner Behörde einfach besser in sein Konzept gepasst. Das war ein Schock für Nina gewesen, sie hatte lange gebraucht, darüber hinwegzukommen und sich vorgenommen, Gefühle nicht mehr wieder so nahe an sich heranzulassen. Das Stellenangebot in Wittmund war da eine gute Gelegenheit für einen Neuanfang gewesen.

Und so langsam hatte sie wieder zu sich selbst gefunden. Dabei war sie immer noch eine Frau mit ganz normalen Empfindungen und Bedürfnissen. Und obwohl ihr normalerweise der Dienst in der beschaulichen Küstenregion Ostfrieslands durchaus die Zeit dafür ließ, war es bisher nur bei ein paar flüchtigen Beziehungen geblieben. Bert schien es ähnlich ergangen zu sein. Viel hatten sie darüber bisher nicht gesprochen.

Dann hatte Bert im letzten Spätsommer für sein ganzes Team ein Abendessen in der *Teestube am Seedeich* in Neuharlingersiel gebucht. Sie und die Kolleginnen und Kollegen hatten sich für eine Nacht bei den umliegenden Pensionen eingemietet. Es war alles immer noch ziemlich ausgebucht gewesen, trotz Nachsaison. Nur Bert hatte noch ein Doppelzimmer direkt in der *Teestube am Seedeich* bekommen. Nach dem Essen waren im *Irish Pub Harlekin* im gleichen Haus Tische für sie reserviert gewesen. Da gab es dann Guinness und Single Malt bis zum Abwinken. Die erste Runde war auf Bert gegangen und auch sie hatte sich nicht lumpen lassen.

Und dann war der Punk abgegangen. Die ostfriesische Rockband *Pier 104* hatte im *Harlekin* ganz schön eingeheizt. Wenn sie nur daran dachte, hämmerte es wieder in ihrem Kopf: *„Platt is Wat(t), wi snacken Platt ..."*, und der ganze Laden hatte kräftig mitgegrölt. Die Jungs wussten, wie man die Stimmung auf den Siedepunkt bringt. Bert und sie waren in Bezug auf gehaltvolle Getränke auch keine Kinder von Traurigkeit gewesen. Sie wusste auch nicht mehr, wie spät es geworden war. Nur dass sie sich am nächsten Morgen, statt in ihrer Pension, bei Bert im Doppelzimmer wiedergefunden hatte.

Okay, sie beide hatten so ihre Bedürfnisse und waren auf ihre Kosten gekommen. Warum nicht? Für sie war das wie bei einer Symbiose. Aber Gefühle? Nein, nicht schon wieder. Und jetzt waren sie offensichtlich doch da. Nina haderte mit sich selbst. Dabei hatte sie gerade jetzt eigentlich überhaupt keine Zeit für solche Empfindungen. Sie musste eine der unangenehmsten Aufgaben ihres Jobs erledigen, die wohl nie zur Routine werden würde. Sie musste eine grausame und für die Betroffenen niederschmetternde Todesnachricht überbringen.

Nina läutete bereits zum dritten Mal. Schließlich erschien eine Frau im Morgenmantel an der Tür. Nina schätze sie auf Ende dreißig, Anfang vierzig.

„Moin, Frau Gerdes. Mein Name ist Nina Jürgens, vom Kriminalkommissariat Wittmund." Nina hielt ihr ihren Ausweis entgegen. „Ich müsste Sie in einer sehr dringenden Angelegenheit sprechen. Können wir vielleicht reingehen, Frau Gerdes?"

„Um Gottes willen, was ist denn passiert? Ist was mit meinem Mann? Kommen Sie rein. Ich gehe voraus."

Nina wurde in das Wohnzimmer geführt.

„Nehmen Sie doch Platz, Frau ..."

„Jürgens", wiederholte Nina.

„Einen kleinen Moment, ich mache mal gerade die Rollläden hoch. Ich bin die Nacht kaum zum Schlafen gekommen. Soll ich Ihnen einen Kaffee machen?"

„Nein, keinen Kaffee. Danke." Nina hatte das Gefühl, als wenn die Frau irgendwie ablenken oder Zeit gewinnen wollte. Wieso zog sie jetzt erst einmal die Rollläden hoch? Es war doch noch gar nicht richtig hell. Irgendwie wirkte die Frau etwas geistesabwesend und fahrig. Wusste sie das mit ihrem Mann vielleicht schon und versuchte die schlimme Wahrheit einfach nur zu verdrängen? Und wenn ja, wer hatte sie informiert? Merkwürdig, dachte Nina, an der Tür fragt sie mich, ob etwas mit ihrem Mann ist und dann verfällt sie plötzlich in einen künstlichen Aktionismus und redet sogar fast normal.

„Frau Gerdes, ich muss Ihnen leider eine schlimme Nachricht überbringen. Ihr Mann wurde heute Morgen tot auf seinem Kutter aufgefunden. Mein aufrichtiges Beileid."

„Oh mein Gott!" Beeke Gerdes erschien Nina trotz der niederschmetternden Nachricht relativ gefasst, wie sie da in ihrem Sessel saß. „Was ist denn passiert? Hatte Nanne einen Herzinfarkt oder so was?" Irgendwie stand für Nina fest, dass die Frau bereits gewusst haben musste, dass ihr Mann tot war. Nicht eine Träne. Kein Jammern und Wehklagen.

„Nein. So wie es aussieht, wurde ihr Mann ermordet."

Diese Nachricht schien die Frau des Toten wie ein Keulenschlag zu treffen. Sie wurde aschfahl im Gesicht. Und Nina hatte schon die Befürchtung, dass sie das Bewusstsein verlieren würde.

„Soll ich einen Arzt für Sie verständigen?"

„Arzt? Nein, ich brauche keinen Arzt. Weiß man schon, wer meinen Mann ermordet hat?"

„Nein, leider nicht. Soll ich nicht doch einen Arzt ...?"

„Ich sagte doch, ich brauche keinen Arzt!", reagierte Beeke fast hysterisch. „Wie ist er denn ermordet worden?", wurde sie dann plötzlich wieder sachlich.

„Das darf ich Ihnen aus ermittlungstaktischen Gründen nicht sagen."

„Wurde er erschlagen?"

„Ich sagte doch schon ... aber ... nein, er wurde nicht erschlagen. Mehr darf ich Ihnen aber wirklich nicht sagen."

„Oh mein Gott, mein Mann muss was geahnt haben."

„Wieso, Frau Gerdes? Wie kommen Sie jetzt darauf?"

„Er hat vor kurzem erst darauf bestanden, dass wir einige notarielle Verfügungen für die Zukunft treffen. Vor allem, falls ihm oder mir mal etwas passiert."

„Wie sehen denn diese Verfügungen aus?"

„Unsere Ehe ist leider bislang kinderlos geblieben. Daher wollte Nanne seinen Decksmann, Enno Jansen, gerne zu seinem Nachfolger bestimmen. Er soll auch, im Falle des Todes meines Mannes, das Boot erhalten. Bezüglich unseres Hauses und sonstigen Vermögens haben sowohl er als auch ich Geschwister, die Kinder haben. Dafür haben wir detaillierte Verfügungen getroffen. Der Notar Frings in Esens kann Ihnen dazu konkrete Auskunft erteilen."

Nina registrierte, dass immer noch keine einzige Träne floss. Jedoch war Beeke Gerdes aschfahl im Gesicht, der Mord hatte sie offensichtlich getroffen.

„Frau Gerdes, es tut mir leid, aber ich müsste Ihnen noch ein paar weitere Fragen stellen. Denn je mehr wir wissen, umso schneller können wir Ihnen vielleicht auch sagen, wer der Mörder ist. Weiß Enno Jansen, dass Ihr Mann ihm das Boot vermacht hat?"

„Das weiß ich nicht. Es kann sein, dass er mit ihm über seine Absicht gesprochen hat. Gesagt hat er mir dazu allerdings nichts. Die ganze Sache kam ohnehin sehr überraschend für mich. Er hat mir auch keine Begründung dafür gegeben, warum ihm das auf einmal so wichtig war. Aber so sind manche Granatfischer eben. Die reden eher mit dem Wind, den Wolken oder dem Meer, als mit ihren Frauen oder sonst wem. So einer war auch mein Mann, trotz seines verschmitzten Humors. Und der Enno ist auch so einer. Deshalb verstanden sich die beiden auch so gut. Sozusagen ohne viel Worte."

„Geht es Ihnen jetzt wieder etwas besser, Frau Gerdes? Oder soll ich nicht doch ..."

„Ich brauche keinen Arzt, wenn Sie das meinen. Mich interessiert nur eines, wie ist mein Mann umgekommen?"

„Okay, sobald ich die Freigabe habe, werde ich es Ihnen mitteilen. Versprochen!" Sie wusste nicht, was sie von dieser Frau halten sollte. Gerade noch hysterisch und im nächsten Moment schien Beeke sich aber auch schon wieder gefangen zu haben.

Nina wollte das ausnutzen, denn sie spürte, dass da noch einiges im Verborgenen lag. „Kann ich Ihnen noch ein paar Fragen stellen? Können Sie sich zum Beispiel vorstellen, dass Enno Jansen seinen Kapitän umbringt, weil er den Kutter erben soll?"

„Nein! Das kann ich mir bei dem Enno absolut nicht vorstellen. Dazu verstanden die beiden sich auch viel zu gut. Obwohl Enno ein extrem verschlossener und wortkarger Typ ist. Aber der ist nicht dumm, wie mir mein Mann immer sagte. Der kennt sich mit allen Arbeiten an und auf dem Kutter bestens aus. Auch seine Ausbildung hat er damals mit Auszeichnung bestanden. Er redet nur nicht viel. Aber hinter die Stirn gucken kann man letztlich wohl niemandem."

„Wann hat Ihr Mann denn in der Nacht das Haus verlassen?"

„Das muss so zwischen zwei und drei gewesen sein. Ich hatte schon geschlafen. Er hat mich kurz geweckt, um sich zu verabschieden. Aber ich hab nicht auf die Uhr geschaut. Allerdings konnte ich danach nicht mehr so richtig schlafen. Manchmal hat man ja wohl so eine Ahnung, dass etwas passieren wird."

„Hatte Ihr Mann denn Feinde?", wollte Nina wissen.

„Eigentlich war mein Mann bei allen sogar sehr beliebt. Er war sehr kollegial und ein fairer Geschäftspartner. Für ihn galt immer: ein Mann, ein Wort. Der Einzige, mit dem er in der letzten Zeit Krach hatte, das war Willem de Jong."

„Und um was ging es da bei dem Streit der beiden?"

„Ach, da ging es um die Granatfischerei. De Jong hielt sich nicht an Absprachen und hat seine Krabben auch noch zu Dumpingpreisen nach Holland verkauft, während seine Kollegen hier in Neuharlingersiel 2011, gerade wegen der Dumpingpreise, gestreikt haben.

„Und das hat dann zu einem persönlichen Zerwürfnis zwischen Ihrem Mann und diesem Willem geführt?"

„Ja, es hätte deswegen sogar fast eine Schlägerei zwischen beiden gegeben, wenn nicht Kollegen dazwischengegangen wären. Aber da war noch etwas. In der Ehe von Willem und seiner Grete scheint es seit einiger Zeit zu kriseln. Seitdem versucht Willem immer wieder, bei mir zu landen. Er hat beim letzten Hafenfest mit mir getanzt und mich seitdem auch immer wieder angerufen. Obwohl ich ihm wiederholt gesagt habe, dass ich das nicht will."

„Wann hat er Sie denn das letzte Mal angerufen?"

„Das war vor ein oder zwei Wochen. Da hat er gemeint, wir könnten uns doch mal treffen, wenn Nanne draußen auf Fangfahrt ist. Ich hab einfach aufgelegt. Meinem Mann habe ich aber nichts davon erzählt. Ich wollte nicht auch noch Öl ins Feuer gießen."

„Wo finde ich denn diesen Willem de Jong?"

„Seiner Frau gehört das Hotel Harms hier am Ort. Da wohnt er auch. Aber die meisten Fischer werden wohl heute draußen sein."

„Wir werden das rausfinden. Ich melde mich wieder bei Ihnen. Und nochmals mein Beileid, Frau Gerdes. Wenn Ihnen noch irgendetwas einfällt, oder Sie Hilfe brauchen, hier haben Sie meine Karte."

Nina machte sich wieder auf den Weg zum Hafen, denn da wartete sicher Bert mit viel Arbeit auf sie. Ihr ging noch mal der Gesprächsverlauf mit Beeke Gerdes durch den Kopf. Irgendetwas stimmte da nicht. Nina war sich sicher, dass die Frau des Ermordeten ihr nicht alles gesagt hatte, was sie wusste. Und Bert? Der vielleicht auch nicht.

Kapitel 10

„Wir hatten Ihrer Kollegin schon alles erzählt, Herr Kommissar."

„Ja, Herr Hansen, ich weiß. Es wäre aber sehr schön, wenn Sie es mir auch noch einmal kurz erzählen könnten. Meine Kollegin ist nämlich zur Frau des Toten und hatte vorhin keine Zeit mehr, mich umfassend zu informieren."

Otto Hansen schilderte noch einmal den Hergang. Bert Linnig hörte ihm zu, ohne ihn zu unterbrechen.

„Vielen Dank, Herr Hansen. Sie und auch der Seenotrettungsdienst haben sich vorbildlich verhalten! Wo ist denn eigentlich Ihr Mitarbeiter? An ihn hätte ich auch noch ein paar Fragen."

„Fokke überprüft gerade etwas an unserem Krabbenkocher. Ich rufe ihn. Otto Hansen ging zur Tür: „Fokke, kommst du mal."

Kurz darauf betrat Fokke Claasen das Ruderhaus.

„Was gibt's, Käpt'n?"

„Das ist Kommissar Linnig. Der hat auch noch ein paar Fragen an dich."

„Moin, Herr Claasen. Sie haben nach Ihrer Rückkehr mit Ihrem Kollegen, Herrn Enno Jansen, gesprochen. Um was ging es denn in Ihrem Gespräch?"

„Enno stand hier völlig verloren am Kai rum, als die Rettungsleute die *Beeke* festgemacht haben. Die haben ihn ja nicht mehr auf das Boot gelassen."

„Das war auch gut so. Im Übrigen habe ich es schon Ihrem Kapitän gesagt, dass Sie sich vorbildlich verhalten haben!"

„Danke, Herr Kommissar. Obwohl ich, nachdem ich den Nanne da in seinem Blut liegen sah, mich erst mal über die Reling entleeren musste."

„Verständlich, aber wie hat denn Ihr Kollege reagiert, als Sie ihm erzählt haben, dass Sie seinen Kapitän tot aufgefunden haben?"

„Der war völlig von der Rolle. Der hatte ja keine Ahnung gehabt. Die Leute vom Seenotrettungsdienst hatten ihm nichts gesagt. Ihn aber, wie bereits gesagt, auch nicht mehr auf das Boot gelassen."

„Hat er sich denn geäußert, warum er nicht mit auf dem Kutter gewesen ist?"

„Viel hat er nicht gesagt. Der redet sowieso nicht viel. Er hat nur gesagt, dass er verpennt hat. Als er zum Kai kam, wäre das Boot schon weg gewesen."

„Aber Sie werden ihm doch sicher ausführlich geschildert haben, wie Sie seinen Kapitän vorgefunden haben, oder?"

„Natürlich hab ich ihm das gesagt."

„Und wie hat er darauf reagiert?"

„Na ja ..."

Bert Linnig spürte, dass Fokke Claasen hier nicht richtig mit der Sprache rauswollte.

„Herr Claasen, ich befrage Sie hier als Zeugen. Da sind Sie zur Wahrheit verpflichtet. Es sei denn, Sie würden sich selbst belasten. Dann können Sie die Aussage verweigern. Also, bitte möglichst genau: Wie hat er darauf reagiert?"

„Ich sagte ja schon, der war völlig durch den Wind. Und reden tut der sowieso nicht viel."

„Jetzt lassen Sie sich doch nicht jedes Wort aus der Nase ziehen! Was hat er gesagt?"

„Dass er sich schuldig fühlt, weil er verpennt hatte!"

„Sonst nichts?"

„Eigentlich nicht, Herr Kommissar."

„Ich habe gehört, dass er der Erbe vom Kutter sein wird. Da hätte er doch sogar ein Motiv."

„Schon möglich, dass er der Erbe von dem Kutter ist. Aber Enno ist keiner, der deswegen jemanden umbringt. Und schon gar nicht seinen Chef. Die beiden konnten wirklich gut miteinander."

Fokke fühlte sich gar nicht wohl in seiner Haut. Aber er konnte dem Kommissar doch nicht sagen, dass Enno tatsächlich bereits gewusst hatte, dass er der Erbe ist. Das hätte

Enno ja noch verdächtiger gemacht. Mensch, warum ist der bloß abgehauen, ging es Fokke durch den Kopf. Und er war heilfroh, als sich sein Käpt'n in das Gespräch einmischte.

„Das mit dem Erbe ist wohl wahr, Herr Kommissar. Das hat mir Nanne gestern Abend noch beim Grünkohlessen erzählt. Ob er das dem Enno auch schon gesagt hat, das weiß ich nicht. Aber Fokke hat recht, Enno ist keiner, der einen dafür umbringt und schon gar nicht den Nanne. Für ihn war der Nanne doch schon fast so etwas wie ein Ersatzvater, nachdem sein richtiger Vater schon so früh gestorben war. Und so war auch das Verhältnis der beiden zueinander, wie Fokke gerade schon gesagt hat."

„Aber meine Kollegin hatte mir noch gesagt, dass Enno Jansen am Kai hätte warten wollen. Und dann war er doch verschwunden."

„Während ich mit ihm sprach, habe ich gesehen, dass Ihre Kollegin auf dem Weg zu meinem Kapitän war", griff Fokke wieder in das Gespräch ein. „Da wollte ich schnell auf unser Boot und habe dem Enno gesagt, dass er unbedingt am Kai auf mich warten soll. Denn ich hatte den Eindruck, dass er jetzt meine Hilfe als Freund brauchte."

„Aber als meine Kollegin ihn sprechen wollte, war er weg."

„Das ist mir ja auch ein Rätsel."

In diesem Augenblick betrat Polizeiobermeister Bernd Guben das Ruderhaus.

„Wir sind bei der Wohnung von Enno Jansen gewesen. Es schien niemand da zu sein. Die Rollläden sind alle unten und es wurde auch nicht aufgemacht."

„Habt ihr denn bei den Nachbarn im Haus nachgefragt?"

„Da gab es keine Nachbarn. In dem Haus sind noch drei Ferienwohnungen, die aber zurzeit nicht vermietet sind."

„Der Vermieter wohnt im Nachbarhaus, rechts daneben. Er heißt Karl Behrend", sagte Fokke.

„Danke, Herr Claasen", sagte der Kommissar. Und an seinen Kollegen gewandt: „Bernd, war sonst noch was?"

„Ja, Nina hat über Handy angerufen, dass sie unterwegs hierher ist. Sie wollte sich gleich mit uns im Einsatzwagen treffen."

„Okay, dann lass uns gleich rübergehen. Vielen Dank Ihnen beiden. Bitte halten Sie sich zur Verfügung, falls wir noch Fragen haben. Wir sagen Ihnen dann Bescheid, wann Sie wieder auslaufen können."

„Hat Ihre Kollegin auch schon gesagt", erwiderte Otto Hansen.

Bert und sein Mitarbeiter gingen zum Einsatzwagen. Nina war gerade dort eingetroffen und sprach mit Polizeiobermeisterin Silke Jansen.

„Gut, dass du kommst, Bert. Es gibt interessante Neuigkeiten."

„Bernd hat mir gerade gesagt, dass Enno Jansen wohl nicht zu Hause ist."

„Das hat Silke mir auch gerade erzählt. Übrigens ist sie nicht mit diesem Enno verwandt, obwohl beide Jansen heißen."

„Das soll hier an der Küste bei diesem Namen ja vorkommen. Aber du hast Neuigkeiten?"

Die Kommissarin berichtete von ihrem Besuch bei der Frau des Toten und deren sonderbaren Reaktionen. Von ihrer persönlichen Stimmung gegenüber Bert ließ sie sich nichts anmerken.

„Bert, ich kann das Gefühl nicht loswerden, dass die mehr weiß, als sie gesagt hat. Enno Jansen ist übrigens der Erbe von dem Kutter. Ob er das gewusst hat, konnte mir die Witwe nicht sagen. Allerdings kann sie es sich nicht vorstellen, dass das für ihn ein Mordmotiv wäre."

„Das mit dem Erbe hat mir der Hansen auch gerade bestätigt. Der Tote hat ihm das gestern Abend beim Grünkohlessen selbst erzählt. Aber diesen Enno scheinen ja alle geradezu für einen Engel zu halten. Das macht mich irgendwie schon fast wieder misstrauisch."

„Jedenfalls hätte er ja wirklich ein Motiv. Und es stellt sich die Frage, warum er nicht auf seinen Kumpel gewartet hat.

Zumal er sich doch sicher denken konnte, dass wir gerade auch an ihn als den Erben Fragen haben werden. Es ist letztlich auch nicht auszuschließen, dass er Spuren beseitigen will, die ihn mit dem Mord in Verbindung bringen könnten".

„Ich denke, da besteht tatsächlich Flucht- und Verdunkelungsgefahr. Wir müssen sofort handeln. Also los!", befahl Bert.

Wieder wurde auf das Läuten an der Haustür nicht geöffnet. Bert ging daraufhin zum Nachbarhaus. Kurz darauf kam er mit dem Vermieter wieder. Dieser hatte Zweitschlüssel für die Haustür und die Wohnung.

Bert Linnig betrat als Erster die Wohnung, nachdem der Vermieter die Tür geöffnet hatte. In der Küche brannte Licht und die Tür stand offen. Am Küchentisch saß regungslos eine männliche Person mit dem Rücken zur Tür.

„Herr Jansen! Hallo, Herr Jansen! Hier ist die Kriminalpolizei!", sprach Bert Linnig ihn an.

Doch der Angesprochene zeigte keinerlei Reaktion. Der Kommissar klärte Enno Jansen über seine Rechte auf und darüber, dass er aufgrund seines Verhaltens und der bisherigen Erkenntnisse zu dem Personenkreis der Verdächtigen gezählt werden müsse. Enno zuckte nur mit den Schultern.

„Wieso haben Sie nicht am Kai gewartet? Sie hätten sich doch denken können, dass wir Fragen an Sie haben werden", fragte Bert.

Enno zuckte wieder nur mit den Schultern.

Nina Jürgens kam mit einem blutverschmierten Laken und einem blutigen Handtuch in die Küche.

„Das lag im Wäschekorb neben der Waschmaschine im Bad."

„Herr Jansen, woher kommt das Blut? Haben Sie dazu eine Erklärung?" Bert Linnig versuchte vergebens, irgendeine Antwort von Enno Jansen zu erhalten. Außer Schulterzucken und Kopfschütteln war aus dem nichts herauszubringen.

„Die Sachen müssen möglichst schnell ins Labor", sagte Bert. Und nachdem er Nina auf die Seite gezogen hatte, sagte er zu ihr: „Es ist mir nicht klar, warum ausgerechnet an einem Laken und einem Handtuch so viel Blut ist. Da hätte ich eher erwartet, dass wir Schuhe, Hose oder Jacke mit Blut finden würden."

„Das sehe ich auch so", erwiderte Nina. „Aber warten wir ab, was das Labor herausfindet."

„Noch mal, Herr Jansen, haben Sie eine Erklärung für das Blut?", sprach Bert den Verdächtigen erneut an.

„Das geht Sie nichts an."

„Ah, schau an, Sie können ja doch reden. Wir ermitteln in einem Mordfall. Da geht mich das sehr wohl etwas an. Warum waren Sie denn eigentlich heute Morgen nicht mit auf dem Boot bei ihrem Kapitän?"

„Hatte verpennt. Als ich im Hafen ankam, war das Boot schon weg."

„Haben Sie dafür einen Zeugen?"

„Meine Freundin."

„Und wo ist Ihre Freundin jetzt?"

„Die habe ich nach Hause geschickt."

„In aller Herrgottsfrüh?"

Enno zuckte mit den Schultern.

„Herr Jansen, stimmt es, dass Sie der Erbe von dem Boot sind?"

Enno zuckte erneut mit den Schultern.

„Können oder wollen Sie dazu nichts sagen?", bohrte Bert nach.

Enno saß da wie ein trotziger Schuljunge und gab keine Antwort.

„Herr Jansen, wenn Sie nicht antworten, muss ich Sie wegen dringenden Tatverdachtes vorläufig festnehmen. Sie haben das Recht auf einen Anwalt, und wenn Sie sich keinen leisten können, wird Ihnen einer gestellt."

Enno ließ sich ohne Gegenwehr von Bert Handschellen anlegen. Dieser übergab ihn dann an einen uniformierten Polizisten mit dem Auftrag, ihn nach Wittmund in das Kommissariat zu bringen.

Inzwischen war auch die Spurensicherung eingetroffen und hatte die weitere Durchsuchung der Wohnung übernommen.

„Bert, ich hab so ein merkwürdiges Gefühl. Bevor wir hier aus Neuharlingersiel abziehen, sollten wir noch mal bei der Witwe vorbeischauen. Vielleicht braucht sie ja doch ärztliche Hilfe, auch wenn sie diese vorhin so vehement abgelehnt hat."

„Eine gute Idee. Dann kann ich mir da auch selbst ein Bild machen."

„Vielleicht bekommen wir gemeinsam auch noch mehr aus ihr heraus. Ich sagte ja schon, ich kann das verdammte Gefühl nicht loswerden, dass sie mir nicht alles gesagt hat, was sie weiß."

Wie nahe Nina damit der Wahrheit kam, sollte sich schon sehr bald auf dramatische Weise zeigen.

Kapitel 11

„Moin Jan. Na, wie geht´s heut Morgen?" Ubbo hatte gerade den Kaffee aufgebrüht, als Jan Boeker, der ehemalige Altknecht seines Vaters, in die Küche geschlurft kam.

„Muss ja, Ubbo. Muss ja. Moin."

Jan schlappte an den Küchenschrank, nahm zwei Tassen und Teller heraus und stellte sie auf den Küchentisch. Dann holte er Butter, Wurst und Käse aus dem Kühlschrank und schob die Aufbewahrungsboxen, so wie sie waren, ebenfalls auf den Tisch.

Eben ein typischer Männerhaushalt, der so durchaus zu der Kücheneinrichtung passte, die zum Teil noch von Ubbos Großeltern stammte. Die obligatorische Ostfriesencouch zum Beispiel hatte auch schon bessere Tage gesehen. Zur Zeit seiner Großeltern war sie sicher ein Schmuckstück in der Küche gewesen. Wenn man heute längere Zeit darauf saß, bekam man das Gefühl, mehr und mehr lebender Bestandteil der Spiralfedern zu werden, die sich in die Weichteile zu bohren schienen. Daher zogen sowohl Ubbo als auch Jan inzwischen die harten Holzstühle als Sitzgelegenheit vor.

„Das Sofa ist nur für die Gäste. Die bleiben dann auch nicht so lange", hatte Ubbo das einmal umschrieben. Und Jan hatte es auf ostfriesische Art mit einem breiten Grinsen wortlos kommentiert.

„Das Toastbrot ist schon fertig", sagte Ubbo und zeigte auf die Ablage neben dem Herd.

Jan kramte Besteck aus einer Schublade und stellte dann das Brot auf den Tisch. „Wie sieht´s denn heute mit ein paar Spiegeleiern aus?", wollte er wissen.

„Eier sind da. Dann hau uns doch mal welche in die Pfanne. Da bist du doch der Fachmann. Speck müsste auch noch im Kühlschrank sein."

Kurze Zeit darauf verbreitete der gebratene Speck einen appetitanregenden Duft in der Küche. Jan verstand es wirklich,

64

vorzügliche Spiegeleier auf den Punkt zu braten. Das Weiße unten schön kross und das Gelbe noch schön weich und flüssig. Ubbo hatte die Spiegeleier von Jan schon als Kind geliebt.

Jan war, solange Ubbo sich erinnern konnte, schon auf dem Hof seines Vaters gewesen und zum Bestandteil der Familie geworden. Daher hatte sein Vater auch testamentarisch verfügt, dass er auf Lebzeiten Wohnrecht auf dem Hof haben sollte. Und seit Ubbo den Hof nach dem Tod seines Vaters vor etwa drei Jahren übernommen hatte, lebten die beiden Männer dort alleine zusammen. Da Jan, trotz seiner fast achtzig Jahre, noch ganz rüstig war, machte er sich auch immer noch auf dem Hof nützlich. Früher war Jan für Ubbo immer so etwas wie der schon erwachsene Bruder gewesen und sie hatten auch manchen Streich zusammen ausgeheckt.

Die beiden Männer ließen es sich ausgiebig schmecken.

„Was liegt denn heute an?", fragte Jan mit vollen Backen.

„Heute Nachmittag kommt der Gerald zum Helfen. Wir haben eine Menge Arbeit, denn morgen früh bin ich mit meinen Bildern schon auf dem Weg nach Berlin zu der Vernissage. Außerdem ist morgen ein ganz besonderer Tag. Weißt du noch, welcher Tag sich morgen zum fünfunddreißigsten Mal jährt?"

„Fünfunddreißig Jahre? Da muss ich nachdenken. Was war vor fünfunddreißig Jahren?" Jan runzelte die ohnehin schon faltige Stirn. Nach einer Weile erhellte sich plötzlich für den Bruchteil einer Sekunde sein Gesichtsausdruck, fiel aber sofort wieder in sich zusammen. „Verdammt, Ubbo. Da ist deine Mutter an Krebs gestorben. Wie konnte ich das nur vergessen?"

„Gestorben, ja, Jan. Und so habt ihr es mir damals auch erzählt. Krebs hat sie auch gehabt. Das stimmt auch. Aber daran ist sie nicht gestorben."

„Ubbo, was redest du denn da? Natürlich ist deine Mutter an Krebs gestorben. Was für einen Unsinn! Woran soll sie denn sonst gestorben sein?"

„Du brauchst mir heute nichts mehr zu erzählen, so wie früher. Ich habe meine Mutter damals selbst ins Watt gehen sehen, als die Flut bereits kam. Ich habe ihr hinterhergeschrien, so laut ich konnte. Aber sie hat mich bei dem Wind wohl nicht mehr gehört. Sie war schon viel zu weit draußen und ich habe sie auch nur noch an ihrer Kleidung und ihren Haaren erkannt. Da ich Angst vor dem Wasser hatte, habe ich mich nicht getraut, ihr nachzulaufen. Dann bin ich nach Hause gerannt. Da war aber niemand. Weder du noch mein Vater waren im Haus oder im Stall zu finden gewesen. Ihr hattet ein paar Schafe zum Metzger gebracht. Ich habe mich dann in mein Bett verkrochen."

„Daran erinnere ich mich noch. Dein Vater hatte schon so eine Ahnung, als wir vom Metzger zurückkamen und deine Mutter nicht mehr im Haus war. Dann fand er den Brief und wir hatten Gewissheit. Dich hat er in deinem Bett gefunden und dir gesagt, dass deine Mutter an ihrer Krankheit gestorben wäre. Dann hat er dir erzählt, dass Kinder in deinem Alter noch keine Toten sehen dürften."

„Das stimmt. Damit ich gar nicht erst auf die Idee käme, meine Mutter noch einmal sehen zu wollen. Dass ich sie ins Watt hatte gehen sehen, das blieb das Geheimnis zwischen mir und meiner Mutter. Du bist der Einzige, der jetzt nach fünfunddreißig Jahren davon weiß, Jan. Und es gibt noch ein Geheimnis. Ich sehe meine Mutter immer noch. Sie erscheint mir oft nachts und spricht mit mir."

Jan Boeker hatte ein einfaches Gemüt. Er gehörte zu den Menschen, die sich bis in unsere heutige, aufgeklärte und hektische Zeit den Glauben bewahrt haben. Den Glauben an Gott und Kirche genauso wie an Moorgeister, den Klabautermann und die Obrigkeit. Jan war im Gesicht aschfahl geworden. Und beinahe ehrfürchtig flüsterte er: „Mein Gott, Ubbo, dann hast du ja so etwas wie das Zweite Gesicht. Warum hast du bisher nie darüber gesprochen?" Vielleicht war das ja auch der Grund dafür, dass Ubbo sich manchmal etwas sonderbar verhielt, ging es Jan durch den Kopf.

„Du weißt doch, der Wille Gottes und auch der meiner Mutter sind manchmal unergründlich."

„Ja, das kenne ich von früher bei ihr", stimmte Jan respektvoll zu. Zweifel an den Worten seines Brötchengebers wären in seinen Augen seit jeher fast einer Gotteslästerung gleichgekommen. Und seine Hände zitterten deutlich mehr als sonst, als er die Tasse an die Lippen hob, um sich den vor Aufregung ausgetrockneten Mund zu benetzen.

„Meine Mutter möchte, dass ich ihr zum Gedenken heute Nacht im Watt ein großes Feuer mache. Dabei muss ich für sie dann einen Hammel opfern, damit ihre Seele aus dem Fegefeuer aufsteigen darf."

„Oh mein Gott!", wiederholte Jan und es liefen ihm Schauer über den Rücken. „Und wie sollen wir das machen?"

„Deshalb kommt ja heute Nachmittag der Gerald. Wir müssen das abgeschnittene Baum- und Buschwerk vom letzten Herbst, welches wir für das Osterfeuer zu liegen haben, bei ablaufendem Wasser ins Watt bringen."

„Aber wie sollen wir denn das zu dritt nur schaffen? Wo ich doch nicht mehr so viel Kraft habe. Vor allem, wenn es den Deich raufgeht."

„Mach dir keine Sorgen. Wir nehmen die große Zeltplane und packen die voll, dann binden wir die hinteren Enden hoch und ich schleppe das dann mit dem Quad über den Deich. Mit ein paar Fahrten dürften wir das dann geschafft haben."

„Aber, wir dürfen doch nicht einfach im Watt ein so großes Feuer machen", gab Jan zu bedenken.

„Wer sollte mich daran hindern? Meine Mutter ist es mir jedenfalls wert. Ihr Wunsch ist mir Befehl. Oder willst du dich etwa ihrem Wunsch verweigern?"

„Ich? Oh nein. Gott bewahre!" Jan sah seine Seele schon in der Hölle schmoren. Wenn der Befehl von so weit oben kam, dann durfte man sich dem doch nicht widersetzen. Und was schadete schon so ein Feuer im Watt. Die nächste Flut würde es löschen und alle Reste nach der Tide mit ins Meer hinausnehmen.

Ubbo war inzwischen in seinem Atelier verschwunden und Jan hatte den Tisch abgeräumt. Das Geschirr hatte er in die uralte Spüle zu dem Berg von den Vortagen gestellt.

„Jan, ich brauche deine Hilfe", rief Ubbo aus dem Atelier. Jan ging zu ihm rüber. „Wir müssen diese Bilder hier in die Decken einschlagen und in die Transportkisten verpacken. Fass doch gerade mal mit an."

Jan mochte die Bilder von Ubbo nicht. Er konnte auch nicht verstehen, dass überhaupt jemand diese Bilder leiden konnte und dann auch noch kaufen würde. Aber offensichtlich verkauften sie sich sogar ausgesprochen gut. So wie die Bilder aussahen, so stellte sich Jan die Hölle und das Fegefeuer vor. Deswegen betrat er das Atelier auch nur, wenn es sich überhaupt nicht vermeiden ließ.

Seine Passion waren von jeher die Tiere und die Arbeiten auf dem Hof gewesen. Bis heute kümmerte sich Jan um die letzten paar Schafe, die noch verblieben waren. Auch heute Morgen hatte er sie bereits vor seinem Frühstück versorgt. Erst das Vieh und dann er selbst. So hatte er es immer gehalten.

Bei den Bildern griff Jan allerdings nur sehr widerwillig zu. Sie machten ihm Angst. Und das war mit zunehmendem Alter sogar noch schlimmer geworden. Zumal ihn die Frage nach dem Danach immer mehr zu drücken schien. Und dann der Gedanke, dass Ubbo offensichtlich Kontakt zum Jenseits zu haben schien. Angesichts der Bilder wunderte sich Jan darüber allerdings jetzt nicht wirklich. Im Gegenteil. Vielleicht war das ja auch eine Erklärung dafür, warum Ubbo oft nächtelang irgendwo unterwegs zu sein schien und manchmal so komisch war. Was mochte er denn da wohl nur treiben?

Seit ihrem Gespräch beim Frühstück beschäftigte ihn die bange Frage, mit welcher Seite der übersinnlichen Kräfte Ubbo einen Pakt geschlossen hatte. Die Bilder ließen in den Augen von Jan dabei nichts Gutes ahnen. Andererseits war Ubbos Mutter eigentlich eine herzensgute Frau gewesen. Doch wenn die schon die ganze Zeit im Fegefeuer hatte schmoren müssen, wie Ubbo gesagt hatte, was würde ihm dann blühen? Fragen, auf die er keine Antwort wusste - und auch das machte dem alten Mann Angst.

Jan war heilfroh, als sie endlich die Bilder verpackt und die Kisten auf dem Transporter verladen und mit Gurten gesichert hatten.

„Ich glaube, jetzt haben wir uns eine Tasse Tee verdient", erlöste ihn Ubbo endlich. „Geht es dir nicht gut? Du bist so blass um die Nase."

„Wird schon", antwortete Jan. „Ich setz schon mal das Teewasser auf. Vielleicht sollte ich auch mal wieder Geschirr spülen", fuhr er dann fort, nachdem er in den fast leeren Geschirrschrank geschaut hatte. „Aber jetzt kann ich erst noch die Tassen aus dem Wohnzimmerschrank nehmen."

„Mach das", sagte Ubbo und verschanzte sich hinter der Tageszeitung.

Jan versuchte, sich von seinen Gedanken abzulenken. Aber es gelang ihm nicht. Was hatte Ubbo heute Nacht im Watt vor? Auf seinen Bildern waren auch große Feuer zu sehen gewesen. Mit Opfertieren, oder waren es vielleicht sogar Menschenopfer gewesen? Auf jeden Fall waren nackte Menschen um die Feuer herumgetanzt.

Würde Ubbo heute Nacht tatsächlich seinen einzigen Hammel opfern und in die Flammen werfen? Jan schauderte es bei diesem Gedanken. Oder sollte er vielleicht sogar selbst geopfert werden? Für Ubbo wäre das finanziell möglicherweise sogar noch von Vorteil. Falls er zum Pflegefall würde, müsste Ubbo dann nicht länger für ihn aufkommen. Keine Überlegung, die zu seiner Beruhigung beitrug. Zumal ihm Ubbo in den letzten Jahren immer unheimlicher geworden war. Manchmal saß er nur da und stierte vor sich hin. Dann war er auch nicht ansprechbar und wusste hinterher oft von nichts mehr.

Gut für das zunehmend empfindsamere Gemüt von Jan war, dass er in Bezug auf den Gemütszustand von Ubbo sogar nur die Spitze des Eisberges zu sehen vermochte.

Kapitel 12

Die Klingel ertönte bereits das dritte Mal durch das Haus. Aber es rührte sich nichts.

„Merkwürdig, Bert, ich hatte heute Morgen eigentlich nicht den Eindruck, dass Beeke Gerdes vorhatte, aus dem Haus zu gehen. Sie hatte noch ihren Morgenmantel an, es würde mich nicht wundern, wenn sie sich noch mal hingelegt hätte, vielleicht sogar mit einer Schlaftablette."

„Dann könnte sie jetzt vielleicht gerade bei der Morgentoilette sein."

„Oder sie schläft doch noch." Nina Jürgens betätigte den Klingelknopf mehrmals hintereinander.

„Also die Klingel ist ja nicht zu überhören, selbst wenn man sich gerade die Haare föhnt", meinte Bert und läutete auch noch ein paarmal.

Nina ging um das Haus herum und rief nach der Hausbewohnerin. Vielleicht hielt die sich ja gerade im Garten auf. Aber es rührte sich nichts.

„Komisch, unten im Haus sind nur die Rollläden im Wohnzimmer oben. Das hat sie bereits während meines Besuches gemacht. Danach scheint sie aber im Erdgeschoss keine weiteren mehr hochgezogen zu haben. Irgendetwas stimmt hier nicht."

„Sehe ich genauso. Irgendwie habe ich ein komisches Gefühl."

„Vielleicht hätte sie doch einen Arzt gebraucht. Die ist ja so aschfahl im Gesicht geworden, als ich ihr sagte, dass man ihren Mann ermordet hat. Ich war richtig erschrocken. Aber einen Arzt hat sie kategorisch abgelehnt. Ihre ganze Reaktion war irgendwie merkwürdig. Jedenfalls nicht so, wie wir das normalerweise kennen."

Bert hatte inzwischen Bernd und Silke herbeordert. Es dauerte auch nicht lange, dann kam das Einsatzfahrzeug durch die Einfahrt.

„Wir müssen die Tür öffnen. Könnte sein, dass etwas passiert ist", ordnete Bert an.

Da die Haustür nicht abgeschlossen, sondern offensichtlich nur zugezogen worden war, stellte sie für Bernd keine große Herausforderung dar. Im Nu hatte er die Tür geöffnet und Nina und Bert betraten das Haus.

„Frau Gerdes! Ich bin's noch mal, Nina Jürgens von der Kripo", rief die Beamtin laut in den Hausflur hinein.

Keine Antwort. Es war totenstill im Haus. Sie gingen ins Wohnzimmer.

„Da ist niemand", stellte Nina fest.

„Frau Gerdes, hier ist die Kriminalpolizei aus Wittmund", rief jetzt auch Bert noch einmal mit seiner kräftigen Stimme.

„Wir müssen uns umschauen."

„Da ist die Küche", sagte Nina und ging durch die offen stehende Tür. „Hier ist der Rollladen auch noch unten. Aber es geht kein Licht."

„Hier im Wirtschaftsraum geht auch kein Licht."

„Ich schau mich oben um." Nina ging die Treppe rauf in das Obergeschoss, wo sie auch das Schlafzimmer vermutete. Die Tür stand offen, die Ehebetten waren benutzt und die Zudecken aufgeschlagen. Die Rollläden im Obergeschoss waren nicht heruntergelassen. Das war Nina bereits von außen aufgefallen.

„Frau Gerdes", rief Nina noch mal. Obwohl sie jetzt nicht mehr wirklich eine Antwort erwartete.

Dann öffnete sie eine angelehnte Tür, die in ein großzügiges, modern ausgestattetes Bad führte. So ein Bad würde mir zu Hause auch gefallen, dachte sie. Dann fiel ihr Blick auf die Eckbadewanne. Da lag die Gesuchte unbekleidet im Badewasser. Der Bademantel, den sie heute Morgen noch angehabt hatte, lag vor der Wanne auf dem Boden. Sie war tot, das erkannte die erfahrene Polizistin sofort, da sich Mund und Nase unter der Wasseroberfläche befanden.

„Bert, sie ist hier im Bad. Tot."

In wenigen Sekunden war Bert bei seiner Kollegin. Nina zeigte auf das Kabel, das von der Steckdose neben dem

Waschbecken bis in die Wanne führte. Neben der Toten lag ein Föhn im Wasser.

„Das erklärt auch, warum das Licht im Haus nicht geht. Die Sicherung ist rausgeflogen", stellte Bert sachlich fest.

„Aber wieso ging dann die Klingel, wenn kein Strom im Haus war?"

„Möglicherweise läuft die ja über eine Batterie und ist von der Stromanlage unabhängig oder sie ist über eine andere Sicherung abgesichert."

„Ja, das kann natürlich eine Erklärung sein. Na, jedenfalls wird sich unsere SpuSi freuen. Die kommen ja heute aus dem Dauereinsatz gar nicht mehr raus", versuchte Nina, zur Routine zurückzufinden.

„Bernd!", dröhnte Berts Stimme durch das Haus.

„Was ist Chef?", kam auch prompt die Antwort von unten.

„Wir brauchen die SpuSi! Absicherung des Hauses als Tatort! Das ganze Programm! Wir haben Beeke Gerdes tot im Bad gefunden."

„Alles klar, Chef, läuft", rief der Polizeiobermeister zurück. Sie waren ein eingespieltes Team, was sich gerade in solchen Situationen immer wieder zeigte.

Inzwischen hatte Nina mit der Hand die Wassertemperatur geprüft.

„Ist kalt. Die muss schon länger hier im Wasser liegen."

„Sieht ja auf den ersten Blick aus wie ein klassischer Suizid", stellte Bert trocken fest.

„Würde ich eigentlich auch sagen, aber lassen wir erst mal unsere Techniker und Dr. Rabe ran und sehen, was die rausfinden, bevor wir voreilige Schlüsse ziehen."

Bert empfand das als versteckte Kritik von Nina und als eine Retourkutsche für ihren kleinen Disput. Am liebsten hätte er darauf eine passende Antwort gegeben, aber das verkniff er sich jetzt. Stattdessen lenkte er ab und sagte: „Ich werde mich hier noch ein wenig umsehen", und ging auf die nächste Tür zu.

„Ah, das scheint ein Arbeitszimmer zu sein. Das musst du dir anschauen!"

Nina folgte ihrem Kollegen und betrat das Zimmer. Auf einem Schreibtisch waren überall Papiere verteilt, einige waren auf den Boden gefallen. Ein Wandsafe, der sich sonst wohl hinter einem jetzt abgehängten Bild von der Insel Spiekeroog verbarg, stand offen. Hier hatte offensichtlich jemand nach irgendetwas gesucht.

Auf dem Schreibtisch stand eine offene Geldkassette. Leer. Sowohl in der Tür vom Wandsafe als auch in der Geldkassette steckten jeweils die Schlüssel.

„Die wurden zumindest nicht aufgebrochen", bemerkte Nina. „Aber trotzdem frage ich mich, wer hat hier nach was gesucht?"

„Vielleicht doch kein Suizid.."

„Ach, auf einmal?", war die schnippische Antwort von Nina. „Einen Abschiedsbrief haben wir ja wohl auch noch nicht? Oder ist mir da etwas entgangen?"

Bert überhörte ihren herausfordernden Ton. „Sag mal, bist du eigentlich sicher, dass die Tote, als du ihr die Nachricht überbracht hast, tatsächlich allein im Haus war?"

„Nein. Da bin ich mir überhaupt nicht sicher. Die hatte eine ganze Weile gebraucht, bis sie an die Tür kam. Ich wollte schon fast wieder gehen. Allerdings kam sie wohl tatsächlich aus dem Bett. Zumindest hatte sie einen Morgenmantel an und war unfrisiert. Ich würde auch nicht ausschließen, dass sie unter ihrem Morgenmantel unbekleidet war. Und wer weiß, vielleicht war sie ja wirklich nicht allein im Bett gewesen. So was soll doch in den besten Kreisen vorkommen", konnte Nina sich nicht verkneifen, noch nachzuschieben.

Auch diese Anspielung überhörte Bert einfach. „Das müsste die SpuSi dann auch noch prüfen; Haare, Hautpartikel, Fingerabdrücke und so."

„Übrigens, ich hab mich doch über ihr Verhalten gewundert, als ich sagte, dass ihr Mann tot sei. Da erschien sie mir zunächst außergewöhnlich gefasst. Das Erste, was sie fragte, war: „Herzinfarkt oder so was?"

„Das heißt, du gehst davon aus, dass sie bereits von dem Tod ihres Mannes wusste?"

„Genau. Jetzt stell dir die Situation mal vor. Sie erfährt, dass ihr Mann ermordet worden ist. Plötzlich begreift sie, dass da oben vielleicht der Mörder ihres Mannes sitzt oder sogar bei ihr im Bett liegt. Das würde auch erklären, warum sie dann plötzlich aschfahl im Gesicht wurde. Ich hatte schon gedacht, die kippt mir aus den Latschen. Und es würde auch erklären, warum ich absolut keinen Arzt holen sollte."

„Erscheint mir doch etwas weit hergeholt, Nina. Überleg mal, da bringt ihr jemand die Todesnachricht von ihrem Mann. Auch wenn sie denkt, es wäre ein Herzinfarkt gewesen und dass der Überbringer ja nichts dafürkann - aber dann noch mit dem anderen Mann Sex? Wie abgefahren ist das denn?" Bert konnte es sich einfach nicht verkneifen, diesen Widerspruch aufzuzeigen.

„Vielleicht hat er sie erst hinterher über den Tod ihres Mannes informiert."

„Überleg mal, Nina, wie würdest du denn als Frau auf so etwas reagieren?"

„Du kannst es ja testen. Wahrscheinlich würde ich austicken und selbst zur Mörderin werden."

„Siehst du. Genau das meine ich. Aber warten wir ab, was unsere Techniker noch rausfinden."

„Also gut, warten wir es ab", verkündete Nina Burgfrieden und wurde wieder sachlich. „Jedenfalls hat sie mir sogar selbst erzählt, dass da einer hier aus dem Ort hinter ihr her ist. Das war ein Fischerkollege von ihrem Mann. Mit dem hatte sich der Ermordete wegen der Krabbenfischerei verkracht. Es wäre auch fast schon einmal zu einer Prügelei gekommen. Angeblich hätte sie dessen mehrfache Annäherungsversuche aber abgewehrt. Dieser Willem de Jong gehört sowieso zu denen, die ich noch überprüfen wollte."

„Dann sollten wir uns den vielleicht gleich als Nächsten vorknöpfen. Vielleicht bringt uns das ja schon einen Schritt weiter", ging Bert auf ihren Burgfrieden ein.

„Könnte sein, dass das etwas schwierig wird. Frau Gerdes hatte nämlich gemeint, dass die meisten Krabbenfischer wahrscheinlich heute Morgen zur Fangfahrt ausgelaufen sind."

„Na, das können wir doch schnell prüfen. Ruf doch mal bei den Seenotrettern an, ob das Boot von diesem Willem de Jong noch im Hafen ist. Die werden das ja sicher kennen."

Während sie nach unten gingen, telefonierte Nina.

„Also, sein Boot liegt im Hafen. Seiner Frau gehört das Hotel Harms hier am Ort. Da soll er auch wohnen. Das ist gar nicht weit von hier, da bin ich heute schon dran vorbeigefahren."

„Warten wir noch, bis unsere Techniker da sind und wir sie eingewiesen haben. Und dann los."

Es dauerte nicht lange, bis die Kollegen von der Spurensicherung eintrafen. Nachdem Bert sie informiert hatte, machte er sich mit Nina auf den Weg zum Hotel Harms.

„Bin ich gespannt, was dieser Willem zu erzählen hat", sagte Nina, als sie zu Bert ins Auto stieg. War das das Signal zur Aufhebung ihres Burgfriedens?

Kapitel 13

„Ich glaub es ja nicht! Da liegt dieser Kerl hier am helllichten Tag immer noch total besoffen in der Koje!", zeterte Hedwig Plott. Sie stand wie das heilige Donnerwetter vor der Koje ihres Mannes. „Und alles voll Blut. Hast du dich in deinem Suff wieder irgendwo geprügelt? Wo hast du dich denn bloß wieder rumgetrieben? Da denke ich, du bist längst draußen und fängst Granat. Stattdessen fragt Kalle bei mir nach, warum du ihm noch nicht Bescheid gesagt hast, wann ihr auslaufen wollt. Und dann liegst du hier mit einer leeren Schnapsflasche in der Koje."

Hedwig war außer sich und fuchtelte mit der Schnapsflasche hin und her. Kalle Siegemund, der Decksmann von Heinrich Plott, hatte schon Angst, sie könnte diese seinem Käpt'n über den Schädel schlagen.

Heinrich konnte kaum die Augen aufbekommen und schaute benommen und verständnislos seine Frau an. „Hedwig? Was willst du? Lass mich! Ich will schlafen!" Heinrich drehte sich auf die Seite zur Wand und begann im gleichen Augenblick auch schon wieder zu schnarchen.

Das war für Hedwig zu viel. Sie holte mit der Flasche aus. Und wenn Kalle nicht beherzt zugegriffen hätte - wer weiß, was dann passiert wäre.

„Nein! Sie schlagen ihn ja tot!", entfuhr es ihm.

Hedwig schaute erschrocken auf die Flasche in ihrer Hand und ihr Handgelenk, das Kalle im allerletzten Moment noch zu fassen bekommen hatte.

„Danke Kalle. Aber er hätte es verdient. Dieser nichtsnutzige Quartalsäufer!"

Kalle nahm ihr die Flasche aus der Hand und stellte sie auf die Seite. „Ich glaube, den lassen wir jetzt am besten hier einfach weiterpennen. Wenn der seinen Rausch ausgeschlafen hat, dann wird der schon wieder von ganz alleine nach Hause kommen. Wahrscheinlich weiß er dann von gar nichts mehr."

„Das glaube ich auch. Es wäre ja leider nicht das erste Mal. Aber mich tät interessieren, woher das ganze Blut an seinen Händen und seiner Jacke kommt. Aber du hast sicher recht, Kalle, jetzt bekommen wir nichts aus ihm heraus. Komm, lass uns gehen."

Als beide oben auf dem Kai standen, war Otto Hansen gerade auf dem Weg nach Hause. „Hedwig? Was machst du denn hier? Wieso seid ihr denn nicht draußen, Kalle? Dem Heinrich wird doch nicht auch etwas passiert sein?"

„Passiert, Otto? Was ist denn passiert? Ich hab mich ja schon über die Martinshörner und die ganze Polizei hier im Ort gewundert. Da hatte ich mir schon Sorgen um Heinrich gemacht. Aber der liegt mal wieder total besoffen auf dem Kutter in seiner Koje", sagte Hedwig.

„Den Nanne Gerdes haben wir erstochen in seinem Ruderhaus gefunden. Und das Boot hatte der Mörder losgemacht, so dass die *Beeke* mit dem ablaufenden Wasser rausgetrieben ist."

„Um Gottes willen. Da kann ich von Glück sagen, dass mein Heinrich nur sturzbetrunken in seiner Koje liegt und seinen Rausch auspennt."

„Aber dann könnte dein Mann vielleicht ein wichtiger Zeuge sein, wenn der die ganze Nacht hier im Hafen gewesen ist!"

„Jetzt wird mir aber doch angst und bang. Der Heinrich ist nämlich ganz voll Blut geschmiert. An der Jacke und an den Händen. Aber der hat doch den Nanne nicht ermordet. Warum sollte er das denn gemacht haben?"

„Quatsch! So was kann ich mir beim Heinrich wirklich nicht vorstellen. Sicher trinkt er gerne mal einen über den Durst. Und dann sucht er ja geradezu die Auseinandersetzung. Aber das macht er dann mit seinen Fäusten und nicht mit einem Messer", versuchte Otto, Hedwig zu beruhigen.

„Ja, du hast sicher recht. Dann sollten wir das mit dem Blut nicht gerade an die große Glocke hängen. Nicht dass das noch bei einigen Leuten in den falschen Hals kommt."

„Das würde ich auch so sehen. Also Kalle, du hältst am besten auch die Klappe, wenn du deinen Käpt'n nicht unnötig in Schwierigkeiten bringen willst."

„Aye, aye Käpt'n."

„So, jetzt muss ich aber erst mal nach Hause. Mir reicht es für heute. Wenn du Hilfe brauchst, ruf einfach an. Aber vielleicht solltest du dem Heinrich noch ein paar frische Klamotten bringen, dass der nachher nicht so blutverschmiert hier im Ort rumläuft."

„Das ist eine gute Idee und vielen Dank", antwortete Hedwig, ohne zu ahnen, dass sich die Dinge nicht immer wie geplant entwickeln.

Kapitel 14

Als Bert und Nina beim Hotel Harms ankamen, hatten sie sich nach einer erneuten kurzen Diskussion doch erst einmal wieder für Burgfrieden entschieden. Die Zeit für ein klärendes Gespräch zwischen ihnen war einfach zu kurz und sie hatten jetzt wirklich Wichtigeres zu tun.

Als sie die Eingangshalle betraten, sprach die Hoteleigentümerin gerade an der Rezeption mit einer Angestellten.

„Moin, was können wir für Sie tun?", wandte sich Grete de Jong an die beiden.

Auf gut Glück sprach Bert sie an: „Moin. Frau de Jong?"

„Ja."

„Kommissar Bert Linnig, Kripo Wittmund." Bert hielt ihr seinen Ausweis hin. „Und das ist meine Kollegin, Nina Jürgens. Wir hätten gerne Ihren Mann in einer wichtigen Angelegenheit gesprochen."

„Das dürfte wohl schwierig werden, Herr Kommissar. Der ist heute Nacht zu einer Fangfahrt ausgelaufen."

„Das glaube ich nicht, Frau de Jong. Sein Boot liegt nämlich immer noch im Hafen."

„Was?!" Grete de Jong schien zunächst sprachlos. Doch dann hatte sie sich gefangen und war wieder ganz die souveräne Geschäftsfrau.

„Ich glaube, es ist das Beste, wenn wir in mein Büro gehen. Da sind wir ungestört. Vielleicht einen Kaffee oder Tee?"

„Das wäre nett. Einen Kaffee könnte ich jetzt vertragen", sagte Bert.

„Dem schließe ich mich an", ergänzte Nina.

Grete de Jong gab das an ihre Angestellte weiter und führte die Beamten in ihr Büro.

„Nehmen Sie doch bitte Platz. Der Kaffee kommt gleich." Sie wies auf einen runden Besprechungstisch, um den sich einige moderne Sessel gruppierten.

Kaum dass sich Nina und Bert gesetzt hatten, kam die Angestellte bereits mit dem Kaffee.

„Herr Kommissar, sind Sie ganz sicher, dass sich das Boot meines Mannes wirklich immer noch hier im Hafen befindet?"

„Das war jedenfalls die Auskunft der Leute von der Seenotrettungsstation, mit denen ich vorhin telefoniert habe", sagte Nina.

„Na, dann wird das wohl stimmen, denn die kennen Willems Boot ganz sicher. Aber dann müsste mein Mann eigentlich auf dem Boot sein, denn hier ist er nicht. Vielleicht hat er das Problem mit der Maschine ja doch nicht lösen können."

„Wann hat Ihr Mann denn das Haus verlassen?", wollte Bert wissen.

„Das war bereits gestern nach dem Mittagessen. Wie gesagt, er hatte wohl ein Problem an der Maschine oder dem Generator, woran er selbst arbeiten wollte. Auf jeden Fall hatte er vorgehabt, sogar noch bei auflaufendem Wasser rauszufahren, um vor allen anderen draußen zu sein. Das macht er öfter so, seit er aus der *Fischerei-Genossenschaft* ausgetreten ist und kein gutes Verhältnis mehr zu seinen hiesigen Fischer-Kollegen hat."

„Frau de Jong, Sie können sich sicher vorstellen, warum wir hier sind", sagte Nina.

„Es geht wahrscheinlich um den tragischen Tod von Nanne Gerdes? Das hat sich hier ja wie ein Lauffeuer verbreitet. Allerdings wüsste ich nicht, wie ich Ihnen da helfen kann. Oder glauben Sie etwa, dass mein Mann damit etwas zu tun hat?"

„Wenn Ihr Mann sich seit gestern Mittag und auch die ganze Nacht über im Hafen aufgehalten haben sollte, dann könnte er zumindest ein wichtiger Zeuge sein", erwiderte Nina.

„Das verstehe ich natürlich. Aber da müssten Sie dann auf seinem Kutter nachschauen."

„Das werden wir. Aber, wo wir schon mit Ihnen sprechen, gibt es Probleme in Ihrer Ehe? Entschuldigen Sie, wenn ich so direkt frage, aber wir ermitteln in einer Mordsache und da müssen wir vielen Fragen nachgehen."

„Ich weiß zwar nicht, was meine Ehe mit dem Tod von Nanne Gerdes zu tun haben soll, aber da steht es tatsächlich nicht zum Besten."

„Was meinen Sie damit konkret?", hakte Bert nach.

Grete zögerte mit ihrer Antwort. Ihr ging die Auseinandersetzung mit ihrem Mann durch den Kopf. Den Glauben daran, dass ihre Ehe noch zu retten sein würde, hatte sie inzwischen aufgegeben. Sie wollte aber in jedem Fall ihren Jungen behalten. Und Willem war unberechenbar. Er hatte ja sogar schon angedroht, dass ihn selbst der Beschluss eines deutschen Gerichts nicht interessieren würde. Also warum sollte sie sich dann jetzt schützend vor ihren Mann stellen? Vielleicht sogar im Gegenteil, überlegte sie. Wenn sie jetzt ganz offen mit der Kripo sein würde, könnte das bei einer Scheidungsauseinandersetzung vielleicht sogar hilfreich für sie sein.

„Ich will ganz offen zu Ihnen sein. Alles war gut, bis mein Mann diese Millionen-Erbschaft gemacht hat. Bis dahin waren wir sogar mit Beeke und Nanne Gerdes befreundet gewesen. Aber dann kaufte er für über eine Million den modernsten Kutter, den er bekommen konnte, mit einer enormen Fangkapazität. Der sollte natürlich ausgelastet werden und er begann, in den angestammten Fanggebieten seiner Kollegen zu wildern. Den Rest können Sie sich ja denken."

„Das können wir, Frau de Jong. Waren die Gerdes vielleicht neidisch auf Ihren Mann?"

„Nein, das glaube ich nicht. Alles wäre sicher auch gut geblieben, wenn mein Mann sich auf seine Fanggebiete beschränkt hätte. Zudem ist er, wie ich schon sagte, aus der hiesigen *Fischerei-Genossenschaft* ausgetreten und hat von da an seine Fänge, zum Teil sogar zu Dumpingpreisen, an seine niederländischen Landsleute verkauft.

„Wie war denn danach das Verhältnis zwischen Nanne Gerdes und Ihrem Mann?", fragte Bert.

„Seitdem bestand zwischen Willem und Nanne so etwas wie eine richtige Männerfeindschaft. Ich glaube, die hassten sich

81

bis aufs Blut. Nanne war sicher zu Recht sauer, wegen der Fanggebiete und der Dumpingpreise. Und Willem war nicht davon abzubringen, dass Nanne nur neidisch sei."

„Könnten Sie sich denn vorstellen, dass Ihr Mann Nanne Gerdes umgebracht hat? Sie müssen darauf nicht antworten, Frau de Jong. Sie brauchen gegen Ihren Mann nicht auszusagen."

„Ich weiß, Herr Kommissar. Dass Willem dem Nanne heimtückisch auflauern und ihn ermorden würde, das kann ich mir nicht vorstellen. Aber dass es zu einer Auseinandersetzung mit tödlichem Ausgang zwischen beiden gekommen sein könnte, das würde ich nicht ausschließen wollen."

„Wie war denn das Verhältnis Ihres Mannes zu Beeke Gerdes?"

„Auch hier will ich ganz offen sein. Eine Freundin hat mir erzählt, dass Willem mit Beeke beim letzten Hafenfest erst eng getanzt hätte und dann für etwa eine halbe Stunde mit ihr verschwunden gewesen sein soll. Ich habe daraufhin die Anrufliste im Handy meines Mannes kontrolliert. Da waren mehrere Anrufe mit dem Hausanschluss von den Gerdes gespeichert."

„Würden Sie daraus schließen, dass Ihr Mann mit Beeke Gerdes eine außereheliche Beziehung hatte?"

„Ich würde es zumindest nicht ausschließen."

„Hatte Ihr Mann denn einen Grund, Sie zu betrügen?", hakte Nina gnadenlos nach.

„Ich weiß nicht, was sie meinen", versuchte Grete de Jong, Zeit zu gewinnen.

„Na ja, wie stand oder steht es mit Ihrer ehelichen Treue beziehungsweise Ihrer ...?"

„Ach, ich verstehe", unterbrach Grete sie. Ihr erschien es in diesem Moment in Hinblick auf einen Scheidungsprozess vorteilhaft, wenn die Beamten wüssten, dass Willem zu Gewalttätigkeit neigte. Daher berichtete sie dann in aller Offenheit von ihrem Seitensprung und den handgreiflichen Folgen. Und auch darüber, dass Willem in Bezug auf seinen

Sohn selbst die Autorität eines deutschen Gerichtes nicht zu akzeptieren bereit wäre.

„Wollen Sie damit sagen, dass Ihr Mann nicht nur zu unkontrollierten Aggressionen neigt, sondern auch die Durchsetzung seines Willens über jedes Recht stellen würde?".

„Herr Kommissar, das sehen Sie ja schon allein daran, mit welcher Unverfrorenheit er nach wie vor in den Fanggebieten seiner Kollegen hier aus Neuharlingersiel räubert. Mir war und ist das äußerst peinlich. Schließlich bin ich hier geboren und aufgewachsen. Die meisten meiner Freunde und Verwandten wohnen hier."

„Verstehe. Ich glaube, es wird allerhöchste Zeit, dass wir uns mit Ihrem Mann persönlich unterhalten. Was müssen wir für den Kaffee bezahlen?"

„Der geht aufs Haus."

„Dann herzlichen Dank dafür."

„Dafür nicht, Herr Kommissar. Hoffentlich finden Sie bald Nannes Mörder."

Ein frommer Wunsch. Doch bis dahin sollte es noch einige Irrungen und Wirrungen geben, von denen auch Gretes Mann nicht verschont bleiben sollte.

Kapitel 15

Enno saß auf dem einzigen Stuhl in seiner Zelle und grübelte vor sich hin. Seine Welt war heute Morgen absolut aus den Fugen geraten. Dabei hatte er sich eigentlich nichts zu Schulden kommen lassen. Außer, dass er verschlafen hatte. Enno war sich absolut sicher, dass seine Welt noch völlig in Ordnung wäre, wenn er heute Morgen pünktlich gewesen wäre. Also war er doch irgendwie schuldig. Und dabei ließ es sich nicht leugnen, er würde Nutznießer dieses Mordes sein. Ganz egal, warum der Mörder seinen Käpt'n tatsächlich umgebracht hatte.

Er versuchte erst einmal, Ordnung in seine wirren Gedanken zu bekommen. Wenn es mal draußen auf dem Wasser ungemütlich wurde, dann hieß es auch cool bleiben. Da waren dann Überblick, Erfahrung und Routine gefragt. Erfahrungen und Routine mit solchen kriminellen Ereignissen hatte er ja nun, weiß Gott – oder besser gesagt - Gott sei Dank, nicht.

Also erst einmal sortieren. Dass er Meike heute Morgen quasi rausgeschmissen hatte, das war eine Sache. Aber er fragte sich jetzt, wie blöd man eigentlich sein musste, wenn man sein einziges Alibi regelrecht aus dem Haus jagte. Aber sie würde dazu sowieso nicht viel sagen können, denn als er gegangen war, hatte sie gepennt. Andererseits war sie auch nicht ganz unschuldig daran gewesen, dass er überhaupt verpennt hatte.

Dann hatte er erst einmal in Ruhe nachdenken wollen - ohne Weibergeschwätz. Meike konnte ihm manchmal wirklich das Ohr absabbeln. Dabei liebte er sie aber trotzdem sehr und es tat ihm jetzt unheimlich leid. Aber darum würde er sich später kümmern müssen.

Jetzt musste er kühlen Kopf bewahren und sich überlegen, wie er mit seiner Festnahme und dem Mordverdacht umgehen sollte. Wie war das in den Krimiserien immer? Enno ging gedanklich die Alternativen durch.

Wenn ein unschuldig Verhafteter gleich nach einem Anwalt verlangt, ist das für die Beamten fast schon so etwas wie ein Schuldeingeständnis. Sagt der Betroffene aber aus, dann kommt meistens eine cleverere Staatsanwältin oder ein Staatsanwalt und dreht demjenigen das Wort im Mund herum und er landet mit Sicherheit erst einmal vor Gericht. Wenn er dann noch Pech hat, sogar als Justizirrtum im Knast.

Sagt der Betroffene nicht aus und bekommt einen Pflichtanwalt, dann kommt am Schluss nicht selten dasselbe Ergebnis heraus. Weil in den meisten Krimis die Pflichtanwälte nur dann gut zu sein scheinen, wenn es gilt, einen tatsächlich Schuldigen – der eigentlich eine Verurteilung verdient hätte - vor dem Knast zu bewahren. Oft schlagen solche Pflichtverteidiger dann auch vor, sich besser schuldig zu bekennen und auf mildernde Umstände zu bauen.

Alles für ihn keine besonders aufmunternden Überlegungen. Aber in solchen Fällen konnte eine schlimme Kindheit sehr hilfreich sein. Und sein Eindruck aus Medienberichten war, dass das nicht nur in Filmen funktionierte. Eine schwere Kindheit hatte er nach dem frühen Tod des Vaters und einer Mutter in Hartz IV ja schließlich auch vorzuweisen.

Enno bekam eine Gänsehaut. Keine wirklich guten Aussichten für ihn. Zumindest, wenn die Krimis und Medienberichte tatsächlich als Maßstab gelten sollten. Irgendwo wird da aber schon was dran sein, dachte er sich.

Und wie geht das in vielen Krimis aus, wenn der Betroffene tatsächlich schuldig ist? Oft verfügen solche Gangster auch noch über genügend Geld, um sich sogar einen Staranwalt leisten zu können. Im Ergebnis kommen diese – und das nicht nur in den Filmen, wenn man auch hier den Medien trauen durfte - oft sogar schon bald wieder auf freien Fuß.

Für Enno stand nach diesen Überlegungen fest, mit Fairness würde er wohl kaum rechnen können. Das zeigte doch schon die Art und Weise seiner Festnahme. Was gingen diesen Bullen die Blutflecke auf seinem Bettlaken an. Wenn dieser Bulle dann auch noch mit Lars Bordersen reden würde und dieser sein Scheißgeschwätz von „Käpt'n über Bord" loslassen würde, dann wäre sicher der Bock fett. Enno sah sich schon nach einem Indizienprozess made in USA als klassischen Justizirrtum im Knast enden.

Wie also sollte er sich jetzt verhalten? Einen Staranwalt konnte er sich nicht leisten, so viel stand schon fest. Einen Anwalt zu fordern würde wahrscheinlich als Schuldeingeständnis gewertet. Also würde er erst einmal so wenig wie möglich sagen. Das sollte ihm am allerwenigsten schwerfallen. Sollten sie nur kommen, die Bullen, und versuchen, ihm etwas unterzuschieben. Er war jetzt vorbereitet. Jedenfalls dachte er das.

Doch bekanntlich kommt es erstens anders und zweitens als man denkt.

***

Bert Linnig und seine Kollegin entdeckten den Kutter von Willem de Jong im Hafen von Neuharlingersiel auf Anhieb. Zum einen lagen ohnehin nur noch wenige Boote an der Kaimauer und davon war er der größte und offensichtlich auch modernste Kutter.

„Wenn ich sehe, wie viele Boote da ausgelaufen sind, da kommt noch eine Menge Arbeit auf uns zu, Nina. Man hätte heute früh als Erstes den Hafen dichtmachen müssen. Denn jeder von denen könnte ja theoretisch den Mord begangen und inzwischen in aller Ruhe seine Spuren beseitigt haben", sagte Bert.

„Klar, hätte man. Dann hätte der verantwortliche Leiter der Kripo Wittmund vielleicht telefonisch erreichbar sein sollen, anstatt es sich bei einer alten Liebschaft noch mit einem ausgiebigen Frühstück gut gehen zu lassen."

Nina fühlte sich angegriffen, aber auch schuldig zugleich. Ja, Bert hatte recht. Daran hätte sie denken müssen. Eine entsprechende Anweisung an die Seenotrettungsstation hätte sicher genügt. Aber sie hatte einfach nicht daran gedacht, wie ihr jetzt siedend heiß bewusst wurde.

„Wie oft soll ich es dir denn noch sagen, da war und ist nichts mit Liebschaft. Und über das mit meinem Handy habe mich auch schon wahnsinnig geärgert. Zudem hat mich meine ehemalige Kollegin leider auch tatsächlich erst nach dem Frühstück informiert. Sie hatte es aber sicher nur gut gemeint."

„… ist bekanntlich das Gegenteil von gut gemacht, mein Lieber. Das hätte eine ehemalige Kriminalhauptkommissarin auch wissen sollen", konterte Nina, obwohl sie sich darüber im Klaren war, dass sie und nur sie heute Morgen die Verantwortung gehabt hatte.

Trotzdem ärgerte sie sich über Berts Geschichte mit dieser Rothaarigen. Wenn das nicht gewesen wäre … Aber hätte, wäre, wenn … Das half jetzt auch nicht weiter.

Sie waren inzwischen bei dem Kutter des Holländers angekommen.

„Moin, sind Sie Willem de Jong, der Kapitän von diesem Kutter?", fragte Bert den Mann, der gerade aus dem Ruderhaus kam.

„Wer will das wissen?"

„Kriminalkommissar Bert Linnig vom Kommissariat Wittmund und das ist meine Kollegin, Nina Jürgens." Bert hielt seinen Ausweis hoch, obwohl der Angesprochene den auf diese Entfernung sicher nicht erkennen konnte. „Dürfen wir an Bord kommen, wir müssen dringend mit Ihnen sprechen."

„Das geht wohl um Nanne Gerdes? Okay. Seien Sie aber vorsichtig, die Sprossen in der Kaimauer sind tückisch, wenn man sich da nicht auskennt. Dann sind Sie nämlich schneller unten, als Ihnen lieb ist."

„Wir machen das heute nicht zum ersten Mal", sagte Nina.

„Am besten gehen wir in mein Ruderhaus. Ich gehe voraus." Willem de Jong ging die drei Stufen zum Ruderhaus hoch. „Mögen Sie einen Kaffee?", bot er großzügig an.

„Danke", sagte Bert, „den hatten wir gerade schon bei Ihrer Frau."

„Hätte ich mir ja eigentlich denken können, dass Sie schon bei der waren. Und wahrscheinlich wollen Sie jetzt von mir wissen, ob ich Nanne umgebracht habe, weil wir im Streit miteinander liegen?"

„Haben Sie denn?", hakte Bert sofort ein.

„Nein, Herr Kommissar. Nur weil einer neidisch auf einen ist, bringt man den doch nicht gleich um. Dem haut man höchstens mal eins aufs Maul, wenn der das Stänkern nicht lässt."

„Seit wann sind Sie denn heute hier im Hafen?", fragte Nina nach.

„Bin gestern nach dem Mittagessen gleich hierher, weil ich ein Problem mit dem Generator für die Kühlung habe."

„Konnten Sie das denn inzwischen beheben?", wollte Bert wissen.

„Nein, leider nicht. Musste per Internet noch ein Ersatzteil bestellen. Wenn ich Glück habe, dann kommt das noch im Laufe der Woche."

„Und dann waren Sie seit gestern Mittag bis jetzt ohne Unterbrechung auf Ihrem Schiff?"

„Oh, vielen Dank für die Blumen, junge Frau. Schiff, haha ... Schiffe sind ein bisschen größer. Das hier ist immer noch ein Boot. Aber sicher nicht mehr weit von einem Schiff entfernt", schob er dann noch mit Stolz nach. „Aber zu Ihrer Frage. Ja, ich war die ganze Zeit hier. Hatte genug Arbeit mit dem Generator. Und außerdem habe ich alles an Bord, was ich brauche, zum Essen und zum Trinken und so weiter."

„Wenn Sie in der fraglichen Zeit hier im Hafen waren, dann sind Sie unter Umständen ein wichtiger Zeuge, Herr de Jong", erklärte Bert Linnig. „Ist Ihnen denn irgendetwas aufgefallen?"

„Nein. Ich habe die ganze Zeit unten am Generator gearbeitet. Da bekommt man von draußen so gut wie nichts mit."

„Waren Sie denn nicht mal zwischendurch draußen, ein bisschen frische Luft schnappen oder eine rauchen?" Nina hatte den benutzten Aschenbecher und den abgestandenen Rauchgeruch im Ruderhaus bemerkt.

„Doch, das schon. Aber da ist mir nichts Ungewöhnliches aufgefallen."

„Herr de Jong, es war ein Riesenauflauf mit Polizei, Seenotrettern, Sanitätern, Blaulicht und Martinshörnern hier im Hafen und von alledem wollen Sie nichts mitbekommen haben?", bohrte Bert nach.

„Na ja, das Theater hier im Hafen schon."

„Und da sind Sie nicht mal von Ihrem Kutter runter, um sich zumindest zu erkundigen, was passiert ist?", blieb der Kommissar hartnäckig.

„Hab ja nicht das beste Verhältnis zu den Kollegen hier. Was sollte ich dann da? Geht mich schließlich alles nichts an."

„Aber woher wussten Sie denn, dass wir Sie wegen Nanne Gerdes sprechen wollten, wenn Sie Ihr Boot seit gestern Mittag nicht mehr verlassen haben wollen?" Nina hatte so ein untrügliches Gefühl, dass Willem de Jong irgendetwas verschwieg. „Herr de Jong, wir sprechen hier mit Ihnen als Zeugen. Das heißt, dass Sie mit Ihren Aussagen zur Wahrheit verpflichtet sind. Es sei denn, Sie würden sich selbst belasten. Dann hätten Sie natürlich auch das Recht, einen Anwalt hinzuzuziehen."

Willem de Jong zuckte nur mit den Schultern.

„Normalerweise sind diese Kutter doch immer mit zwei Leuten besetzt, oder?", wechselte Bert das Thema.

„Ja." Willem schien mit seinen Gedanken abwesend zu sein.

„Wo ist denn Ihr zweiter Mann? Zumal Sie eigentlich bereits hätten auslaufen wollen, wie uns Ihre Frau erzählte. Außerdem wäre die Arbeit an dem Generator zu zweit doch auch sicher schneller gegangen, oder?", bohrte Bert nach.

„Ich sage jetzt nichts mehr."

„Ist das Ihr Ernst? Sind Sie sich der Konsequenzen überhaupt bewusst? Wenn Sie die Aussage verweigern, müssen wir davon ausgehen, dass Sie offensichtlich befürchten, sich selbst zu belasten und in Wirklichkeit doch etwas mit dem Tod von Nanne Gerdes zu tun haben."

„Ich sag nix mehr", platzte es trotzig aus Willem heraus und man sah ihm an, dass die Wut in ihm hochkochte.

„Dann bleibt uns keine andere Wahl, als sie vorläufig in Gewahrsam zu nehmen. Über Ihre Rechte hat Sie meine Kollegin vorhin schon aufgeklärt."

„Auf meinem Kutter sagt mir keiner, was ich zu tun habe. Und da fasst mich auch keiner an. Und schon gar nicht zwei so kleine Provinzpolizisten, wie ihr beide!", brüllte Willem plötzlich los und outete sich damit eindeutig als Choleriker. Dabei machte er auch noch einen bedrohlichen Schritt auf Bert zu, der zwischen ihm und der Tür stand. Als Bert nicht beiseitetrat, holte er mit der Faust aus. Sein Schlag ging allerdings ins Leere. Er hatte wohl nicht mit der geübten Routine der beiden Beamten gerechnet. Im Nu hatte Willem die Arme in Handschellen.

„So, Herr de Jong, Sie haben jetzt zwei Möglichkeiten. Entweder steigen Sie jetzt ruhig und kooperativ mit uns die Sprossen an der Kaimauer hoch und begleiten uns dann zu unserem Dienstfahrzeug, oder wir lassen das Einsatzkommando aus Wittmund kommen und die ganzen Hafenanwohner bekommen mit, dass wir Sie hier mit großem Bahnhof festgenommen haben."

„Okay, ich gehe ja freiwillig mit", gab Willem klein bei. „Auch wenn ich mit dem Tod vom Nanne absolut nix zu tun habe. Das müssen Sie mir einfach glauben. Wenn ich nichts sagen will, dann hat das andere Gründe, über die ich aber einfach nicht reden möchte."

„Darüber lassen wir dann den Haftrichter entscheiden, Herr de Jong", erwiderte Bert und schob ihn die Sprossenleiter an der Kaimauer rauf. Oben stand bereits Nina, um ihn in Empfang zu nehmen. Sie übergaben ihn einem uniformierten Streifenbeamten, der ihn nach Wittmund ins Kommissariat bringen sollte.

Kapitel 16

Bert und Nina wollten gerade zu ihrem Auto gehen, als Berts Handy läutete. Es war das Kommissariat in Wittmund.

„Linnig."

„Herr Kommissar, wir haben einen anonymen Anruf erhalten", sagte der Beamte am anderen Ende der Leitung. „Da soll ein Krabbenkutter mit Namen *Hedwig* im Hafen liegen. Der Anrufer hat gesagt, wir sollten uns den Kapitän in seiner Koje mal ansehen. Dann hat er aufgelegt."

„Haben wir die Nummer von dem Anrufer?"

„Nein, Herr Kommissar. Der Anruf kam vor wenigen Minuten mit unterdrückter Nummer rein."

„Okay. Danke. Wir kümmern uns darum." Bert steckte sein Handy wieder ein.

„Wir haben einen anonymen Hinweis bekommen, dass wir uns den Kapitän auf einem Kutter namens *Hedwig* anschauen sollten."

„Etwa noch ein Mord? Mit Toten bin ich für heute eigentlich bedient."

„Reicht mir auch. Ah, ich glaube, dahinten liegt das Boot. Schauen wir doch mal, was uns da erwartet."

Die beiden gingen zu dem bezeichneten Krabbenkutter. An Bord mussten sie sich erst einmal orientieren. Für Landratten war das gar nicht so einfach, wo war hier der Eingang zur Kajüte und den Kojen?

„Hier", sagte Nina, „immer dem Schnapsgeruch nach. Mensch, da bleibt einem doch die Luft weg. Wie viele Flaschen der wohl intus hat?"

Nina stand vor einer Koje. Vor ihr lag schnarchend ein Mann um die Fünfzig. „Der sieht zwar nach Schnapsleiche aus, aber tot ist der jedenfalls noch nicht. Trotzdem, überall ist Blut, an den Händen und der Jacke. Ob der was mit dem Tod von seinem Kollegen zu tun hat?"

„Irgendeinen Grund wird es sicher haben, wenn uns der anonyme Anrufer hierherlockt."

Nina packte den Mann an der Schulter und schüttelte ihn. „Hallo Käpt'n, hallo, wie heißen Sie?"

Der Mann rekelte sich und schlug ihre Hand weg. „Hau ab! Lass mich in Ruh!", fauchte er sie schlaftrunken an. Eine furchtbare Schnapsfahne nahm Nina fast den Atem. Dann schnarchte er weiter.

Bert zeigte auf die leere Schnapsflasche, die auf einer Ablage stand. „Wenn der die alleine ausgetrunken hat, dann wundert mich nichts mehr."

„Hey, Mister. Aufwachen!" Nina rüttelte ihn erneut an der Schulter. Diesmal ging sein Schlag aber ins Leere. „Hier ist die Kriminalpolizei. Aufwachen! Wir haben ein paar Fragen an Sie."

„Haut ab! Oder Ihr kriegt was aufs Maul", raunzte der Angesprochene Nina an.

„Aufwachen! Hier ist die Polizei. Wir müssen mit Ihnen reden", sagte Bert energisch.

Der Mann blinzelte die beiden Beamten an. Trotz seines Rausches bekam er ein gefährliches Glitzern in seine Augen. „Verschwindet! Sonst mach ich euch Beine! Hier gibt nur einer Befehle!" Er stützte sich auf seine Ellenbogen und wies dann nachdrücklich mit einer Hand zum Aufgang. „Raus mit euch! Ihr habt auf meinem Kutter nix verloren!"

„Wir haben ein paar Fragen an Sie", zeigte sich Nina unbeeindruckt.

Da stemmte sich der Kerl hoch und schwang sich aus der Koje. Torkelnd stand er einen Moment lang vor Nina. Und völlig unvermutet schoss plötzlich seine Faust auf ihren Kopf zu. Mit einer Reflexbewegung ihres linken Armes leitet sie seinen Schlag an ihrem Kopf vorbei und im nächsten Augenblick traf ihn Ninas gezielter Karateschlag in den Solarplexus. Wie ein nasser Sack plumpste er auf die Koje zurück und rang nach Luft. Schon mancher Angreifer hatte sich bei Nina getäuscht. Aber man sah ihrer schlanken, eher zierlichen Figur nun mal den schwarzen Gürtel dritten Grades nicht an. Bert konnte sich ein anerkennendes Grinsen nicht verkneifen.

„So, Herr Kapitän", wurde Nina förmlich, „wie heißen Sie?"

„Heinrich", presste er nach Luft schnappend raus.

„Und weiter?"

„Heinrich Plott. Was wollt Ihr Scheißbullen von mir?"

„Herr Plott, halten Sie sich mit Ihren Ausdrücken zurück!", Bert hatte einen drohenden Unterton in seiner Stimme. „Wie kommt das Blut an Ihre Hände und Ihre Kleidung?"

„Was für Blut?", Plott betrachte seine Hände und Arme. „Ach du Scheiße. Ich hab keine Ahnung. Ne, wirklich. Keine Ahnung."

„Heinrich! Heinrich!", ertönte plötzlich eine weibliche Stimme von oben.

„Der ist hier", gab Bert Antwort, „kommen Sie runter. Hier ist die Polizei."

„Ach du jemine. Ich wollte meinem Mann nur ein paar saubere Sachen zum Anziehen bringen", sagte Hedwig Plott ganz verdutzt und kam die Stiege herunter in die enge Kajüte.

Die Kommissare stellten sich vor und zeigten ihre Ausweise. „Wir haben ein paar Fragen an Ihren Mann im Zusammenhang mit dem Mord an Nanne Gerdes", sagte Bert.

„Wieso Mord an Nanne?", meldete sich Heinrich Plott zu Wort. „Wieso Mord. Was ist denn mit Nanne? Wir haben doch gestern noch bei Fietje zusammen Grünkohl gegessen."

„Und wohl einiges an Korn und Bier getrunken", merkte Bert an.

„Kann schon sein."

„Nanne Gerdes wurde ermordet in seinem Ruderhaus aufgefunden. Wo waren Sie denn heute Nacht zwischen drei und fünf Uhr?", wollte Nina wissen.

„Keine Ahnung. Glaubt Ihr etwa, ich hätte den Nanne umgebracht?", Heinrich Plott schien auf einmal nüchtern geworden zu sein. „Der Nanne ermordet? Wer macht denn so was. Ausgerechnet der Nanne. Der Holländer, ja, der hätte mal eine Abreibung verdient. Aber der Nanne!"

„Na, bei Ihnen fliegen ganz offensichtlich schon mal sehr schnell die Fäuste. Dabei schrecken Sie ja noch nicht einmal bei einer Frau davor zurück, mit voller Wucht zuzuschlagen", bemerkte Nina.

„Man darf mich eben nicht reizen. Und hier auf meinem Kutter bestimme immer noch ich als Kapitän."

„Wenn Sie als Fischer auf See unterwegs sind, macht Ihnen das ja auch niemand streitig, aber hier haben wir als Polizei hoheitliche Aufgaben wahrzunehmen und einen Mord aufzuklären. Und da stellen wir die Fragen und sagen, wo es langgeht."

„Heinrich ist eigentlich ganz umgänglich", mischte sich Hedwig in das Gespräch ein. „Nur wenn er zu viel Schnaps getrunken hat, dann ist nicht gut Kirschenessen mit ihm. Dann rastet er schon mal aus und schlägt auch ordentlich zu." Sie schien aus Erfahrung zu sprechen.

„Und wer sagt uns, dass Ihr Mann nicht heute Nacht mit dem Gerdes aneinandergeraten und ausgerastet ist?", fragte Bert.

„Ich habe keine Ahnung, wo das Blut herkommt", stammelte Heinrich, „aber ausgerechnet den Nanne ermorden? Nee, das kann nicht sein. Vielleicht ist mir irgendjemand anderes in die Quere gekommen und hat sich eine blutige Nase geholt. Oder ist der Nanne vielleicht an einer blutigen Nase gestorben?"

„An einer blutigen Nase ist er nicht gestorben. Aber wer weiß, ob Sie die Wahrheit sagen. Vielleicht haben Sie nach der Auseinandersetzung mit ihm hier in Ihrer Kajüte die Flasche da ausgetrunken und sich dann zum Schlafen gelegt und wissen deshalb jetzt von nichts mehr."

„Aber das wird unser Labor ganz schnell herausfinden, wenn sie das Blut auf der Jacke und dem Hemd untersucht haben", ergänzte Nina. "Jedenfalls müssen wir Sie jetzt erst einmal bis zur Klärung mit zum Kommissariat nehmen."

Dann beorderte Nina über ihr Handy Verstärkung zum Boot und veranlasste den Transport des Alkoholisierten zur Ausnüchterung nach Wittmund.

Danach machten sich die beiden Beamten ebenfalls auf den Weg ins Kommissariat nach Wittmund.

„Bin wirklich gespannt, was das Labor herausfindet", sagte Nina. Und dann kamen wieder die Gedanken von heute früh zurück. Was war mit dieser Heike gewesen? Da hatte sie mit Bert noch einigen Klärungsbedarf. Mochte er sich auch winden, wie er wollte. Schließlich war sie ja Kriminalistin, und wenn sie mal eine Spur aufgenommen hatte ... Jedenfalls würde sie jetzt die gemeinsame Fahrt zum Kommissariat zu nutzen wissen.

***

Gerald Meiners fuhr pünktlich bei Ubbo de Buer auf den Hof. Der kam gerade aus dem Stall.

„Moin Gerald. Gut, dass du schon da bist. Wir haben heute eine Menge Arbeit."

„Moin Ubbo. Was liegt denn an?"

„Wirst du gleich sehen. Wir müssen das Osterfeuer quasi vorziehen und an einen anderen Ort verlegen."

Gerald, der Paketbote für die Region, verdiente sich hin und wieder bei Ubbo ein Taschengeld dazu. Was er dafür tun musste, war ihm dabei relativ egal. Der Schäfer zahlte pro Stunde zehn Euro und das war ihm wichtig. Ast- und Baumabschnitte hin und her zu transportieren ist dann immer noch angenehmer, als den Stall auszumisten, dachte er. Aber da hatte er sich zu früh gefreut.

„Du kannst mit dem Stallausmisten anfangen", sagte Ubbo. „Wir müssen mit dem Umschichten von dem Holz noch ein wenig warten, bis das Wasser weiter abgelaufen ist."

Gerald sah ihn verständnislos an. „Wieso Wasser abgelaufen ist?", wiederholte er.

„Erklär ich dir später. Jetzt mach dich erst mal an den Stall. Du weißt ja, was zu tun ist."

Gerald zog sich seine mitgebrachten Gummistiefel an und machte sich im Stall an seine Arbeit. Jan hatte die Tiere schon in das Gatter rausgetrieben, so dass er in aller Ruhe arbeiten konnte. Dabei waren seine Gedanken bei Ubbos merkwürdigen Andeutungen. Seine Neugier war geweckt. Nicht umsonst nannte man ihn auch die wandelnde Dorfzeitung. Und so war er gespannt, was der Schäfer wieder für eine abgefahrene Idee auf Lager hatte.

Die meisten Leute im Ort hielten ihn für einen total verrückten, spinnerhaften Künstler. Natürlich war er hinter vorgehaltener Hand immer wieder Dorfgespräch. Schon der Tod seiner Mutter, die man damals im Watt auf einer Sandbank gefunden hatte, war den Leuten unheimlich gewesen. Sein Vater hatte sich danach bis zu seinem Tod auch völlig aus dem Dorfleben zurückgezogen. Das hatte natürlich die Gerüchteküche noch zusätzlich beflügelt.

Von Ubbo wusste man nur, dass sein Vater ihn nach dem tragischen Tod seiner Mutter in Oldenburg in ein Internat gesteckt hatte. Danach hatte er in Hamburg und Berlin Kunst studiert. Eine Zeitlang sollte er sich dort auch in der Hausbesetzer-Szene aufgehalten haben. Was er aber genau die letzten 20 Jahre getrieben hatte, lag im Dunkeln und die Gerüchteküche brodelte entsprechend. Es gab Leute, die meinten, dass er zu den Satanisten gehören würde. Als Beweis werteten sie seine Bilder, denen man in der Tat einen mystischen und okkulten Charakter nicht absprechen konnte. Wieder andere glaubten zu wissen, dass er auch längere Zeit in einer psychiatrischen Anstalt behandelt worden war.

Seit seiner Rückkehr vor drei Jahren hatte er am Fuß des Deiches auf seinem Grundstück schon zweimal ein eigenes großes Osterfeuer gemacht. Wozu nicht nur Nachbarn und Bekannte eingeladen waren. Mancher hatte ihm dazu sogar seinen Herbst- und Winterschnitt der Bäume und Büsche gebracht und sich selbst damit einen längeren Anfahrtsweg zur offiziellen Abgabestelle erspart. Das war auch in diesem Herbst und Winter so gewesen. So dass sich mittlerweile bereits ein stattlicher Berg mit Reisig, Baumabschnitten und

Strauchwerk angesammelt hatte. Es waren sogar wieder etliche vertrocknete Weihnachtsbäume darunter.

Gerald erinnerte sich noch genau an das erste Osterfeuer bei Ubbo. Über WhatsApp, Twitter und SMS hatte es sich in Windeseile verbreitet, dass es bei Ubbo zu seinem Osterfeuer ab 21:00 Uhr reichlich Freibier geben würde. Nur Schnaps müssten sich die Teilnehmer selbst mitbringen. Halloween-Verkleidung sei erwünscht. Das hatte eine Menge junger Leute angezogen, womit Ubbo sich im Ort nicht nur Freunde gemacht hatte. Insbesondere viele Eltern waren nicht nur wegen des Alkohols besorgt gewesen.

Ubbo pflegte seine Osterfeuer mit einer Menge mystischer und zum Teil sogar unheimlicher Rituale zu zelebrieren. Er ging dann, nur mit seinem langen schwarzen Umhang bekleidet, immer um das Feuer herum. Die furchterregende Kapuze hatte er dann tief in das Gesicht gezogen. Dabei fuchtelte er mit seinem Hirtenstab bedrohlich herum und stieß beschwörende Formeln in einer unverständlichen Sprache aus.

Dies verfehlte auch aufgrund des Alkohols nicht seine Wirkung und es dauerte nicht lange, bis ihm eine regelrechte Prozession mit vielen Jugendlichen in abenteuerlichen Masken und Umhängen folgte. Dass er unter seinem Umhang unbekleidet sein sollte, hatte sich auf einmal wie ein Lauffeuer verbreitet, nachdem einige Jungen ihn am Weidezaun hatten pinkeln sehen. Jedenfalls hatten sie das behauptet.

Gerald hatte später gehört, dass einige Mädchen zu vorgerückter Stunde auch nichts mehr unter ihren Mänteln und Umhängen angehabt haben sollten. Und er hatte sehr bedauert, dass ausgerechnet ihm dieses Erlebnis entgangen war. Was hat Ubbo jetzt wieder für eine Teufelei vor, fragte sich Gerald, während er die neue Streu im Stall verteilte. Er hatte schon mehrmals auf sein Smartphone geschaut. Aber es war noch keine Mitteilung über ein vorgezogenes Osterfeuer aufgetaucht.

Dann kam Ubbo mit Jan in den Stall. Jan ließ die Schafe wieder aus dem Gatter in den Stall und die Tiere machten sich sofort über das von Gerald ausgebrachte Futter her.

„So, Gerald, jetzt geht es los", sagte Ubbo. „Du gehst hinter dem Haus oben auf den Deich rauf und wartest da auf mich. Ich werde gleich mit meinem Quad den Trittpfad hochkommen. Dann bekommst du weitere Anweisung."

„Okay. Dann bis gleich." Gerald macht sich auf den Weg. In etwa einer Stunde würde es zu dämmern beginnen. Das Wasser im Watt lief bereits seit geraumer Zeit ab. Er hatte überhaupt keine Idee, was Ubbo vorhaben könnte. Das machte ihn ganz kribbelig. Aber er musste sich gedulden.

Ubbo stieg auf sein Quad. Jan hatte widerwillig auf dem Sozius Platz genommen. Dieser neumodische Kram bereitete ihm Unbehagen. Obwohl er selbst früher immer mit einem Mokick wie ein Wilder rumgegurkt war. Noch heute stand seine Kreidler Florett aus den 60er Jahren in der Scheune und rostete vor sich hin.

Ubbo fuhr mit ihm zu dem Platz für das Osterfeuer. Sie hatten zwei große stabile Zeltplanen dabei. Dort angekommen breitete Ubbo die erste aus und sie packten diese mit Reisighaufen voll. Dann führte Ubbo ein Seil durch die seitlichen und hinteren Ösen der Plane und zurrte das Ganze fest. Schließlich befestigte er die Seilenden von beiden Seiten an der Anhängerkupplung seines Quads. Dann half er Jan beim Auslegen der zweiten Plane.

„So, Jan, jetzt machst du die nächste Plane genauso voll und ich bringe die hier inzwischen über den Deich weg."

„Okay, Ubbo." Jan war heilfroh, dass er jetzt nicht auch noch mit dem Quad auf den Deich mit rauffahren musste.

Ubbo fuhr vorsichtig mit seiner Ladung den Trampelpfad, der schräg zum Deich verlief, hinauf. Oben erwartete ihn schon Gerald.

„Setz dich hinter mich", wies ihn Ubbo an. Und dann fuhr er den zum Wasser hin seicht abfallenden Deich hinunter und eine gute Steinwurfweite in das Watt hinein. Ubbo kannte sich hier aus. Er wusste genau, wo die weichen Stellen waren, die er geschickt mied. Angekommen löste er die Seilenden von seinem Quad und öffnete die Plane.

„So, jetzt schichtest du hier unser vorgezogenes Osterfeuer auf."

„Hier im Watt? Für was soll das denn gut sein?", fragte Gerald ungläubig.

„Du weißt doch, es gibt Dinge zwischen Himmel und Erde, da träumt der Normalbürger noch nicht einmal davon. Und wenn, dann würde er sich wahrscheinlich vor lauter Angst in die Hose machen. Also, wie hättest du es jetzt gerne?"

„Danke", sagte Gerald, „darauf kann ich gerne verzichten. Da ziehe ich dann doch lieber eine Toilette vor."

„Dachte ich mir. Dann bis gleich. Ich hole die nächste Fuhre." Und schon war Ubbo wieder unterwegs in Richtung Deich.

Gerald schaute ihm noch eine Weile nach. Innerlich musste er grinsen. Er hielt sich selbst für viel zu aufgeklärt, um an solchen Hokuspokus zu glauben. Trotzdem hätte ihn brennend interessiert, was Ubbo wirklich im Schilde führte. Vielleicht war er ja auch tatsächlich nicht ganz richtig im Kopf. Aber solange er ihn bezahlte, sollte ihm das eigentlich egal sein. Und so machte sich Gerald an die Arbeit.

Als Ubbo mit der zweiten Fuhre kam, hatte Gerald schon die erste Plane wieder zusammengelegt. Allerdings war das jetzt eine schmierige Angelegenheit gewesen. Nur gut, dass er sich auch Handschuhe eingesteckt hatte.

„Na, das sieht doch schon ganz gut aus", lobte ihn Ubbo und war auch kurz darauf mit der zusammengelegten Plane wieder unterwegs.

Die nächsten Male dauerte es ein wenig länger, weil Ubbo dem alten Jan erst noch helfen musste, die Plane jeweils wieder vollzumachen. Aber schließlich war Ubbo mit dem Ergebnis zufrieden. Gerald schätzte, dass etwa die Hälfte des Berges vom Osterfeuer jetzt im Watt aufgeschichtet war.

„Ich dachte, dass du wieder einen Rundruf starten würdest, über WhatsApp oder so? Habe ich da was übersehen?", versuchte Gerald, mehr aus Ubbo herauszulocken.

„Heute Nacht wird das ein *Dinner for one*", erwiderte Ubbo. „Dabei kann ich Zaungäste nicht gebrauchen."

Jetzt wusste Gerald überhaupt nicht mehr, wie er das deuten sollte. Wollte Ubbo sich etwa auf spektakuläre Weise das Leben nehmen? Ein sicher verrückter Gedanke. Aber wer weiß, dachte sich Gerald. Dem kann man ja alles zutrauen.

„Mensch Gerald, nun schau doch nicht so belämmert. Ich weiß ja, dass du an so etwas nicht glaubst, doch ich habe Verbindung zum Jenseits und führe auch nur meine Befehle aus. Aber keine Sorge, ich selbst bin noch nicht mit dem Scheiterhaufen dran, falls du dir darüber Gedanken machst."

Jetzt wurde es Gerald doch mulmig zumute. Konnte Ubbo etwa Gedanken lesen? Sollte das Ganze vielleicht doch mehr als nur Hokuspokus sein? Wieso sprach Ubbo von einem Scheiterhaufen? War das nur so dahingesagt, oder hatte das etwa einen realen Bezug? Bei der letzten Fuhre hatte Ubbo eine größere Holzkiste mit auf seinem Quad transportiert.

Als er den fragenden Blick von Gerald registrierte, hatte er gesagt: „Damit ich nachher den Sitz frei habe. Den brauche ich noch. Manchmal muss man eben etwas opfern, auch wenn es einem ans Herz gewachsen ist. Aber keine Angst, für dich benötige ich den Sitz nachher noch nicht."

Scheiterhaufen? Für etwas, was einem ans Herz gewachsen ist? Was hatte Ubbo damit gemeint? Etwa für den alten Jan? Gerald war heute wirklich froh, als er mit fünfzig Euro in der Tasche wieder in seinem Auto saß und auf dem Heimweg war.

Kapitel 17

„Bert, wir müssen reden!" In Nina bohrte es.

„Über was müssen wir reden? Da gibt es nichts zu reden", versuchte Bert abzuwiegeln.

„Ich glaube aber doch. Wie war das denn heute Morgen mit dem Kollegen aus Essen, der in Wirklichkeit lange rote Haare und sogar einen beachtlichen Busen hat?"

„Mensch Nina, jetzt hör doch endlich mal auf. Da war wirklich nichts. Und das mit dem Kollegen habe ich wirklich nur so gesagt, weil ich mir schon dachte, dass das nur unnötige Diskussionen gibt."

„Du kannst mir nichts vormachen", hakte Nina auch gleich ein. „Du hattest also bereits erwartet, dass ich bei dem Wort Kolleg*in* sehr hellhörig werden würde. Und wenn die dann auch noch so attraktiv ist, dann allemal. So ist das und nicht anders!"

Bert fühlte sich ertappt. Immer diese weiblichen Intuitionen. Im Beruf war ihm Ninas sechster Sinn willkommen. Aber wenn eine Beziehung im Spiel war, konnte das doch sehr unangenehm werden. Der Dienstherr wusste schon genau, warum er solche Verbindungen innerhalb eines Teams nicht gerne sah.

„Ich habe dir doch schon wiederholt gesagt, dass mit der Heike damals nichts war und heute war da auch nichts. Es war ein rein kollegiales Treffen!"

„Kann ich glauben oder auch nicht", entgegnete Nina schnippisch.

Diese Diskussion setzte sich noch eine ganze Weile fort, wobei beide inzwischen das Gefühl hatten, sich im Kreise zu drehen. Da war ein Anruf auf Ninas Handy fast wie eine Erlösung. Es war das Kommissariat.

„Hallo Nina, hier ist Silke. Wo seid ihr?"

„Wir sind auf dem Weg nach Wittmund. Was gibt´s denn?"

„Es gibt sehr interessante Neuigkeiten von der Autopsie."

„Gut, wir sind gleich da."

Wenige Minuten später erreichten sie ihr Ziel.

„Was gibt es denn für Neuigkeiten?", fragte Bert, als ihm oben auf dem Gang Silke entgegenkam. Man merkte ihr an, wie sehr sie darauf brannte, ihrem Chef das Neueste mitzuteilen. „Es geht um Beeke Gerdes. Sie war im zweiten Monat schwanger."

„Das ist ja ein Ding. Irgendjemand sprach doch davon, dass sie keine Kinder kriegen konnte", platzte es aus Nina heraus.

„Das lag wohl weniger an ihr als an ihrem Mann, wie Dr. Rabe sagte", berichtete Silke. „Außerdem passt die DNA des Fötus nicht zur DNA von Nanne Gerdes."

„Das ist ja der absolute Hammer, dabei hatte die auf mich so einen soliden Eindruck gemacht. Sie hatte mir sogar noch erzählt, wie sie die Annäherungsversuche von dem Willem de Jong abgewehrt hätte." Nina war fassungslos.

„Dann sollten wir in jedem Fall auch die DNA unseres holländischen Krabbenfischers untersuchen", sagte Bert. „Das kannst du gleich veranlassen, Silke. Ist sein Anwalt bereits verständigt?"

„Den konnten wir bisher nicht erreichen und einen fremden Anwalt will er nicht."

„Okay, versuch es weiter. Wenn wir den heute nicht mehr erwischen, dann muss de Jong eben bis morgen warten."

„Nina, trommle doch bitte mal das Team zusammen", bat Bert. „Auch wenn das für uns alle ein verdammt langer Tag war, wir sollten zumindest kurz Bilanz ziehen, bevor wir für heute Feierabend machen."

Nachdem alle mit Kaffee oder Wasser versorgt waren, stand Bert an seinem Flipchart im Besprechungsraum, um die Ergebnisse des Tages zusammenzutragen. Diese wurden nach den Meetings immer an die lange Wand des Besprechungsraumes gepinnt, damit sie sie alle im Überblick hatten.

„Also, was sagt die Autopsie zu dem toten Krabbenfischer?"

Silke kramte in den Blättern, die vor ihr auf dem Tisch lagen. Eigentlich versuchte sie gerne, sich um solche Präsentationen zu drücken. Aber Bert verlangte von seinem Team eigenständige Arbeit und auch selbstbewusstes Auftreten. Und solche kleinen Vorträge waren für Silke eine gute Schulung. Schließlich hatte sie gefunden, wonach sie gesucht hatte.

„Es ist erst ein vorläufiger Bericht. Danach muss der Tod so zwischen 04:00 Uhr und 05:00 Uhr eingetreten sein. Die Tatwaffe ist wahrscheinlich ein scharfes Messer mit einseitiger Klinge. Könnte durchaus ein Fischmesser oder etwas Ähnliches sein. Auf jeden Fall muss die Klinge sehr scharf gewesen sein. Bei der Stichverletzung und der tödlichen Halsverletzung gibt es eine mögliche Übereinstimmung zu unserem unaufgeklärten Fall von vor zwei Jahren."

„Wie wir vermutet hatten", seufzte Bert.

„Spuren einer körperlichen Auseinandersetzung konnten weder an der Leiche noch im Ruderhaus festgestellt werden. Da der Tote durch die durchtrennte Halsschlagader verblutet ist und auch in seinem Blut aufgefunden wurde, ist davon auszugehen, dass der Fundort auch der Tatort ist", setzte Silke ihren Bericht fort.

„Dann können wir eigentlich eine Tat im Affekt oder einen tätlichen Streit mit Todesfolge weitgehend ausschließen. Was dann doch wohl eher auf einen gezielten Mord hindeutet", schlussfolgerte Bert. „Und der besoffene Fischer wäre dann auch raus."

„Meinst du nicht, dass das ein wenig früh für eine solche Einschätzung ist?", gab Nina zu bedenken.

„Wieso, wenn keine Hinweise auf eine Auseinandersetzung vorliegen, ist das doch der logische Schluss."

„Ihr Männer immer mit eurer Logik. Es ist aber nicht immer alles logisch. Und das solltest du als erfahrener Kriminalist doch eigentlich wissen. Und außerdem hat Dr. Rabe ja wohl in erster Linie nur die Hinweise, die die Leiche betreffen, zu analysieren. Die Auswertung der Hinweise am Tatort ist dann doch wohl Aufgabe unserer Techniker der Spurensicherung. Oder meinst du nicht?"

Nina wusste genau: Ein gemeinsames Abendessen mit ihrem Chef, sozusagen als Abschluss des Tages, würde sie sich heute wohl abschminken können. Solche Kritik konnte Bert normalerweise nicht gut vertragen, wenn er sonst als Chef auch recht umgänglich war.

Und prompt kam auch schon seine Reaktion. „Verdammt, Nina, hier geht es für mich nicht nur um Logik. Das ist auch mein Instinkt. Und auf den kann ich mich in aller Regel verlassen, wie du weißt. Deswegen steht für mich eben schon fest, dass es sich hier eindeutig um Mord handelt. Und außerdem scheint es Parallelen zu unserem Fall von vor zwei Jahren zu geben. Ich denke, da sind wir uns einig, dass das damals Mord war. Wenn das derselbe Täter ist, um was soll es hier dann anderes gehen, als um Mord?"

„Warten wir es ab", blieb Nina stur. „Konnten am Tatort Hinweise auf den Täter festgestellt werden?", wollte sie dann von Silke wissen.

„Konkret noch nichts. Die aufgenommenen Fingerabdrücke sind überwiegend vom Toten und seinem Decksmann. Hinter dem Krabbenkocher wurde allerdings ein Feuerzeug mit fremden Fingerabdrücken entdeckt. Ferner wurden noch andere, zum Teil auch ältere Fingerabdrücke gefunden, die aber allesamt noch nicht zugeordnet werden konnten", zitierte Silke aus dem Bericht der Spurensicherung.

„Haben wir schon was zu dem Decksmann, Enno Jansen?", fragte Bert.

„Der sitzt immer noch bei uns in der Zelle. Einen Anwalt hat er bisher nicht haben wollen. Aber zu einer Aussage ist er auch nicht bereit. Ich habe ihn schon wiederholt danach gefragt und auch auf die Konsequenzen hingewiesen", antwortete Bernd.

„Es ist schon naheliegend, dass er etwas mit dem Tod seines Kapitäns zu tun hat. Als Erbe des Kutters zieht er immerhin einen gewaltigen Vorteil aus diesem Mord, als Motiv ein Klassiker. Außerdem hätte er zur Tatzeit durchaus bereits im

Hafen gewesen sein können, auch wenn er etwas anderes behauptet. Da passt einfach viel zusammen", sinnierte Bert.

„Aber wenn das sein Motiv sein soll - dann macht er die Leinen los und lässt sein Erbe ins Meer hinaustreiben? Wo bleibt da deine Logik, Bert?", konnte sich Nina nicht verkneifen einzuhaken.

„Eine bessere Tarnung kann er doch kaum haben, wie du mit deinem Einwand ja gerade selbst bestätigst."

„Was hat denn das Labor in Bezug auf das blutige Bettlaken und das Handtuch aus seiner Wohnung herausgefunden?", wechselte Nina das Thema.

„Das Blut stammt eindeutig nicht von dem Toten. Und weitere Blutspuren wurden in der Wohnung von Enno Jansen nicht gefunden. Es konnten auch keine Gegenstände sichergestellt werden, die in einem Zusammenhang mit dem Tötungsereignis stehen könnten", gab Silke aus dem ihr vorliegenden Bericht Auskunft. „Aber für das Blut haben wir wahrscheinlich schon eine Erklärung. Wir hatten inzwischen einen Anruf von einer Meike Brinkmann aus Neuharlingersiel. Sie ist die Freundin von Enno Jansen und wollte wissen, was mit ihrem Freund ist. Sie hatte von dem Wohnungseigentümer erfahren, dass er von uns festgenommen wurde."

„Konnte sie denn was zu der Sache sagen?"

„Als ich ihr sagte, dass wir Enno wegen seines sonderbaren Verhaltens und möglicher Fluchtgefahr vorläufig festnehmen mussten, sprudelte sie förmlich über. Wir müssten ihn sofort frei lassen, er sei nur extrem introvertiert und könne zudem auch noch fürchtbar stur sein."

„Das würde ja zumindest erklären, warum aus ihm nichts Vernünftiges rauszukriegen war", merkte Bert an. „Aber du sagtest gerade, zu den Blutspuren gäbe es eine Erklärung."

„Genau. Diese Meike hat nämlich die Nacht bei Enno Jansen verbracht. Na und was machen junge Pärchen, wenn der Mann vielleicht sogar für mehrere Tage zum Krabbenfang rausfährt?", fragte Silke feixend in die Runde.

„Sex", antwortete Bernd trocken.

„Richtig. Dabei hat diese Meike wohl ihre Tage bekommen. Was ihr übrigens sehr peinlich war."

„Okay", sagte Bert, „das müssen wir jetzt nicht weiter vertiefen. Hat sie denn was dazu gesagt, wann Enno das Haus verlassen hat?"

„Das hat sie nicht mitbekommen, weil sie geschlafen hat. Aber als er zurückgekommen ist, hat er sie geweckt. Er sei völlig verstört gewesen. Sie hat dann aus ihm herausbekommen, dass er verschlafen hatte und zu spät zum Kai gekommen ist. Da sei das Boot schon weg gewesen. Und als er dann von seinem Freund Fokke Claasen erfahren hat, was passiert ist, hat er gemeint, wenn er pünktlich beim Boot gewesen wäre, dann wäre das mit Sicherheit nicht passiert."

„Nun, das sind ja keine neuen Erkenntnisse", sagte Bert, „und vor allem, das schließt immer noch nicht aus, dass das Verschlafen nur eine Schutzbehauptung war und er in Wirklichkeit doch zur Tatzeit im Hafen gewesen ist. Wir werden ihn uns morgen ganz offiziell zur Brust nehmen. Mal sehen, was wir da noch alles zutage fördern. Jedenfalls hat er sich das selbst zuzuschreiben, dass er bei uns über Nacht einsitzt."

„Und wie sieht es mit Beeke Gerdes aus? War es Suizid oder ist ihr Tod auf Fremdeinwirkung zurückzuführen?", schaltete sich Nina ein.

„Das konnte noch nicht eindeutig geklärt werden. Ob sie den Föhn selbst mit in die Wanne genommen hat, oder ob dieser hineingeworfen wurde, steht noch nicht fest", antwortete Silke.

Bert atmete tief durch. „Schon dort im Badezimmer erschien mir irgendetwas komisch. Und mir ist inzwischen auch eingefallen, was. Seitdem geht mir nämlich die Frage im Kopf herum, warum eigentlich der FI-Schalter nicht rausgeflogen ist?" Und als er die fragenden Gesichter sah, ergänzte er: „Der FI-Schalter, oder fachmännisch als Fehlerstromschutzschalter bezeichnet, ist ja gerade dafür da, dass solche tödliche Stromschläge verhindert werden. Dafür gibt es den gelbgrünen

106

Draht bei den dreiadrigen Kabeln. So was habt ihr sicher schon mal gesehen."

„Moment", sagte Silke und blätterte in ihren Papieren, „da hab ich was in den Unterlagen. Der Föhn hatte nur ein zweiadriges Kabel. Da gab es also wohl keinen gelbgrünen Draht. Es handelte sich bei dem Föhn schon um ein älteres Modell, wie hier steht."

„Na, dann ist das ja geklärt. Gibt es zu der Toten sonst noch was Wichtiges?"

„Ja, wie ich euch vorhin schon sagte, war sie im zweiten Monat schwanger und ihr getöteter Mann ist nicht der Vater. Außerdem hatte sie kurz vor ihrem Tod noch Sex. Das Ergebnis der DNA-Analyse des Spermas steht noch aus."

„Das gibt dem ganzen Fall eine völlig andere Richtung", stellte Bert fest. „Ich könnte mir vorstellen, dass, wenn wir durch DNA-Abgleich den Erzeuger des Kindes finden, wir auch den Täter haben. Hat die SpuSi denn noch irgendwelche Hinweise im Haus der Toten gefunden?"

„Ja, sie haben auch Spermaspuren auf dem Bettlaken gefunden und Schamhaare, die weder von der Toten noch von ihrem Mann stammen."

„Mein Gott", sagte Nina, „dann hatte mich mein Instinkt doch nicht getrogen, dass diese Beeke gerade aus dem Bett kam, als ich bei ihr war. Deswegen hatte das auch so lange gedauert, bis sie mir aufgemacht hat. Dann war der Mann doch wohl tatsächlich noch oben in ihrem Schlafzimmer. Und vielleicht ist er auch der Täter."

Bert nickte. „Das wird eng für Willem de Jong. Ich gehe inzwischen fest davon aus, dass er nicht die ganze Nacht auf seinem Kutter war, wie er behauptet. Wenn morgen sein Anwalt kommt, werden wir ihm gehörig auf den Zahn fühlen. Hat unsere Technik denn sonst noch was gefunden?"

„Also, Einbruchspuren gab es keine", fuhr Silke fort. „Fingerabdrücke müssen noch ausgewertet werden. Ob Geld in der Kassette gewesen ist und ob Papiere aus dem

Wandtresor fehlen, war nicht feststellbar. Ein Testament wurde auch nicht gefunden."

„Beeke Gerdes hat mir bei meinem ersten Besuch gesagt, dass sie erst kürzlich ein Testament gemacht hätten, bei einem Notar Frings in Esens. Mit dem sollte einer von uns beiden ein Gespräch führen, oder was meinst du, Bert?"

„Sehe ich ganz genauso. Da werden wir uns noch abstimmen. Vielen Dank, Silke. Noch jemand Fragen oder Anmerkungen? Nicht? Okay. Dann möchte ich euch für eure engagierte und gute Arbeit heute danken. Es war für uns alle ein verdammt langer und anstrengender Tag. Einen erholsamen Abend für euch."

Bert heftete noch die Blätter vom Flipchart an die Wand.

Nina war in ihr Dienstzimmer gegangen und hatte sich an ihren Schreibtisch gesetzt. Sie blätterte gedankenverloren in einigen Papieren. Wieder stand Berts Ex-Kollegin vor ihrem geistigen Auge. Hatte er oder hatte er nicht? Verdammt, sie hatte wohl inzwischen mehr Gefühle für ihren Chef zugelassen, als sie sich eigentlich zulassen wollte. Nie mehr Gefühle, hatte sie sich geschworen. Und jetzt?

Plötzlich stand Bert vor ihr.

„Ich fand das vorhin nicht so prickelnd", sagte er.

„Was meinst du?", tat Nina unschuldig.

„Du weißt genau, wie ich es hasse, wenn jemand versucht, mich vor dem ganzen Team bloßzustellen", antwortete er barsch.

„Hab ich das denn? Ich hab doch nur meine Meinung gesagt. Und übrigens, was soll denn das Team von uns denken, wenn wir uns immer einig sind. Nachher denken sie noch, wir hätten was miteinander." Nina konnte sich ein Grinsen nicht verkneifen.

„Siehst du, deswegen konnte ich heute Morgen deine Aufregung auch überhaupt nicht verstehen", griff Bert diesen Ball auf. „Komm Nina, lass uns diese Scheiß-Diskussion beenden. Was hältst du davon, wenn wir den Gerüchten noch etwas Nahrung geben und ich dich zu einem kleinen Abendessen in die Kneipe bei dir um die Ecke einlade?"

Das Eifersuchtsteufelchen auf Ninas Schulter versuchte ihr zwar noch einzureden: „Der hat bestimmt ein schlechtes Gewissen!" Aber dann siegte schließlich doch der Hunger.

Kapitel 18

„Was zum Teufel ist das denn?" Der Wachleiter der Seenotrettungsstation im Hafen von Neuharlingersiel griff zu seinem Fernglas. Einige Kilometer in Richtung Osten loderten im Watt Flammen hoch.

„Leute, das müsst ihr euch ansehen", alarmierte er seine beiden Kollegen, die sich schon auf ihren Pritschen zur Ruhe begeben hatten.

„Was ist denn los?"

„Also, wenn ich nicht wüsste, dass wir heute nicht Ostern haben, dann würde ich sagen, da brennt einer im Watt ein Osterfeuer ab."

„Jürgen, willst du uns verarschen?"

Einer der Kollegen nahm ihm das Fernglas ab. „Das glaub ich ja nicht! Das müsste dahinten bei dem bekloppten Deichschäfer, Ubbo de Buer, sein. Bei dem wundert mich allerdings gar nichts. Wenn du mitgekriegt hast, was der bei den letzten beiden Osterfeuern veranstaltet hat. Da denkst du, der wäre der Rattenfänger von Hameln, so hat der die Jugend in sein Schlepptau genommen."

„Klär mich mal auf. Ich bin ja noch nicht so lange hier bei euch", sagte der andere, der inzwischen auch aufgestanden war und sich jetzt das Fernglas nahm. Ausführlich wurde er dann über das informiert, was man sich im Dorf über Ubbo de Buer, den verrückten Spinner und Künstler, so alles erzählte.

„Vielleicht sollten wir doch vorsichtshalber die Feuerwehr dahin schicken. Nicht dass vielleicht doch ein Boot in Seenot geraten und gestrandet ist. Mit unserem Rettungsboot haben wir jetzt bei ablaufendem Wasser keine Chance, da ranzukommen", meinte der Wachleiter besorgt.

„Also Jürgen, schau noch mal genau durch das Glas. Am besten legst du das auf einem festen Untergrund auf. Dann kannst du eindeutig erkennen, dass das, was da brennt, kein Boot ist. Das ist ein Berg von Gestrüpp, wie bei einem

110

Osterfeuer. Das sieht man sogar von hier aus. Und wir hetzen dann, mitten in der Nacht, die Kollegen von der Feuerwehr zu dem de Buer raus und am Ende hat der nur wieder irgend so was total Bescheuertes gemacht."

„Vielleicht hast du ja recht."

„Aber wenn es dich beruhigt, Jürgen, dann können Ede und ich mit meinem Roller über den Deich dorthin fahren und nach dem Rechten sehen."

„Eine gute Idee, Theo. Jedenfalls wäre ich dann beruhigter. Denn schließlich habe ich hier die Verantwortung. Nehmt aber das Funkgerät mit!"

„Okay. Wir melden uns."

Mit dem Roller war das wirklich keine Entfernung. Theo hatte den Scheinwerfer ausgemacht, der Lichtschein des Feuers beleuchtete den Weg auf der Deichkrone genug. Je näher die beiden dem Feuer kamen, umso deutlicher zeigte sich, dass Theo mit seiner Einschätzung recht gehabt hatte. Es sah tatsächlich aus wie ein Osterfeuer im Watt.

„Also so etwas Irres habe ich ja noch nie gesehen", sagte Theo, als sie auf der Höhe der Brandstelle angekommen waren.

Ede hatte das Fernglas mitgenommen. „Was hattest du gesagt? Bekloppt? Das ist gar kein Ausdruck. Das musst du dir ansehen." Er gab seinem Kollegen das Fernglas.

„Sag mal, sehe ich das richtig? Da springt der bescheuerte Ubbo splitterfasernackt in Gummistiefeln um das Feuer rum. Es ist ja nicht gerade Hochsommer. Und das sieht so aus, als wenn der von oben bis unten mit Blut oder roter Farbe eingeschmiert wäre."

„Genauso habe ich das auch gesehen. Ist dir auch das Quad ein Stück weiter vorne links aufgefallen?"

„Nein, aber jetzt sehe ich es. Und das ist eindeutig Ubbo de Buer, mit seinen langen blonden Haaren und seinem Bart. Wie ein Hippie, so etwas trägt doch heute kaum noch jemand."

Theo nahm das Funkgerät und berichtete dem Wachleiter von seinen Beobachtungen.

„Also Jürgen, ich habe keine Lust, nur wegen dem verrückten de Buer zu Fuß und bei Dunkelheit in das Watt rauszulatschen. Und der lacht sich hinterher kaputt und macht nur dumme Bemerkungen über uns. Passieren kann da draußen mit dem Feuer jedenfalls nichts. Es ist nichts Brennbares in der Nähe. Höchstens, dass der de Buer selbst von der Flut überrascht wird und es ihm am Ende genauso geht, wie seiner Mutter vor vielen Jahren. Aber das Feuer ist nicht weit vom Ufer und dann hat der sein Quad dabei. Da sollte wohl so was nicht passieren. Außerdem kennt der sich hier doch bestens aus, so direkt vor seiner Haustür."

„Jürgen meint, wir sollen ihn noch eine Weile beobachten und uns dann melden, bevor wir zurückfahren", seufzte Theo.

„Wir haben heute wirklich Glück mit dem Wetter. Ausnahmsweise weder Regen noch starker Sturm. Sonst wäre das hier eine verdammt ungemütliche Beobachtungsstation", sagte Ede. „Ich bin auch neugierig, was der Idiot da draußen noch so vorhat und da treiben wird. Ich denke, spätestens, wenn die Flut aufläuft, wird der ganze Spuk vorbei sein. Und wenn dann das Wasser wieder abläuft, wird es die Reste von dem Feuer mit hinaus ins Meer nehmen."

„Klar. Aber irgendwann kommt alles wieder zurück und du kannst die Dinge dann als Strandgut einsammeln."

Ede schaute mit dem Fernglas gebannt auf das Feuer. „Was macht er denn da? Sieht ja aus, als würde er irgendwen anbeten. Jedenfalls kniet er mit ausgebreiteten Armen ziemlich nah vor dem Feuer."

Theo lachte. „Dann wissen wir auch, warum er nicht friert."

„Von vorn müsste er dann aber bald gegrillt sein und hinten langsam einen kalten Arsch kriegen."

Ede gab seinem Kollegen das Glas.

„Ich sagte dir ja, das ist ein komischer Heiliger. Die Leute erzählen auch, dass er manchmal nachts mit seinem Umhang und seiner Kapuze im Dorf herumschleicht. Fast wie Gevatter Tod. Da fehlt dann nur die Sense. Ich habe ihn neulich auch mal gesehen, als ich von einer Fete kam. Da kann es einem schon gruseln, wenn du den siehst. Aber jetzt scheint er mit seiner Zeremonie fertig zu sein. Jedenfalls ist er wieder aufgestanden und läuft hin und her. Irgendwie komisch, das sieht aus, als wenn er immer in einem ganz bestimmten Muster vor dem Feuer auf und ab läuft. Schau du mal. Ich mache eine Aufnahme mit meiner Handykamera, dann kann Jürgen sich das nachher auch anschauen."

„Das sieht aus wie ein Oktagramm. So was habe ich vor kurzem im Fernsehen gesehen."

„Hat das nicht auch was mit schwarzer Magie zu tun?"

„Kann sein. Ich weiß nicht mehr, um was es in dem Fernsehbericht ging. Hatte da nur mal so reingezappt."

„Manche Leute denken ja sogar, dass der was mit schwarzer Magie zu tun hat. Und der soll auch solche Bilder malen, dass es einem graust. Ich werde noch mal Jürgen anfunken und hören, was der meint."

Theo funkte die Station an: „Hallo Jürgen. Jetzt läuft der Ubbo da immer in einem Oktagramm, wie Ede sagte, vor dem Feuer rum. Möglicherweise ist der doch so ein Satansanbeter oder so etwas Ähnliches. Wir haben das mal mit der Handykamera aufgenommen. Aber ich denke, das ist kein Einsatz für die Seenotrettung. Wäre vielleicht eher was für einen Teufelsaustreiber von der Kirche. Jedenfalls haben wir die Schnauze voll von diesem Hokuspokus. Wir machen uns jetzt wieder auf den Rückweg. Bis dann."

Die Leute vom Seenotrettungsdienst waren nicht die Einzigen gewesen, bei denen der rote Schein des Feuers aus dem Watt neugierige Fragen ausgelöst hatte.

Kapitel 19

„Hmm, Nina, heute schon wieder so ein opulentes Frühstück. So lasse ich mich doch gerne verwöhnen." Im selben Augenblick bereute Bert schon, das gestrige Frühstück, wenn auch nur indirekt, überhaupt erwähnt zu haben.

„Ach, ein opulentes Frühstück war das gestern sogar gewesen, nicht nur ausgiebig. Und was war davor? Das Gleiche wie bei uns?" In Nina bohrte es schon wieder. Das Eifersuchtsteufelchen war erneut erwacht.

„Nina, ich bitte dich. Jetzt hör doch mal endlich mit diesem Eifersuchtsgequatsche auf. Da war nichts, wenn ich es dir doch sage. Komm, lass uns lieber das schöne Frühstück genießen, bevor uns der übliche Alltagswahnsinn wieder einholt."

Eigentlich hat er ja recht, ging es ihr durch den Kopf. Aber so einfach gab sich dieses kleine Teufelchen auf ihrer Schulter nicht geschlagen. Bei Gero war sie viel zu blauäugig gewesen. Sonst hätte sie vielleicht viel früher die Signale wahrgenommen, dass da etwas mit seiner Kollegin im Busch war. Und hier?

„Was sinnierst du denn noch?", unterbrach sie Bert in ihren Gedanken.

„Ach, nichts. Ich dachte nur an die Vernehmungen, die wir heute Morgen vor uns haben", flunkerte sie.

Und dann kamen auch schon die Gedanken wieder zurück. Was war denn hier anders? Klar, sie war mit Bert nicht verheiratet. Aber dienstlich gesehen? Könnte man fast sagen, eigentlich so gut wie. Nicht umsonst sagte man ihnen beiden nach, dass sie mit ihrem Job verheiratet wären. Und ihre Beziehung? Na ja, man brauchte ja gelegentlich jemanden, nicht nur zum Quatschen. Auch als Frau. So war das seit letztem Sommer auch bisher ganz gut zwischen ihnen gelaufen. Eine Win-Win-Situation, wie Bert das mal so treffend bezeichnet hatte.

„Mensch, jetzt lass doch mal den Dienst aus deinem Kopf. Der läuft uns schon nicht weg. Genieße doch lieber das Frühstück. Wie findest du das Ei? Hab ich das nicht auf den Punkt hinbekommen? Nicht so, wie die harten Hoteleier immer, mit denen man Löcher in die Wand werfen kann." Bert hatte heute Morgen das Eierkochen übernommen.

„Du bist der beste Eierkocher, den ich kenne."

„Na also. Geht doch!

Aber bevor Nina weiter ihren Gedanken nachhängen konnte, klingelte Berts Handy.

„Linnig. Moin. Was gibt's?"

Ein Beamter des Kommissariats war am Telefon. „Hier ist der Anwalt von Willem de Jong und will sofort den verantwortlichen Kommissar sprechen."

„Sagen Sie ihm, ich wäre unterwegs. Bringen Sie ihn dann zur Zelle von de Jong. Dann kann er schon mit seinem Klienten sprechen, bis ich da bin."

„Siehst du, Nina, so geht es. Hat sich was mit ausgiebigem Frühstück. Aber wir brechen jetzt deswegen nicht gleich in Hektik aus. Der Anwalt soll erst in Ruhe mit dem aggressiven Holländer quatschen. Dann hat der, bis wir da sind, seinen Adrenalin-Spiegel auch wieder runtergefahren."

Trotzdem war es mit der Ruhe jetzt vorbei. Sie beendeten zügig das Frühstück, räumten noch gemeinsam den Tisch ab und waren kurz darauf bereits auf dem Weg zum Kommissariat.

Schon auf dem Flur kam ihnen Willem de Jongs Anwalt entgegen.

„Sind Sie Kommissar Linnig?"

„Moin, erst einmal. Ja, Bert Linnig und das ist meine Kollegin Nina Jürgens. Und wer sind Sie?"

„Rüdiger Beckstein. Ich bin der Anwalt von Willem de Jong. Und ich verlange, dass mein Klient sofort entlassen wird!"

„Also Herr Beckstein, es gab gute Gründe, Ihren Klienten vorläufig in Gewahrsam zu nehmen. Und die Gründe hat Ihr Klient durch sein Verhalten selbst herbeigeführt und zu verantworten. Bitte warten Sie hier noch einen Moment. Wir werden gleich eine offizielle Vernehmung mit Herrn de Jong durchführen."

„Ich warte hier jetzt schon fast eine Stunde auf Sie. Bis sich der Herr Kommissar, der schließlich von unseren Steuergeldern bezahlt wird, mal bequemt, zum Dienst zu erscheinen. Und mein Klient wird völlig unnötig über Nacht in einer Zelle eingesperrt."

„An uns hat es nicht gelegen, dass wir gestern Abend die Vernehmung mit Herrn de Jong nicht durchführen konnten", entgegnete Bert in einem etwas schärferen Ton. „Sie konnten wir nicht erreichen und einen anderen Anwalt hat ihr Klient abgelehnt."

„Man hat ja schließlich auch noch so etwas wie ein Privatleben", war die schnippische Antwort des Anwalts.

„Ach ja? Als Anwalt hat man also Anspruch auf ein Privatleben und als Polizist nicht? Nina, ich glaube, da haben wir was mit der Berufswahl falsch gemacht."

„Können wir jetzt endlich mal auf den Punkt kommen", drängelte der Anwalt.

„Sie wollen doch ein ordnungsgemäßes Verhör. Da werden Sie sich schon noch ein wenig gedulden müssen, bis wir unsere Vorbereitungen abgeschlossen haben. Wir rufen Sie dann rein, bis dahin können Sie da hinten so lange Platz nehmen", sagte Nina und folgte Bert ins Vernehmungszimmer.

Einige Zeit später brachte dann ein uniformierter Beamter den Holländer und seinen Anwalt herein. Nachdem die Formalitäten und die vorgeschriebenen Belehrungen durchgeführt waren, eröffnete Bert die offizielle Vernehmung.

„Herr de Jong, Sie haben inzwischen mit Ihrem Anwalt gesprochen und sind jetzt zu einer Aussage bereit?"

„Ja, Herr Kommissar."

„Wo haben Sie sich von Sonntagmittag bis zu dem Zeitpunkt, als wir Sie auf ihrem Boot angetroffen haben, aufgehalten?"

„Ich war bis kurz vorher überhaupt nicht im Hafen gewesen. Ich habe mich, gemeinsam mit einer Frau, in einem Ferienhäuschen in Carolinensiel aufgehalten."

„Das hätten Sie uns doch gestern auch ohne Ihren Anwalt bereits sagen können", sagte Nina, „dann hätten wir Sie gar nicht erst festnehmen müssen."

„So einfach ist das leider nicht, Frau Kommissarin."

„Sie müssen das jetzt hier nicht erläutern, Herr de Jong", griff sein Anwalt in das Gespräch ein. „Das tut nämlich nichts zur Sache. Mein Klient hat schon Namen und Anschrift der Dame aus Holland hier notiert." Er schob Nina einen Notizzettel zu.

„Ah, sogar mit Telefonnummer. Vielen Dank", sagte Nina und schob den Zettel weiter zu Bert.

„Okay, sofern die Dame Ihre Aussage bestätigt, hätten Sie für die Tatzeit ein Alibi. Damit kämen Sie, sogar unabhängig vom Ergebnis der DNA-Analyse, als Täter nicht mehr in Betracht", nahm Bert die Vernehmung wieder auf.

„Mein Klient hat eine Speichelprobe abgegeben?", wollte Beckstein wissen.

„Ja", erwiderte Bert. „In diesem Punkt hat er sich kooperativ gezeigt, auch wenn er ohne seinen Anwalt nicht mehr reden wollte."

„Dazu wären Sie aber nicht verpflichtet gewesen", informierte der Anwalt de Jong.

„Ich hab ja in Bezug auf den Tod von Nanne Gerdes nichts zu verbergen, Herr Beckstein. Da kann mich so eine Speichelprobe ja nur entlasten."

„So gesehen haben Sie durchaus recht. Ich wollte nur grundsätzlich auf Ihre Rechte hingewiesen haben."

„Ich glaube, dass wir damit an dieser Stelle die offizielle Vernehmung und die Aufzeichnung beenden können. Ihre vorläufige Festnahme ist hiermit aufgehoben. Sie halten sich aber bitte noch zu unserer Verfügung, bis wir die offizielle Bestätigung ihre Aussage vorliegen haben", beendete Bert die Vernehmung.

Nachdem das Aufzeichnungsgerät abgeschaltet worden war, fragte Bert: „Sagen Sie, Herr de Jong – und Ihr Anwalt hat recht, darauf müssen Sie nicht antworten – warum haben Sie uns das denn nicht bereits gestern gesagt? Das erschließt sich nämlich meiner Logik nicht. Sie hätten sich doch eine Nacht in der Zelle ersparen können."

De Jong warf seinem Anwalt einen fragenden Blick zu.

„Ich sagte ja bereits, das ist Ihre Privatangelegenheit. Darüber müssen Sie nicht sprechen", sagte Beckstein.

„Das weiß ich. Aber so stehe ich hier wir ein gewissenloser Ehebrecher da, der seine arme Ehefrau hinter ihrem Rücken betrügt. Ich habe durchaus meine Macken und raste auch schon mal sehr schnell aus, aber diese Geschichte hier hatte ein Vorspiel. Und das sollten die Kommissare ruhig kennen. Und je mehr ich darüber nachdenke, desto mehr frage ich mich wirklich, warum ich das nicht bereits gestern erzählt habe. Aber wahrscheinlich war ich zu sehr in Rage, um einen klaren Gedanken fassen zu können."

„Vielleicht hilft uns das ja auch, die zwischenmenschlichen Gesamtzusammenhänge in diesem Mordfall besser zu verstehen", sagte Nina.

„Also gut, Frau Jürgens. Mit meiner Ehe steht es nicht zum Besten. Vor einiger Zeit, als ich mal zwei Tage früher als geplant von einer Fangfahrt zurückkam, da treffe ich meine Frau mit einem Feriengast splitternackt in eindeutiger Pose in meinem Ehebett an. Dass ich da ausgerastet bin, können Sie sich sicher vorstellen."

„Kann ich", bestätigte Nina.

„Anschließend fehlten dem Feriengast ..."

„Die Details spielen hier wirklich keine Rolle", unterbrach ihn sein Anwalt, der bemerkt hatte, dass Willem gerade dabei war, sich wieder in Rage zu reden.

„Ja. Jedenfalls wurde mir dann auch noch gesteckt, dass das nicht das erste Mal gewesen sei. Als Fischer ist man nicht selten eine Woche und länger draußen. Da ist so etwas wirklich nicht witzig. Also habe ich bei meinen Fahrten, die mich regelmäßig auch in mein Heimatland führen, angefangen, mich zu revanchieren. Schließlich gilt ja wohl gleiches Recht für alle."

„Und in diesem Zusammenhang haben Sie dann auch versucht, mit der Ehefrau des Ermordeten, Beeke Gerdes, in engere Beziehung zu treten?", bohrte Nina weiter nach.

„Wie kommen Sie denn darauf?", fragte de Jong verunsichert.

„Das hat mir Beeke Gerdes selbst erzählt. Und Sie hätten sie diesbezüglich auch öfter telefonisch kontaktiert."

„Ja, das stimmt. Das habe ich. Aber ohne Erfolg."

„Das war übrigens auch für uns mit ein Grund, Ihre Rolle in dieser Angelegenheit näher zu untersuchen. Und jetzt verstehen Sie sicher auch, Herr Beckstein, warum sich Herr de Jong mit seiner Aussageverweigerung besonders verdächtig gemacht hat. Da hätte nämlich ein Tötungsmotiv ganz anderer Art vorliegen können. Mit der Bestätigung Ihres Alibis, Herr de Jong, wird das aber gegenstandslos. Und wie wir Ihre außereheliche Beziehung werten, steht absolut nicht zur Debatte. Deswegen ist bei mir aber immer noch nicht angekommen, warum Sie uns das gestern nicht sagen konnten."

„Herr Linnig, um die ganze Angelegenheit sachlich auf den Punkt zu bringen. Herr de Jong hatte die Befürchtung, dass, wenn seine außereheliche Beziehung aktenkundig würde, sich dies negativ auf einen Sorgerechtsstreit um seinen Sohn auswirken könnte."

„Rechtfertigt aber keine Aussageverweigerung", warf Bert ein.

„Darüber habe ich meinen Klienten auch bereits aufgeklärt."

„Und alles Weitere in diesem Zusammenhang obliegt nicht unserer Bewertung und Einschätzung. Sie halten sich bitte noch bei sich zu Hause zu unserer Verfügung, Herr de Jong. Das heißt, ich muss Sie bitten, bis dahin auf Fischfang und auch auf Reisen nach Holland zu verzichten", beendete Bert das Gespräch.

„Wieder eine Sackgasse", sagte Nina enttäuscht, nachdem der Anwalt mit de Jong das Vernehmungszimmer verlassen hatte.

„Und trotzdem habe ich das Gefühl, dass wir dem Täter - auch im Ausschlussverfahren - immer näher kommen werden", widersprach Bert. „Aber bevor wir uns mit dem Decksmann und Bootserben beschäftigen, sollten wir uns noch mal die alten Unterlagen von dem Mord von vor zwei Jahren ansehen.

Irgendwie glaube ich, dass da der Schlüssel liegt. Vielleicht haben wir inzwischen auch schon Ergebnisse von den DNA-Analysen."

Kapitel 20

Fietje Sibum war mit einer kleinen Gruppe Wanderer im Watt unterwegs. Es war in diesem Jahr seine erste Tour mit Urlaubern der Vorsaison. Das waren in der Regel Touristen, für die der alte Spruch galt: *Es gibt kein schlechtes Wetter, es gibt nur falsche Kleidung.* Leute, die Wind und Wetter nicht scheuten. So liebte Fietje das. Alle bereits erfahrene Wattwanderer.

In der Nacht hatte der Wind kräftig aufgefrischt und auch schon den einen oder anderen Schauer im Gepäck gehabt. Deswegen hatten sie sich auch nur für eine kleine Tour entschieden. Gerade war mal wieder die Sonne hervorgekommen und hatte das Watt in einen silbern glänzenden Spiegel verwandelt. Im Hintergrund zeichnete sich deutlich die Silhouette von Spiekeroog ab.

Einige waren mit Ferngläsern bewaffnet und genossen den Blick auf die Insel. Wie riesige schimmernde Schlangen wanden sich die Priele durch das Watt. Die Gruppe war vom Parkplatz am Fährhafen gestartet und wollte in einem großen Bogen bei Krummhörn wieder auf den Deich stoßen und von dort über die Deichkrone zum Parkplatz zurück. Der Bogen sollte an einer kleinen Sandbank vorbei verlaufen.

„Fietje, kommst du mal?" Einer der Teilnehmer schien mit seinem Fernglas etwas entdeckt zu haben. „Wir wollen doch bis zu der Sandbank da vorne, hattest du gesagt?"

„Ja genau", antwortete Fietje, nachdem er in die angezeigte Richtung geschaut hatte.

„Da liegt irgendetwas Sonderbares auf der Sandbank."

Fietje hatte inzwischen auch durch sein Fernglas geschaut. „Vielleicht ein toter Seehund", sagte er. „Wir sind ja gleich da, da werden wir mehr wissen."

Schließlich hatten sie die kleine Sandbank erreicht und standen im Halbkreis um den sonderbaren Fund herum.

„Wie kommt ein halbverbranntes Schaf um diese Jahreszeit ins Watt", fragte der Teilnehmer, der die Entdeckung zuerst gemacht hatte.

„Ist mir auch ein Rätsel", antwortete Fietje, „wobei das nach dem Gehörn eher ein Hammel ist." Dabei dämmerte ihm schon ein Zusammenhang mit seiner Beobachtung von gestern Abend. Das aber wollte er den Touristen natürlich nicht sagen. Sein erfahrenes Fischerauge hatte bereits den Schnitt am Hals des Kadavers entdeckt. Das sieht fast so aus, als hätte der Ubbo gestern eins seiner Tiere als Opfer geschlachtet und in dem Feuer verbrennen wollen. Vielleicht hatte der das Feuer sogar nur deswegen im Watt angezündet, ging es Fietje durch den Kopf.

„Es ist schon wirklich sonderbar, was das Meer da manchmal alles so anspült", war dann seine offizielle Erklärung gegenüber seiner Gruppe.

„Das kannst du wohl laut sagen, Fietje", rief ein junger Mann und hielt einen stark zusammengeschmorten Benzinkanister aus Plastik und einen halbverkohlten Stiefel hoch.

„Und so was schmeißen manche Schiffe weit draußen über Bord", regte sich eine umweltbewusste Dame auf.

„Den Kanister und den Stiefel nehme ich mal mit", sagte Fietje. „Das muss nicht noch länger zur Verschmutzung unseres Weltkulturerbes Wattenmeer beitragen."

„Das ist eine gute Maßnahme, Fietje", lobte die Teilnehmerin. „Und was machen wir mit dem Kadaver? Wobei ich nicht verstehe, dass der zum großen Teil so verkohlt ist."

„Das verstehe ich auch nicht", erwiderte Fietje. „Aber ich glaube, den können wir beruhigt liegen lassen, das regelt die Natur von ganz alleine."

„Grundsätzlich sehe ich das zwar auch so, aber da ist doch eine Kennzeichnung im Ohr von dem Tier. Sollten wir denn die nicht wenigstens mitnehmen? Dann kann man doch feststellen, woher das Tier kommt."

„Eine gute Idee", sagte Fietje. Er riss mit einem Ruck die Kennzeichnung aus dem verbrannten Rest des Ohres und steckte sie in seine Tasche. „Werde mich dann später darum kümmern." Wobei er sich aber schon sicher war, den Besitzer des Tieres zu kennen. Und er gedachte, Ubbo de Buer später auf seinem Hof einen Besuch abzustatten.

Für die Wattwanderer waren die Funde natürlich das Ereignis des Tages und lösten eine heftige Diskussion über die Folgen der Umweltverschmutzung auf unsere Natur im Allgemeinen und das Wattenmeer im Speziellen aus. Die Gruppe hatte gar nicht gemerkt, wie schnell die Zeit vergangen war, als sie die Deichkrone bei Krummhörn erreicht hatte. Inzwischen blies ihnen auf dem Rückweg zum Parkplatz ein kräftiger Westwind die Regenschauer ins Gesicht.

„Da haben wir uns nachher einen schönen Ostfriesentee mit Kluntje und Wölkchen verdient. Ich freue mich jetzt schon drauf", sagte die Teilnehmerin von vorhin.

„Für mich darf es auch ein steifer Grog sein", meldete sich jemand zu Wort. Bei einigen Männern war zustimmendes Gemurmel zu hören.

„Kommst du auch noch auf einen Tee mit, Fietje?"

„Vielen Dank, aber ich werde mich hier mal um diesen Kram und die Kennzeichnung von dem Hammel kümmern", antwortete Fietje und verabschiedete sich dann von seiner Gruppe. Den Rest von dem Kanister und den Stiefel warf er in seinen Kofferraum.

Fietje hatte schon den Vater von Ubbo de Buer gekannt. Ubbo war in seinen Augen ein geistesgestörter Spinner. Er war stinksauer, dass ausgerechnet ein Einheimischer mit solchen völlig idiotischen Aktionen wie gestern Abend zur Umweltverschmutzung des Wattenmeeres beitrug. Und er gedachte, Ubbo diesbezüglich zur Rede zu stellen.

Als er mit seinem Wagen auf den Hof fuhr, kam Jan gerade aus dem Stall.

„Moin Fietje, was willst du denn hier?"

„Moin Jan. Ist Ubbo da?"

„Nee, der ist heute ganz früh mit seinen Bildern nach Berlin gefahren."

„Sag mal, Jan, was hat der Ubbo denn gestern da im Watt verbrannt? Wir haben bei der Wattwanderung einen halbverkohlten Hammel und so einigen Abfall gefunden."

Jan waren diese Fragen sichtlich unangenehm. Ubbo sorgte immerhin für ihn. Da konnte er ihn anderen gegenüber nicht einfach in die Pfanne hauen. Andererseits fand er nicht in Ordnung, was Ubbo da gestern veranstaltet hatte. Er hatte zwar nur den Feuerschein über der Deichkante wahrnehmen können. Auf den Deich hatte er sich bei Dunkelheit nicht raufgetraut.

„Ich weiß nicht, was du meinst, Fietje", versuchte Jan erst einmal Zeit zu gewinnen. Zumal er sogar wusste, dass Ubbo den Hammel aus dem Stall geholt hatte. Das Tier hatte jämmerlich geblökt und ihm richtig leidgetan. Ubbo hatte ihm die Füße zusammengebunden, ihn dann hinter sich quer auf den Sozius des Quads gelegt und war dann den Deich hinaufgefahren. Später war er dann alleine zurückgekommen, hatte noch geduscht und sich dann schlafen gelegt. Jan hatte noch wach in seinem Bett gelegen und darüber nachgegrübelt, was Ubbo da mit dem Jenseits wieder für einen Pakt geschlossen haben könnte. Ihm war das Ganze schon sehr unheimlich vorgekommen.

„Na Jan, du wirst doch mitbekommen haben, dass Ubbo eine Menge Holz ins Watt geschafft und später angezündet hat. Was hatte das denn mit dem Hammel auf sich?"

„Keine Ahnung, Fietje. Wirklich keine Ahnung."

Und da sagte Jan sogar die Wahrheit.

„Wann ist denn Ubbo wieder zurück?"

„Hat er nicht genau gesagt. Vielleicht am Freitag, oder auch erst nächste Woche. Das weiß man bei Ubbo nie so genau. Kommt immer darauf an, wen er dort in Berlin alles trifft. Einmal war er auch schon fast einen Monat weg. Ist schon ein komischer Heiliger, der Ubbo."

„Ein Heiliger? Mensch, Jan, ich glaube eher genau das Gegenteil."

Jan lief ein Schauer den Rücken runter.

„Soll ich ihm was ausrichten, wenn er wiederkommt?", versuchte er abzulenken.

„Nein Jan, vielen Dank. Dem werde ich schon selbst noch ein paar Takte erzählen, wenn er wieder da ist. Das läuft ja nicht davon." Fietje ahnte nicht, welchen Part er dabei noch übernehmen würde.

***

Die Kommissare hatten sich mit der Akte des vor zwei Jahren ermordeten Klaus Petersen ins Besprechungszimmer zurückgezogen.

„Merkwürdige Parallelen", sagte Bert. „Beiden Mordopfern wurde erst in den Bauch gestochen und dann wurde ihnen die Halsschlagader durchschnitten. Und wenn wir bei der Gerdes auch Selbstmord unterstellen, dann folgten beide Ehefrauen anschließend durch Suizid."

„Wobei das bei Renate Petersen mit den aufgeschnittenen Pulsadern wohl eindeutig Selbstmord war. Bei der Gerdes sind wir ja da noch nicht sicher. Allerdings fand der Mord von Klaus Petersen in seinem eigenen Haus statt und der Täter hat ihn dann wohl mit dem Auto zum Parkplatz der Fähranleger gefahren und da in der Nähe am Wasser abgelegt."

„Ich begreife bis heute nicht, dass wir dazu keinerlei Hinweise aus der Bevölkerung erhalten haben. Das hätte man ja theoretisch sogar vom Gebäude der Seenotrettungsstation aus sehen können, wenn da nachts ein Auto auf den Parkplatz fährt."

„Hätte man, Bert. Hat man aber nicht. Und der wird auch nicht so blöd gewesen sein und nachts mit aufgeblendeten Scheinwerfern auf den Parkplatz gefahren sein. Aber vielleicht hat der Täter dieses Mal einen Fehler gemacht. Wenn es denn wirklich derselbe ist. Das wird sich bald herausstellen, denn auch er hat uns seine DNA-Spur hinterlassen. Beide Ehefrauen hatten nach den Morden noch Sex und das ja wohl sehr wahrscheinlich dann mit dem Täter. Mein Gott, wie abgefahren ist das denn bloß? Unglaublich!"

„Na ja, aufgrund des Obduktionsergebnisses können wir Renate Petersen noch zugutehalten, dass der Liebesakt wohl nicht ganz einvernehmlich erfolgt ist."

„Apropos DNA, ich frage gerade mal bei Silke nach, ob wir da schon was haben. Vielleicht sind wir dann schon ein Stück weiter."

Nach kurzer Zeit kam Nina wieder zurück.

„Wir haben Ergebnisse, aber ich glaube, jetzt wird es wirklich kompliziert."

„Mach´s nicht so spannend, wie sieht es denn aus?", drängte Bert neugierig.

„Also, die DNA des Spermas in unserem Fall vor zwei Jahren passt zu dem Fötus der Beeke Gerdes. Die DNA des Spermas, das in Beeke Gerdes und in ihrem Bett gefunden wurde und die blonden Schamhaare stammen zwar von ein und derselben Person, allerdings passen sie nicht zu unserem alten Fall und auch nicht zur DNA des Fötus."

„Was?!", fragte Bert ungläubig. „Wie muss ich das denn jetzt verstehen?"

„Ganz einfach, Bert, die Gerdes muss neben ihrem Ehemann mit zwei verschiedenen Männern in der letzten Zeit Verkehr gehabt haben. Wobei der Erzeuger des Kindes eindeutig mit unserem alten Fall in Beziehung steht. Dass es sich dabei auch um den Mörder handelt, liegt zwar nahe, ist aber letztlich noch nicht belegt. Eins muss ich aber sagen, das hätte ich der Gerdes nun wirklich nicht zugetraut."

„So kann man sich täuschen, Nina. Andererseits wissen wir auch noch nicht, wie das tatsächlich alles zusammenhängt und ob der letzte Liebhaber nicht auch ihr Mörder war."

„Jedenfalls scheint der letzte Sex der Gerdes einvernehmlich gewesen zu sein. Dr. Rabe hat keine Hinweise gefunden, die auf eine Vergewaltigung hindeuten. Und leider gibt es ärztlicherseits auch keine Anhaltspunkte, ob die Todesursache Mord oder Suizid war."

„Ich hoffe, dass uns dann wenigstens die Spurensicherung mit der Auswertung der Fingerabdrücke weiterhelfen kann."

„Sicher können wir wohl auch davon ausgehen, dass der letzte Liebhaber der Gerdes blond gewesen sein muss", ergänzte Nina noch.

„Na, der Holländer ist zwar blond, aber schon raus aus dem Rennen. Der besoffene Fischer ist nicht blond und somit zumindest nicht der letzte Liebhaber von der Gerdes. Bleibt noch unser Decksmann. Der ist blond und den sollten wir uns jetzt mal vornehmen."

„Aber wohl eher nicht mehr als Beschuldigten."

„Wieso bist du da so sicher?"

„Ganz einfach, weil seine DNA mit keiner der hier in Betracht kommenden identisch ist."

„Mit anderen Worten, er käme nur als Täter in Betracht, wenn wir unterstellen, dass der Mörder nicht zugleich Sex mit den Ehefrauen hatte. Es sei denn, wir hätten es mit Auftragsmord zu tun. Aber das würde wiederum nicht so richtig in das Bild mit den Liebhabern passen."

„Richtig. Ich sagte ja schon, jetzt wird es kompliziert."

„Also, dann wollen wir mal hören, was Enno Jansen uns zu sagen hat. Ich bin sehr gespannt."

***

Bert hatte Enno nochmals über seine Rechte aufgeklärt und ihn formell gefragt, ob er einen Anwalt haben wolle. Er hatte verzichtet. Auf die Frage, ob er zu einer Aussage bereit sei, hatte Enno nur genickt. Er hatte sich in der Nacht überlegt, dass es wohl doch besser sein würde auszusagen, bevor sich die Beamten die Informationen bei anderen holen. Am Ende vielleicht sogar noch bei diesem bescheuerten Lars mit seinem „Käpt'n über Bord".

Bert begann mit seiner Vernehmung: „Herr Jansen, Ihre Freundin, Meike Brinkmann, hat sich inzwischen telefonisch bei uns gemeldet und ausgesagt, dass sie geschlafen hat, als Sie in der besagten Nacht das Haus verlassen haben. Gibt es noch andere Zeugen, die bestätigen können, dass Sie tatsächlich erst im Hafen angekommen sind, nachdem das Boot mit Ihrem Kapitän bereits weg war?"

„Nein."

„Das heißt, dass Sie für die fragliche Zeit kein Alibi haben", stellte Bert fest.

Enno zuckte mit den Schultern.

„Das mit dem Blut an dem Laken und dem Handtuch hat Ihre Freundin aufgeklärt. Wir brauchen das nicht weiter im Detail zu vertiefen. Zumal keine Übereinstimmung der Blutgruppen und der DNA festgestellt werden konnte."

Enno war erstaunt über diese Formulierung. So viel Fairness und Feingefühl hätte er dem Kommissar gar nicht zugetraut, dass er ihm jetzt in der Vernehmung sogar die Peinlichkeit einer Erklärung ersparte.

„Es spricht für Sie, Herr Jansen, dass Sie jetzt zu einer Aussage bereit sind. Denn es bleibt neben einem fehlenden Alibi immer noch die Tatsache bestehen, dass Sie der Erbe des Kutters sind und somit von dem Mord profitieren. Daher noch mal die Frage an Sie: Wussten Sie von diesem Testament?"

Enno zögerte kurz. Aber er war ja zu der Überlegung gekommen, dass es wohl doch besser wäre, die Polizei hörte es von ihm als von anderen. „Ja, Herr Kommissar, mein Käpt'n hatte mir das vor einiger Zeit gesagt. Aber deswegen bringe ich den doch nicht um. Ich bin über zwölf Jahre schon mit Nanne zum Krabbenfang gefahren. Und wir haben uns immer ausgezeichnet verstanden. Mein Vater ist ja bereits sehr früh verstorben. Da war Nanne für mich fast so etwas wie ein zweiter Vater. Was glauben Sie, wie es im Moment in mir aussieht. Für mich ist eine Welt zusammengebrochen. Und mir tut auch die Beeke so leid. Mit Mitte vierzig schon Witwe. Wenn ich irgendetwas tun kann, damit der Mörder gefasst wird, dann will ich das tun. Dieses Schwein muss hinter Gitter", sprudelte es auf einmal aus Enno heraus.

„Können Sie uns denn irgendwelche Hinweise geben?",
fragte Bert. Den Tod der Beeke Gerdes verschwieg er an dieser
Stelle erst einmal. „Hat es zum Beispiel irgendwelche
Drohungen gegen Ihren Kapitän gegeben?"

„Außer von seinem Streit mit dem Holländer ist mir nichts
bekannt. Im Gegenteil, Nanne war wegen seines trockenen
Humors bei allen eigentlich sehr beliebt."

„Könnte es denn sein, dass irgendjemand ein Auge auf seine
Frau geworfen hatte und Ihr Kapitän dem im Wege stand?",
warf Nina ein.

„Beeke ist ja eine gutaussehende Frau, wenn ich das so sagen
darf, Frau Kommissarin."

„Frau Jürgens reicht schon", unterbrach ihn Nina, die das
Wort Kommissarin eigentlich nicht ausstehen konnte.

„Also, Beeke zog, zum Beispiel bei Veranstaltungen, schon
die Blicke einiger Männer auf sich, das ist nicht nur mir
aufgefallen. Das haben auch meine Kumpels so gesehen.
Obwohl - für unsereins, na ja, die Frau eines Kapitäns ..."

„Das heißt, Frau Gerdes hätte Ihnen durchaus auch gefallen?
Habe ich das richtig verstanden?", wollte Bert wissen.

„Um Gottes willen, nein, Herr Kommissar. Erstens ist Beeke
die Frau meines Kapitäns, was denken Sie von mir? Und
zweitens, ich stehe da eher auf so Frauen wie meine Meike."

„Ah ja", hakte Nina schmunzelnd ein. „Ich habe das Bild
einer sympathischen jungen Frau mit einer frechen schwarzen
Kurzhaarfrisur und einer beachtlichen Oberweite bei Ihnen in
der Wohnung gesehen."

„Genau. Das ist Meike."

„Aber Sie sagen, dass Beeke Gerdes Blicke von bestimmten
Männern auf sich zog. Was waren das für Männer,
beziehungsweise, wer war das konkret?", kam Bert auf seine
Ausgangsfrage zurück.

„Also, der Holländer war einer davon. Das hat mir mal ein
Kumpel erzählt. Na ja, so genau habe ich mir das auch nicht
gemerkt. Und schließlich will man ja auch niemand zu Unrecht

in die Pfanne hauen, nur weil er mal der Frau meines Chefs nachgeschaut hat."

„Das verstehen wir durchaus, Herr Jansen", zeigte sich Nina verständnisvoll. „Aber gibt es denn gar nichts, was Sie in diesem Zusammenhang konkret beobachtet haben, oder worüber Ihr Kapitän vielleicht mit Ihnen gesprochen hat?"

Enno überlegte. „Doch, ich hab da mal was gesehen. Und vielleicht hätte ich das dem Käpt'n doch besser sagen sollen. Aber ich hab mich nicht getraut. Vielleicht wäre er dann ja noch am Leben."

„Und was haben Sie gesehen?", bohrte Bert nach.

„Es ist schon ein paar Monate her. Da wollte ich vor dem Auslaufen nachts dem Käpt'n noch was nach Hause bringen. War irgendwie unheimlich, die Nacht. Da sah es so aus, als wenn jemand mit langem dunklen Umhang durch die Seitentür in das Haus vom Käpt'n ginge. Ich war mir aber nicht sicher. Und ich bin mir auch bis heute noch nicht sicher, was ich da wirklich gesehen habe. Es ging alles einfach viel zu schnell. Und es war zudem auch sehr dunkel. Ich hab dann vor dem Haupteingang gelauscht und hörte seine Frau drinnen im Flur leise sprechen. Konnte aber nichts verstehen."

„Und was haben Sie dann gemacht?"

„Ich hab geläutet, weil ich ja dachte, dass mein Käpt'n noch zu Hause ist."

„War er denn noch da?"

„Nein. Es dauerte eine ganze Weile, bis Beeke an die Tür kam, obwohl ich sie doch im Flur bereits gehört hatte. Sie machte auch nicht auf. Sie fragte nur: Wer ist denn da?"

„Na, und dann?"

„Enno, hab ich gesagt, wollte dem Käpt'n noch was bringen."

„Hat sie dann aufgemacht?", hakte Nina nach.

„Nein. Sie hat nur gesagt, dass ich den gerade verpasst hätte. Der wäre schon früher gegangen, weil er noch etwas am Kutter hatte erledigen wollen."

„Und dann sind Sie zum Kutter gegangen, haben aber Ihrem Kapitän nichts davon gesagt, weil Sie sich nicht sicher waren, ob Sie seiner Frau nicht Unrecht tun. Sehe ich das richtig so?", fasste Nina zusammen.

„Ja, so ungefähr."

„Können Sie uns eine Beschreibung der Person geben?", fragte Bert.

„Kaum, ... höchstens, ziemlich groß mit einem langen, weiten Mantel."

„Woraus schlossen Sie denn, dass es sich um einen Mann handelte?"

Enno überlegte. „Einfach nur so ein Gefühl."

„Konnten Sie denn etwas vom Kopf oder das Gesicht erkennen?", bohrte Nina noch mal nach.

„Nein."

„Hat derjenige vielleicht einen Hut oder eine Kapuze getragen?", versuchte Bert, seine Erinnerungen aufzufrischen.

„Könnte sein. Aber ich hab da kein Bild. Schließlich hab ich ihn nur ganz kurz und schemenhaft gesehen. War mir im Nachhinein, wie ich schon sagte, auch nicht sicher, was ich wirklich gesehen hatte."

„Sie sagen, dass Sie die Frau drinnen leise haben sprechen hören. Verstehen konnten Sie aber nichts und eine andere Stimme haben Sie ganz bestimmt nicht gehört?", drang Nina weiter in ihn.

„Nein. Nichts."

Bert gab nicht auf: „Kam Ihnen das Verhalten der Frau nicht merkwürdig vor? Was haben Sie denn in diesem Moment gedacht, was da vor sich geht?"

„Was man da so denkt", versuchte Enno, sich um eine Antwort herumzudrücken.

Der Kommissar blieb hartnäckig: „Und was denkt man da so?"

„Vielleicht ein Liebhaber. Vielleicht aber auch nicht ... und ganz anders. Keine Ahnung." Enno war das Thema sehr unangenehm. Er war sich immer noch nicht sicher, ob er Beeke nicht Unrecht tat.

„Sie sind sich immer noch unsicher, ob Sie überhaupt darüber reden sollen?", fragte Nina nach, der sein Unbehagen nicht verborgen geblieben war. „Da kann ich Sie beruhigen. Nach unseren heutigen Erkenntnissen können wir tatsächlich nicht ausschließen, dass Sie dort ihren Liebhaber gesehen haben. Und wenn Sie den gesehen haben, dann haben ihn ja vielleicht auch noch andere gesehen. Haben Sie denn da im Kollegenkreis mal drüber gesprochen?"

„Um Gottes willen, dann hätte ich ja unter Umständen meinen Kapitän und seine Frau bloßgestellt."

„Wir unterbrechen an dieser Stelle die Vernehmung. Der Kommissar und ich müssen eben mal etwas klären", sagte Nina und drückte die Taste des Aufnahmegeräts.

Bert schaute sie verständnislos an, folgte ihr dann aber aus dem Vernehmungszimmer.

„Sag mal, Nina, was war denn das für eine Nummer?", stellte er sie dann zur Rede.

„Der war es nicht! Wir vergeuden unsere Zeit."

„Und wer sagt dir das?"

„Das sagt mir meine weibliche Intuition."

„Schon wieder deine weibliche Intuition. Und mein Instinkt sagt mir, irgendetwas ist da nicht rund. Erst redet er gar nicht. Und dann sprudelt er plötzlich über."

„Vielleicht hatte er auch nur Angst vor uns. Du kennst doch auch die Vorurteile, die die meisten Leute in solchen Fällen haben. Wer weiß, was er sich vorgestellt hat. Und dann hat er gemerkt, dass wir gar nicht so sind, und öffnet sich. Das wäre doch eine logische und plausible Erklärung, wie du sie immer gerne hast, oder?"

„Klingt plausibel, das kann ich nicht leugnen. Könnte aber auch ganz anders sein."

„Was willst du dem Haftrichter denn konkret vorlegen? Wir haben nichts in seinem Haus gefunden, was ihn belastet. Dass er kein Alibi hat, ist Pech für ihn. Dass er erben wird, ist sicher ein Glück für ihn. Aber beides ist schließlich kein Verbrechen! Und dann noch eins. Bislang waren wir uns eigentlich ziemlich sicher, dass wir in beiden Mordfällen den gleichen Mörder suchen und dass dieser Mörder mit den Ehefrauen Sex gehabt hat. Mit Ennos DNA gibt es aber keine Übereinstimmungen. So, Herr Kriminalhauptkommissar, das war mein Plädoyer. Jetzt sind Sie dran."

„Okay, Frau Strafverteidigerin. Ihr Wort in Gottes Ohr. Aber in einem Punkt hast du faktisch leider recht. Wir haben wirklich kein Belastungsmaterial, was wir dem Staatsanwalt und dem Haftrichter vorlegen könnten. Also schicken wir ihn mit der üblichen Auflage, sich zur Verfügung zu halten, nach Hause."

Bert klärte Enno dann doch noch über den tragischen Tod von Beeke Gerdes auf, was diesen sichtlich berührte. Danach ließ er ihn mit einem Streifenwagen nach Hause bringen.

„Soll ich dir mal sagen, Bert, was ich glaube, warum Enno Jansen seine Freundin zu nächtlicher Stunde nach Hause geschickt hat?"

„Na, jetzt bin ich aber gespannt?"

„Der saß doch wie versteinert in der Küche, als wir kamen. Wenn ich seine Reaktion vorhin richtig gedeutet habe, als du ihm gesagt hast, dass die Beeke auch tot ist, da hatte er sichtlich mit den Tränen zu kämpfen. Und ich bin sicher, er wollte nicht, dass seine Freundin seine Tränen über den Tod seines Käpt'ns sieht. Mensch, überleg mal, wenn er ihn fast wie seinen zweiten Vater gesehen hat. Aber für viele von euch harten Männern gilt ja immer noch: Indianer kennen keinen Schmerz und weinen nicht."

„Kein Kommentar, Madam." Bert legte die Hand wie zum militärischen Gruß an die rechte Schläfe. Dann wurde er wieder sachlich: „Wir sollten einen Aufruf an die Presse und den regionalen Rundfunk geben, dass wir die Bevölkerung um Hinweise bitten, wer in der Nähe des Hauses der Gerdes nachts eine Person mit langem Mantel oder Umhang gesehen hat. Wenn der Jansen da tatsächlich was gesehen hat, vielleicht hat dann auch ein anderer etwas beobachtet.

133

Nina war gegangen, um die Pressemitteilung vorzubereiten. Kurz darauf kam Silke mit einer wichtigen Nachricht vom LKA Hannover zu Bert. Er schaute sich die Unterlagen an und runzelte die Stirn.

„Silke, hol das Team zusammen! Sofort!"

Kapitel 21

„Jana, ich hab langsam die Schnauze voll! Eine ganze Nacht für popelige zweihundertachtzig Euro. Und warum das alles? Nur, weil die alte Kuh zu geizig ist, ihre Penunse rauszurücken. Und dann dieses Geschiss mit dem Schenkungsvertrag. Und dein Bruder müsste dann den gleichen Betrag bekommen. Was interessiert uns dein Bruder? Der greift doch hier bestimmt genug für sich ab, der fette Sack. Die sollen sich bloß nicht so pissig anstellen. "

Kevin Güderitz bezeichnete sich selbst gerne als Geschäftsmann. Und er war gerade vom *„Zweitmarkt für aktiv gefundene Gegenstände"*, wie er es immer nannte, zurück. Sein Geschäftsmodell bestand vor allem darin, das zu finden, was andere noch nicht verloren hatten, was sich aber in irgendeiner Weise zu Geld machen ließ. Dass er dabei in aller Regel Schlösser knacken, Scheiben einschlagen oder Fenster aufhebeln musste, gehörte zu diesem Geschäftsmodell nun mal unvermeidlich dazu. Jedenfalls sah Kevin das als völlig normal an. Wenn ihm dann mal jemand dabei in die Quere kam, hatte der die Konsequenzen dieses *„Kollateralschadens"*, wie Kevin das auszudrücken pflegte, selbst zu tragen. Dafür konnte er doch nun wirklich nichts. Schließlich hatte er ja niemanden darum gebeten, ihm im Weg zu stehen.

„Mehr haben die ganzen Notebooks, Handys und Funkgeräte wirklich nicht gebracht?", fragte Jana ungläubig nach.

„Nee, den Plunder kriegste doch heute bei *„Ich bin doch nicht blöd"* schon für 'n Appel und 'n Ei nachgeschmissen. Und die Polen und Tschechen sind ja auch langsam eingedeckt. Da müsste man dann schon mit was Hochwertigerem kommen und nicht mit so 'nem Popelkram. Aber was wirklich Wertvolles haben die Fischer und Freizeit-Skipper ja nicht auf ihren Pötten rumliegen."

„Dann müssen wir eben noch ein paar Wochen warten, bis die Saison losgeht und die ganzen Touries hier einfallen. Da könntest du dick absahnen."

„Tickst du noch ganz richtig? Du bist doch selten dämlich und blickst wohl überhaupt nix. Wir brauchen jetzt Geld und nicht erst in ein paar Wochen. Und deswegen mach deiner ollen Tante mal endlich Feuer unterm Hintern. Wir müssen weg hier. Auf Schritt und Tritt laufen einem die Bullen über den Weg. Heute Nacht hätten sie mich auch fast am Arsch gehabt. Überall schnüffeln die rum, nur wegen so 'nem abgemurksten Fischer. Beim nächsten richtigen Sturm wäre der doch wahrscheinlich sowieso abgesoffen. Und so jung war der doch auch nicht mehr. Also was soll das ganze Theater um den."

„Tante Gerda war aber doch schon auf der Bank gewesen. Da hatte ihr der Bankfuzzi gesagt, dass ihre Nichte am besten erst mal ein Bankkonto auf Malle einrichten solle. Dann könnte sie die Dreißigtausend dahin überweisen. Das wäre sicherer. Er würde ihr nur ganz ungern diesen Betrag bar auszahlen und sie damit auf die Straße lassen. Dann hat der Idiot sie noch auf die Melde- und Anzeigepflicht bei einem Geldtransfer von über zehntausend Euro innerhalb der Europäischen Union hingewiesen. Und sie damit völlig konfus gemacht."

„Und jetzt? Will sie jetzt nicht mehr, oder was?"

„Na ja, sie ist einfach verunsichert und fragte mich, warum wir das denn nicht so machen können, mit dem Konto auf Malle. Ich konnte ihr doch nicht sagen, dass das mit Malle ja nur ein Vorwand von uns war."

„Das ist mir scheißegal. Ich will jetzt endlich Patte sehen. Dann gehst du eben mit ihr zur Bank, damit der Schalterfuzzi das Geld rausrückt und die Schnauze hält. Dann nimmste am besten gleich den Schenkungsvertrag mit. Der kann dir ja nicht verweigern, dein eigenes Geld abzuheben. Wir müssen nämlich möglichst schnell verschwinden. Hier noch mal nachts auf Tour zu gehen, ist im Moment wirklich viel zu riskant. Normalerweise wäre ich ja auch schon längst weg. Aber wir brauchen die Penunsen. Also mach hin! Sonst ist Schluss mit lustig bei mir!"

„Was sollen wir denn machen?" Willst du vielleicht meine Patentante umbringen, um an das Geld zu kommen?"

„Wenn du die Alleinerbin wärst - warum nicht? Dann würde sich die ganze Warterei wenigstens lohnen. Und was soll´s, die Alte hat doch mit über achtzig ihr Leben längst gelebt. Und bevor die dann wieder in das Windelalter zurückverfällt, wäre das vielleicht sogar für sie die bessere Alternative. Da hätte ich wahrscheinlich sogar noch eine gute Tat getan. Und du hättest was davon und sie letztlich auch. Die weiß es nur noch nicht."

„Mensch Kevin. Was redest du denn da für einen Müll. Du machst mir richtig Angst."

„Wieso? Denk mal dran, was sie die Tage beim Frühstück gesagt hat, als ich sie fragte, wie sie denn gerne mal sterben würde. So wie ihr Mann nach einem langen Krebsleiden, oder einfach morgens nicht mehr aufwachen. Was hat sie da gesagt?"

„Einfach nicht mehr aufwachen wäre ihr am liebsten", gab Jana kleinlaut zu.

„Also, du dumm Nuss, willst du warten, bis deine olle Patentante in Demenz verfällt und wieder in die Windeln kackt? Da ist es doch geradezu human, wenn man ihr hilft, so zu sterben, wie sie es sich gewünscht hat. Das Thema hatten sie vor kurzem in einem Fernsehbericht über aktive Sterbehilfe. Du siehst, es gibt sogar eine ganz offizielle Bezeichnung dafür."

„Und so was soll erlaubt sein? Bist du da sicher?"

„Na, das kommt immer darauf an, wie man das macht. Wenn der Notarzt hinterher dann einfach Herzstillstand feststellt, dann ist das doch in so einem Alter okay und keiner stellt mehr dumme Fragen."

„Aber Tante Gerda will doch jetzt mit Sicherheit noch nicht sterben", wand Jana vorsichtig ein, denn sie kannte Kevin und wusste, wie aggressiv er werden konnte.

„Jetzt stell dich doch nicht so beschissen an. Du bist doch sonst nicht so zimperlich. Nur weil sie die Schwägerin deines toten Vaters und deine Patentante ist? Wozu sind Patentanten denn schließlich da? Die sollen doch dafür sorgen, dass es ihrem Patenkind gut geht. Und geht es dir gut?"

„Nicht wirklich, Kevin."

„Und warum nicht? Weil da irgendwelche Fettsäcke wie dein Bruder und deine Tante auf ihrem Geld hocken. Findest du das vielleicht sozial? Und du musst, wenn alle Stricke reißen, nur für ein bisschen Schnee sogar noch anschaffen gehen. Nennst du das etwa soziale Gerechtigkeit?"

„Nee, natürlich nicht."

„Na also. Dann mach der Ollen endlich klar, dass der Vermieter von dem Bistro in Malle Druck macht und Patte sehen will. Und das noch diese Woche. Und dann gehst du morgen mit ihr auf die Bank, ich fahre euch nach dem Frühstück hin. Und dann wird Kasse gemacht. Damit das klar ist: Meine Geduld ist am Ende. Sonst bin ich morgen alleine weg. Was glaubst du denn, wie viele Weiber nur darauf warten, mit Kevin Güderitz ins Bett zu dürfen. Ich hab auf jeden Fall meinen Spaß. Und du kannst dann von mir aus hier bei den Touries anschaffen gehen. Vielleicht hast du ja dann sogar noch etwas Spaß dabei."

„Du bist gemein, Kevin. Du weißt genau, dass ich nur dich liebe."

„Dann beweise mir das auch endlich mal. Und sieh zu, dass die Alte und der Schalterfuzzi morgen bei der Bank spuren. Wenn du mich so liebst, wie du immer sagst, wieso muss ich mir dann überhaupt für so ein paar Kröten ganze Nächte um die Ohren schlagen? Und das nur, weil du nicht im Stande oder zu feige bist, mal mit der Alten Klartext zu reden. So ist das doch!"

„Kevin, ich werde gleich runtergehen und mit ihr reden. Du kannst dich auf mich verlassen. Und morgen haben wir das Geld und können dann verschwinden. Das verspreche ich dir", versuchte Jana, wieder gut Wetter zu machen. Doch Wetter folgt nun mal seinen eigenen Regeln und nicht den menschlichen Wünschen. Das war Jana in diesem Augenblick aber nicht bewusst.

***

In der Fischerei-Genossenschaft ging es hoch her. Einige Fischerkollegen standen zusammen und hatten natürlich nur ein Thema. Und das erhitzte sogar die sonst doch eher kühlen Gemüter ostfriesischer Granatfischer: Der bestialische Mord an ihrem Kollegen Nanne Gerdes. Ausgerechnet Nanne. So jedenfalls empfanden das alle.

Fietje Sibum war vorbeigekommen und wollte seinen ehemaligen Kollegen etwas zeigen. Dazu hatte er sich den Tablet-PC von seinem Jüngsten, Theo, ausgeliehen.

„Das müsst ihr gesehen haben, was sich da gestern bei uns hinter dem Deich im Watt abgespielt hat." Fietje startete einen Videospot und alle schauten gebannt auf das Tablet.

„Mann, dat is doch Ubbo de Buer", sagte plötzlich einer. „Wat maakt de denn daar? Is de dörnanner? De maakt daar Für in d' Watt."

„Dat maaks wohl seggen. De is doch mall in d' Kopp", kommentierte ein anderer.

Als der Spot zu Ende war, herrschte zunächst betretenes Schweigen.

„Ik glöv, de brukt mal een Packje Hau!" Heinrich Plott war der Erste, der seine Sprache wiedergefunden hatte.

„Na, Heinrich, mit Schlägen bist du ja immer schnell bei der Hand. Aber ich glaube nicht, dass das hier wirklich hilfreich wäre", antwortete Fietje. Jürgen, der Wachleiter von Theo, hat das schon an die Polizei weitergegeben. Und soweit ich gehört habe, prüfen die zurzeit, ob ein Ordnungsgeld verhängt werden kann. Mehr wird da aber wohl kaum zu erwarten sein."

„Der hätte man mit seinen bekloppten Bildern in Berlin oder sonst wo bleiben sollen", forderte einer. „Jetzt weiß ich auch, was das für ein Feuerschein über dem Deich gewesen ist. Ich habe immer darauf gewartet, dass die Feuersirene geht. Aber da kam nichts."

„Nee, ich weiß von Theo", erläuterte Fietje, „dass sie bei der Rettungsstation erst überlegt hatten, ob sie die Feuerwehr rufen sollen. Selbst hätten die mit ihrem Boot da nicht ranfahren können. Und schon gar nicht bei ablaufendem Wasser. Aber dann haben sie sich gedacht, wenn die Flut kommt, löscht die das Feuer sowieso. Nach der Flut würde das ablaufende Wasser die Asche und das restliche Holz einfach mit raus ins Meer nehmen. Dafür wollten sie nicht die Kollegen von der Feuerwehr aus ihren Betten schmeißen. Und schon gar nicht für so einen Idioten."

„Das war sicher eine gute Überlegung", meinte einer der Kollegen.

„Aber ich habe heute Vormittag mit meiner Gruppe bei der Wattwanderung an der kleinen Sandbank, in Höhe von Ubbos Gulfhof, einen halbverkohlten Hammel gefunden", fuhr Fietje fort. „Es sah so aus, als wenn das Tier vorher geschächtet worden wäre, bevor es im Feuer gelandet ist. Außerdem lagen da auch noch ein verschmorter Benzinkanister und ein verkohlter Stiefel. Aber diese Sachen könnten auch von Schiffen stammen. So etwas finden wir hier ja immer wieder."

Zustimmendes Gemurmel bestätigte ihn.

„Wie Jan mir sagte, ist Ubbo heute Morgen mit seinen Bildern nach Berlin gefahren. Wenn er zurück ist, werde ich mir den mal kaufen. Da kann er sich drauf verlassen", schob Fietje noch nach.

„Dann sag Bescheid. Da gehen wir mit", meldeten sich gleiche mehrere Kollegen. „Dem müsste irgendwie mal Einhalt geboten werden. Wenn ich nur daran denke, was der beim letzten Osterfeuer mit einigen von unseren Jugendlichen angestellt hat. Da soll er sogar nackt unter seinem Umhang genauso rumgehampelt haben. Fast wie jetzt in dem Video. Muss man sich mal vorstellen."

„Und die von seinem Freibier besoffene Jugend hinterher", rief einer in den Raum. „Übrigens, ich habe vorhin in den

Regionalnachrichten gehört, die Polizei sucht nach Hinweisen über einen Mann, der nachts mit langem Umhang oder Mantel in Neuharlingersiel gesehen worden sein soll".

„Das könnte schon der Ubbo sein", meinte Fietje. „Theo hat mir nämlich vor einiger Zeit erzählt, dass er den schon mal nachts hier im Ort gesehen hat, als er von einer Feier kam. Da hatte er sich noch gewundert, wieso der hier mitten in der Nacht im Ort rumläuft. Obwohl, seit der hier wieder wohnt, hab ich den auch schon mal nachts gesehen. Theo und ich werden das noch bei der Polizei melden."

„So etwas habe ich auch schon gehört", meldete sich ein anderer zu Wort. „Denkt die Polizei denn, dass der was mit dem Mord an Nanne zu tun hat? Aber was sollte denn der verrückte Deichschäfer mit dem Nanne gehabt haben?"

„Ich trau dem Ubbo ja so einiges zu, aber ich wüsste auch nicht, was er mit Nanne gehabt haben sollte", entgegnete Fietje. „Zumal Nanne doch sogar immer versucht hat, den Ubbo bei uns hier in Schutz zu nehmen. Es war doch der Nanne, der immer gesagt hat, dass der Ubbo als Kind sehr unter dem Tod seiner Mutter gelitten hat. Und dass man deswegen einfach ein bisschen nachsichtig mit ihm sein müsste."

Ein älterer Fischer erhob das Wort: „Verstehe ich ja durchaus, Leute, aber was der jetzt hier treibt, das geht eindeutig zu weit. Insbesondere wenn der an Ostern unsere Jugend abfüllt und am Ende vielleicht noch Hexenmessen oder so etwas mit denen abhält."

„Ich glaube, rechtlich kannst du da kaum was machen, wenn die jungen Leute nicht gerade minderjährig sind", schränkte Fietje ein.

„Schlimm genug, aber wenn du dann dein Recht selbst in die Hand nimmst, dann sollst du mal sehen, wie unser Rechtssystem dann funktioniert. Dann haben sie dich gleich dran, wegen Haus- und Landfriedensbruch, Beleidigung, Körperverletzung und wer weiß was sonst noch. Aber so einer kann ungestraft umherlaufen und ruhig unsere Jugend mit Alkohol abfüllen und manipulieren. Da musst du als Vater dann tatenlos zuschauen. Und die Justiz sagt dir dann, solange nichts passiert ist, gilt die Unschuldsvermutung, oder wie das heißt."

Zustimmendes Gemurmel unter den Fischersleuten zeigte, wie es die meisten empfanden.

In diesem Moment öffnete sich die Tür und ein junger Mann mit Sonnenbrille auf der Nase trat ein.

„Friedhelm, du kannst deine Brille ruhig absetzen, hier drinnen scheint keine Sonne", rief ihm jemand zu. „Und unsere Themen hier sind heute auch nicht gerade sonnig", ergänzte ein anderer. „Wer den Schaden hat, spottet jeder Beschreibung", setzte ein Dritter noch oben drauf und fragte dann: „Mensch Friedhelm, gegen was für einen Schrank bist du denn gelaufen?"

„Ich weiß", antwortete der, „wer solche Freunde hat wie euch, der braucht keine Feinde mehr."

„Der Schrank war wohl ich", meldete sich plötzlich Heinrich Plott zu Wort. „Als du zur Tür hereinkamst, fiel es mir wie Schuppen aus den Haaren. Es tut mir wirklich leid, Friedhelm, und du hast auf jeden Fall was bei mir gut. Vielleicht kann ich dich und deine Frau ja mal zum Essen einladen. Du bist mir einfach nur zum falschen Zeitpunkt über den Weg gelaufen."

„Ah, dann warst du das also?", fragte Fietje nach. „So war mein Grünkohlessen mit Bier und Korn aber nicht geplant gewesen, dass du anschließend dem Mann meiner – Enkelin das Nasenbein brichst und zwei Veilchen verpasst. Friedhelm wollte ja nicht mit der Sprache heraus, obwohl ich schon fast so eine Ahnung hatte."

Friedhelm Eberle war, wie der Name schon erkennen lässt, Schwabe und nach einem Urlaub durch die Liebe in Ostfriesland hängen geblieben. Da war es gerade recht gekommen, dass die Fischerei-Genossenschaft einen Lkw-Fahrer gesucht hatte. Inzwischen war er mit seiner großen Liebe, der Enkelin von Fietje, verheiratet und sie hatten ihn sogar schon mit einem Zwillingspärchen zum stolzen Urgroßvater gemacht.

„Da kann ich von Glück sagen, dass du mich nicht wegen Körperverletzung angezeigt hast, Friedhelm. Muss mich noch mal zusätzlich bei dir bedanken. Nicht mal bei Fietje hast du mich verpfiffen. Du bist wirklich ein feiner Kerl. Das hattest du nicht verdient, hoffentlich kann ich das wieder gut machen", sagte Heinrich kleinlaut.

„Ach, da hätte ich schon eine Idee für dich. Du musst, sozusagen als Schmerzensgeld, auch mindestens noch die Urgroßeltern und die Großeltern meiner Zwillinge mit einladen. Und als zusätzliche Bedingung: Der Schnaps ist für dich an dem Abend absolut tabu."

„Alles, was du willst, Friedhelm. Aber eines würde mich doch noch interessieren, ob du den anonymen Tipp an die Polizei gegeben hast?"

„Was für einen anonymen Tipp?"

„Na, irgendjemand hat mir die Polizei auf meinen Kutter geschickt, als ich da meinen Rausch ausschlafen wollte. Die haben mich sogar mitgenommen und verhört, ob ich was mit dem Mord an Nanne zu tun hätte, weil meine Hände und Klamotten voll Blut waren."

„Das Blut war ja wohl aus meiner Nase gewesen."

„Das weiß ich jetzt auch wieder. Deswegen haben die mich auch schnell wieder laufen lassen. Aber der Polizei habe ich das nicht sagen können, als die mich verhört haben. Absoluter Filmriss. Deswegen darf ich derzeit auch mit meinem Kutter nicht auslaufen."

„Na, Heinrich, vielleicht hatte da noch jemand mit dir eine alte Rechnung offen", rief ein Fischer von hinten und alles lachte.

„Oder der Mörder hat anonym bei der Polizei angerufen, um von sich selbst abzulenken", sinnierte Friedhelm. Kein angenehmer Gedanke für die Fischer. Manchem wurde erst jetzt richtig bewusst, dass der Mörder möglicherweise immer noch mitten unter ihnen sein könnte. Und wer wäre dann vielleicht das nächste Opfer?

Kapitel 22

Nina hatte gerade die Pressemitteilung rausgegeben, als Silke zu ihr kam, um das Team zusammenzutrommeln. Bert stand bereits an seinem Flipchart. Seine Miene verhieß nichts Gutes.

„Leute, so wie es aussieht, werden wir im Laufe der nächsten Woche hohen Besuch bekommen", sagte er bedeutungsvoll.

„Lass mich raten", meldete sich Nina zu Wort, „wir haben Post aus Hannover. Das kann nur bedeuten, dass wieder die Profi-Ermittler kommen."

„Du bist mal wieder Hellseherin. Genau. Es kommen die gleichen Kollegen, die wir schon vor zwei Jahren hier hatten und die den Fall des ermordeten Klaus Petersen auch nicht aufklären konnten."

„Also, ich kann nicht sagen, dass mich das begeistert", murrte Nina. „Bin mal gespannt, ob die uns wieder nur zu Laufburschen degradieren und wieder alles besser wissen."

„Erfolgreich waren sie damit jedenfalls nicht", stellte Bert fest.

„Und ich sage das noch mal in dieser Runde, was ich damals schon gesagt habe", fügte Nina noch trotzig hinzu, „wenn die uns hätten machen lassen, dann wären wir in dem Fall sicher auch weitergekommen."

„Da kann ich dir leider nicht widersprechen. So unsensibel, wie die mit manchem einheimischen Zeugen umgegangen sind, brauchte man sich nicht zu wundern, dass da nicht mehr aus der Bevölkerung kam."

„Ich nehme meinen Jahresurlaub", stöhnte Nina grinsend.

„Na klar", griff ihr Chef diese eher scherzhaft gemeinte Anmerkung auf, „am besten geht das ganze Team in Jahresurlaub. Dann können die sich hier voll ausbreiten und sehen, wie sie klarkommen. Nein! Jetzt mal im Ernst, Leute. Wir machen hier unseren Job wie immer. Nach bestem Wissen und Gewissen. Wir lassen uns doch nichts ans Zeug flicken."

„Dein Wort in Gottes Ohr, aber letztes Mal blieb die Erfolglosigkeit anderer dann doch an uns hängen und wir waren die Deppen."

„Trotzdem, Nina. Auch wenn ich dich durchaus verstehen kann", beendete Bert die Diskussion. „Aber es gibt auch Fortschritte, so ist es ja nicht. Die Spurensicherung hatte doch auf dem Kutter von dem Gerdes ein Feuerzeug mit Fingerabdrücken gefunden, die bisher nicht zugeordnet werden konnten. Sie wurden ans kriminaltechnische Institut nach Hannover abgegeben, und die sind fündig geworden."

„Es geschehen noch Zeichen und Wunder."

„Die Fingerabdrücke gehören einem Kevin Güderitz. Wir haben auch gleich Fahndungsbilder von ihm mitgeschickt bekommen."

Bert gab Silke mehrere Fotos, die sie gleich an die Wand pinnte.

„Der ist ein alter Bekannter der Bremer Polizei", fuhr er dann fort. „Hat auch schon mehrere Jahre abgesessen. Unter anderem wegen schwerer Körperverletzung, Bank- und Raubüberfall, Einbruchdiebstahl, Vergewaltigung und mehr. Es wurde sogar wegen Körperverletzung mit Todesfolge gegen ihn ermittelt. Allerdings konnte ihm dies dann letztlich nicht nachgewiesen werden. Das LKA hat bereits eine bundesweite Fahndung nach ihm herausgegeben."

„Wow", kommentierte Nina schnippisch. „Das fluppt ja. Sogar bundesweit. Da hat mal einer richtig mitgedacht. Denn hier bei uns wird der sich doch sicher schon lange nicht mehr aufhalten."

„Davon sollte man eigentlich ausgehen. Aber trotzdem, Leute, Augen offenhalten. Unsere Streifenwagenbesatzungen sind auch schon entsprechend informiert. Wir hatten in der letzten Zeit einige Einbrüche auf Fischkuttern. Auch im Yachthafen Bensersiel gab es Diebstähle. Da muss kein Zusammenhang bestehen, aber es könnte, denn auf solche Delikte ist dieser Typ spezialisiert. Außerdem ist bei dem äußerste Vorsicht geboten, er ist in aller Regel bewaffnet", mahnte Bert.

Dann informierte er sein Team über die Ergebnisse der Vernehmungen des Holländers und des Decksmanns des Ermordeten.

„Silke, haben wir inzwischen sonst noch irgendwelche Meldungen oder Hinweise aus der Bevölkerung hereinbekommen?"

„Es haben sich zwei Seenotrettungsleute gemeldet, die im Hafen an dem Morgen im Einsatz waren", berichtete Silke. „Die haben beide einen dunklen amerikanischen Geländewagen der Marke Hummer etwas abseits auf dem großen Parkplatz beim Fischerhafen stehen sehen. Als sie mit ihrem Einsatz fertig waren, sei auch der Hummer weg gewesen. Der Wagen ist wahrscheinlich nicht nur den beiden aufgefallen, wie sie meinten, da man einen solchen Wagen hier nicht alle Tage sieht. Zumindest wohl nicht außerhalb der Saison."

„Haben sie denn das Kennzeichen erkannt?", fragte Nina.

„Nein, leider nicht. Sie haben den Wagen nur kurz von der Seite im Scheinwerferkegel gehabt. Beiden ist diese Beobachtung auch erst im Nachhinein komisch vorgekommen, nachdem sie sich darüber unterhalten haben."

„Nina, wir sollten unsere Mitteilung an die Presse und den örtlichen Rundfunk noch mit einem Fahndungsaufruf nach diesem Hummer erweitern."

„Werde ich gleich nach unserer Besprechung rausgeben."

„Dann müssen wir auch die Nachbarschaft von den Gerdes noch mal ganz gezielt dazu befragen", fuhr Bert fort. „Vielleicht ist den Nachbarn auch so ein Wagen aufgefallen."

„Werde ich morgen mit erledigen", sagte Nina. „Ich habe sowieso die Befragung der Nachbarschaft auf meiner Agenda, ob die nachts eine Person mit langem Mantel oder Umhang gesehen haben."

„Okay, haben wir noch weitere Meldungen, Silke?"

„Ja, wir haben einen Bericht von der Seenotrettungsstation in Neuharlingersiel zu einem Vorfall im Watt erhalten. Sogar mit einem Videospot. Aber dieser Bericht steht wohl kaum in Zusammenhang mit unserem Mord."

„Haben wir denn sonst noch etwas Wichtiges vorliegen?"

„Nein, im Moment war das alles."

„Okay, dann leg diesen Bericht mit dem Video doch mal auf den Beamer."

Silke öffnete den Videospot. Es war ein relativ großes Feuer zu sehen, vor dem ein offensichtlich nackter Mann nur mit Stiefeln bekleidet hin und her lief.

„Das sieht aus, als wäre das draußen im Watt", sagte Bert.

„Es ist im Watt", bestätigte Silke. „Das steht im Bericht. Der Wachleiter hat das vorsorglich an die Polizei weitergeleitet, da er sich nicht sicher war, ob man das anzeigen müsste."

„Mensch", rief Nina, „der läuft ja in einem ganz bestimmten Muster vor dem Feuer hin und her. Das sieht aus wie ein achtzackiger Stern, ein sogenanntes Oktagramm. Hat das nicht auch irgendeine okkulte Bedeutung? So wie der da nackt vor dem Feuer rumrennt, könnte man fast an so etwas wie Hexenmessen oder Ähnliches denken."

„Sieht schon reichlich merkwürdig aus", brummte Bernd. „Also mir würde da auch sofort so was wie Satansanbetung einfallen."

„Jedenfalls glaube ich nicht, dass das gut ist, was der da treibt", Silke schüttelte sich.

Der Kommissar klopfte auf den Tisch. „Was wir meinen und glauben, wird uns hier nicht weiterbringen. Damit sollen sich unsere Juristen rumschlagen. Das könnte zumindest eine Ordnungswidrigkeit sein, das Wattenmeer steht nicht ohne Grund unter einem besonderen Schutz. Und den großen Haufen Reisig wird der sicher nicht nur mit einem Streichholz und Zeitungspapier angezündet haben. Dafür hat er doch sicher Brandbeschleuniger verwendet."

„Hat man denn eine Ahnung, wer das sein könnte?", fragte Nina.

„Das ist Ubbo de Buer", antwortete Silke, „steht auch alles in dem Bericht drin. Den halten alle im Ort für ein bisschen verrückt."

Nina lachte auf. „Nur ein bisschen? Wer springt denn mitten in der Nacht zu dieser Jahreszeit splitternackt im Watt herum und macht da auch noch Feuer? Das muss doch ein absoluter Vollpfosten sein."

„Aber ich glaube, wir haben Wichtigeres zu tun, als uns mit Vollpfosten zu beschäftigen", unterbrach Bert das Geplänkel. „Da sollen sich unsere Streifenwagenbesatzungen und die Juristen drum kümmern. Also Leute, an die Arbeit! Und irgendwie sagt mir mein Bauchgefühl, dass die nächste Überraschung nicht lange auf sich warten lassen wird."

„Weißt du, was das Schlimmste an deinem verdammten Bauchgefühl ist?", konnte sich Nina nicht verkneifen zu sagen.

„Nein, klär mich auf."

„Dass sich dein Bauchgefühl so selten irrt!"

***

Bert hatte ein längeres Gespräch mit dem Notar in Esens gehabt. Dabei war es um die von Beeke und Nanne Gerdes begünstigten Erben gegangen. Der Notar ging davon aus, dass, mit Ausnahme von Enno, die anderen Erben wohl noch keine Ahnung von ihrem Glück hatten. Die Eheleute Gerdes hätten es den Begünstigten erst bei nächster Gelegenheit mal sagen wollen.

Für Bert war es allerdings nicht auszuschließen, dass im Einzelfall ein solches Gespräch doch bereits stattgefunden hatte. Vielleicht war auch etwas auf anderem Weg durchgesickert. Schließlich hatte sich die für den Kutter vorgesehene Erbschaftsregelung auch wie ein Lauffeuer im Ort verbreitet.

Daher kam auf ihn und sein Team noch einiges an Vernehmungen zu. Dazu hatte er sich bereits eine Liste der Haupterben vom Notar geben lassen. Allerdings war er mit ihm übereingekommen, die offizielle Testamentseröffnung abzuwarten, um dieser nicht durch die Befragungen vorzugreifen. Zumal diese bereits für die kommende Woche angesetzt war. Insgesamt gab es - neben Enno Jansen - sechs Hauptbegünstigte. Das waren die Kinder der Geschwister der toten Eheleute. Grundsätzlich hätte jeder von ihnen damit ein Motiv gehabt. Allerdings lagen bislang noch keine weiteren konkreten Hinweise vor, aus denen sich ein Handlungszwang ergab.

Der Kutter und das Geschäftskonto mit etwa 25.000 Euro würden an Enno Jansen alleine gehen. Damit sollte er imstande sein, die Tradition der Granatfischerei aufrechtzuerhalten. Denn das war Nanne Gerdes eine echte Herzensangelegenheit gewesen.

Der gesamte Immobilienbesitz und das sonstige Vermögen gingen in gleichen Teilen an alle sechs Neffen und Nichten. Was dann weiter damit geschehen sollte, dafür musste dann die Erbengemeinschaft eine einvernehmliche Lösung finden.

Eine Konstellation, die zu einer gewissen Herausforderung für die Begünstigten werden konnte. Insbesondere, weil das mit der Einigung manchmal ja, gerade auch unter Verwandten und Erben, nicht immer so einfach war. Bert hatte sich ein Grinsen nicht verkneifen können, als er das gehört hatte. Außerdem schränkte das die Erbschaft als Tatmotiv für Einzelpersonen aus dieser Erbengemeinschaft schon wieder in gewisser Weise ein.

Der Kommissar war auf dem Weg zu seinem Wagen, als sein Handy klingelte.

„Linnig."

„Hallo Bert, hier ist Silke. Wir haben gerade einen Anruf von einem 12-jährigen Jungen aus Esens gehabt. Der ist Fan von diesen amerikanischen Geländewagen mit der Markenbezeichnung Hummer. Er hat gesagt, dass der neue Besitzer vom TopFit-Center in Esens einen schwarzen Hummer H2 fährt. Der Bengel kannte sich da offensichtlich

149

ganz genau aus. Dann wollte er wissen, ob er jetzt eine Belohnung für die Ergreifung des Mörders bekäme."

„Und was hast du ihm gesagt?", fragte Bert lachend.

„Na, dass wir nur einen solchen Wagen suchen, aber noch gar nicht wissen, ob dieser Wagen tatsächlich etwas mit dem Mord zu tun hat. Im Übrigen wäre derzeit noch keine Belohnung ausgeschrieben. Daraufhin meinte das Bürschchen, dass er sich dann wohl zu früh gemeldet hätte. Er hätte besser abwarten sollen, bis eine Belohnung ausgesetzt wird."

Bert schmunzelte. „Auf was für Ideen die Kiddies heutzutage kommen. Hast du denn auch mit seinen Eltern gesprochen?"

„Nein. Die wären nicht zu Hause, sagte er. Wir haben aber Name, Anschrift und Telefonnummer."

„Okay, Silke. Ich war gerade beim Notar. Da werden eventuell noch so einige Befragungen auf uns zukommen. Aber da vorne sehe ich gerade ein Hinweisschild zu diesem TopFit-Center. Ich werde gleich mal dem Besitzer des Hummers einen Besuch abstatten."

Er hatte sein Auto erreicht und war kurz darauf bereits auf der Zufahrt zum Parkplatz des Fitness-Centers. Der schwarze Hummer stand direkt gegenüber der Eingangstür und Bert parkte seinen Wagen daneben.

Das Sportstudio war um diese Zeit offensichtlich nur von einigen Hausfrauen und Rentnern besucht. So standen die meisten Geräte in Reih und Glied, zum Teil vor überdimensionierten Spiegeln, und warteten auf ihren Einsatz. Hinter der Theke im Eingangsbereich hantierte eine hübsche junge Frau im Trainingsanzug herum.

„Ich bin Claudia, kann ich was für Sie tun?"

„Kommissar Bert Linnig, Kripo Wittmund." Bert hielt seinen Ausweis hin. „Kann ich mal den Besitzer von dem Hummer da draußen sprechen?"

„Hat der falsch geparkt, oder was wollen Sie von ihm?"

„Sagte ich doch schon, junge Frau, ihn sprechen. Sie wissen doch sicher, wem der Wagen gehört?"

„Wenn Sie mich so fragen, Herr Kommissar, na klar. Der gehört meinem Chef."

„Und wo finde ich Ihren Chef?"

„Hier", tönte eine dunkle Stimme aus dem Gang, der zu den Umkleiden und Toiletten führte. Ein großer blonder Mann kam auf den Ermittler zu. „Um was geht es?"

„Bert Linnig, Kriminalkommissar aus Wittmund." Bert zeigte noch mal seinen Ausweis. „Gehört Ihnen der schwarze Hummer da draußen?"

„Ja, wieso?"

„Dann würde ich Sie gerne mal unter vier Augen sprechen."

„Okay, gehen wir in mein Büro, Herr Kommissar. Einen Kaffee oder ein anderes Getränk für sie?"

„Ja, ein Kaffee wäre jetzt nicht schlecht."

„Claudia, kümmerst du dich bitte mal darum, dass der Kommissar einen Kaffee bekommt."

„Wird gemacht, Chef."

„Kommen Sie, ich gehe mal voraus. Übrigens, ich heiße Joachim Bender und mir gehört seit kurzem dieser Laden hier."

Sie hatten gerade an einem Besprechungstisch Platz genommen, da brachte Claudia auch schon den Kaffee. Nachdem sie den Raum wieder verlassen hatte, sagte Joachim Bender: „Ob Sie es glauben oder nicht, ich wollte mich gerade auf den Weg zu Ihnen nach Wittmund machen, da ich gehört habe, dass ein Wagen wie der meine gesucht wird."

„Na, dann erzählen Sie doch mal", forderte Bert ihn auf.

„Was soll ich erzählen? Ich weiß doch gar nicht, was Sie wissen wollen."

„Herr Bender, Sie wollten doch sicher nicht nach Wittmund fahren, nur um uns dort zu erzählen, dass Sie einen schwarzen Hummer fahren, oder? Sie haben doch sicher eine ganze Menge mehr zu sagen."

„Schon möglich. Aber ich weiß nicht, wo ich anfangen soll."

„Am besten ganz von vorne, Herr Bender. Immer schön der Reihe nach. Ich gehe mal davon aus, dass es tatsächlich Ihr

Fahrzeug ist, welches wir suchen und dass Sie mir zu dem toten Krabbenfischer in Neuharlingersiel etwas sagen können."

„Zu dem Tod von dem Krabbenfischer kann ich Ihnen nicht viel sagen. Ich war nur zufällig auf dem Parkplatz beim Hafen und habe mitbekommen, dass die Rettungsleute davon gesprochen haben, dass der Krabbenfischer tot auf seinem Kutter liegt."

„Zufällig, Herr Bender? Man ist doch nicht rein zufällig mitten in der Nacht auf diesem Parkplatz. Weswegen waren Sie denn wirklich dort? Übrigens möchte ich Sie noch darauf hinweisen, dass es sich bei diesem Gespräch um eine Befragung als Zeugen handelt. Das heißt, Sie sind zur Wahrheit verpflichtet. Es sei denn, dass Sie sich mit einer Aussage selbst belasten würden. Dann können Sie die Aussage verweigern und auf Wunsch auch einen Anwalt hinzuziehen."

„Also, Herr Kommissar, damit da nichts in den falschen Hals kommt. Mit dem Tod von dem Gerdes habe ich absolut nichts zu tun."

„Okay, Herr Bender, mit was haben Sie denn dann etwas zu tun? Und noch mal, was wollten Sie zu dieser Zeit dort auf dem Parkplatz?"

„Da muss ich ein wenig ausholen. Die Frau von dem Gerdes trainierte schon seit Jahren regelmäßig hier im Fitness-Center. Und nachdem ich das hier übernommen hatte und wir uns dann auch persönlich kennengelernt haben, da sind wir uns eben nähergekommen. Näher, als eigentlich erlaubt wäre. Das hat sich einfach so ergeben. Das müssen Sie mir glauben."

„Das heißt also, Sie hatten eine Affäre mit der Frau des Toten, Beeke Gerdes?"

„Ja, so kann man es auch ausdrücken. Und ich wollte im Hafen nur nachsehen, ob der Mann von der Beeke tatsächlich schon mit seinem Kutter zum Krabbenfischen rausgefahren ist. Na ja, und den Rest kennen Sie ja. Deswegen habe ich mit meinem Hummer dort auf dem Parkplatz gestanden."

„Genau zu diesem Rest würde ich gerne Ihre Version hören."

„Na, als ich mitbekommen hatte, dass der Gerdes tot ist, dann wollte ich zu seiner Frau fahren, um ihr die schlimme Botschaft zu überbringen. Schließlich war ich sowieso mit ihr verabredet gewesen. Jedenfalls hatte ich das vorgehabt. Als die mich aber schon so leidenschaftlich im Hausflur empfing, mit ihrem Morgenmantel und nichts drunter, da brachte ich es nicht fertig, ihr das zu sagen."

„Das heißt, Sie hatten, statt ihr die schlimme Botschaft zu überbringen, Sex mit ihr."

„Ja, Herr Kommissar. Und ich muss sagen, ich habe mich danach auch richtig dafür geschämt. Deshalb hatte ich mich auch tatsächlich bei Ihnen melden wollen. Ich muss das irgendwie loswerden. Seitdem konnte ich keinen ruhigen Schlaf mehr finden. Ich hätte bis dahin nie gedacht, dass einem der Testosteron-Pegel dermaßen das Gehirn vernageln und jede Vernunft ausschalten kann."

„Einsicht, wenn auch spät, ist bekanntlich ... Sie wissen schon", konnte sich Bert nicht verkneifen anzumerken.

„Zu meiner Entschuldigung kann ich nur sagen, dass die Beeke eine äußerst attraktive Frau war. Nach außen hin wirkte sie zwar absolut unnahbar. Aber kaum jemand kann sich vorstellen, was für ein Vulkan in dieser Frau brodelte. Da sind Sie als Mann einfach machtlos."

„Trotzdem, da gehören doch bekanntlich immer noch zwei dazu, oder?"

„Ja, da haben Sie durchaus recht. Und das Bedrückende für mich daran ist, ich kann es in diesem Fall nicht mehr wiedergutmachen. Jedenfalls, erst danach ... Sie wissen schon, was ich meine, hab ich es ihr dann doch gesagt. Dass ihr Mann tot ist. Sie war natürlich geschockt, aber erstaunlich gefasst. Sie vermutete, dass ihr Mann einen Herzinfarkt erlitten haben könnte. Sonst hat sie nicht viel gesagt. Sie ging in einen Nebenraum und ich hörte sie da herumkramen. Kurz darauf klingelte es und sie ging aufmachen. Da war eine Polizistin, wohl eine Kollegin von Ihnen, die ihr offiziell die

Todesnachricht bringen wollte. Mit der war sie dann eine Weile unten im Wohnzimmer."

„Und Sie haben sich im Schlafzimmer ganz still verhalten?"

„Ja, was hätte ich denn tun sollen? Ich wollte doch Beeke in dieser Situation nicht auch noch vor der Polizistin als Ehebrecherin bloßstellen."

„Verstehe. Und dann?"

„Dann kam Beeke wieder ins Schlafzimmer. Ich kannte sie nicht mehr wieder. Sie war weiß wie die Wand und wie versteinert. Sie schien regelrecht in Trance zu sein. Ich wollte tröstend meinen Arm um sie legen, aber sie stieß mich sehr heftig weg. „Lass mich! Nanne wurde ermordet", hat sie mich regelrecht angefaucht. Dann ist sie ins Bad gegangen und ich hörte, wie sie sich ein Wannenbad einließ. Ich dachte noch, soll sie sich erst mal ein wenig entspannen. Dann ging plötzlich das Licht aus."

„Und was haben Sie dann gemacht?", wollte Bert wissen.

„Ich hab nach ihr gerufen, aber sie gab keine Antwort. Mit meinem LED-Schlüsselanhänger habe ich mir dann den Weg in ihr Bad ausgeleuchtet, weil ich plötzlich das Gefühl hatte, dass ihr was passiert sein könnte. Und da lag sie in der Badewanne. Und neben ihr im Wasser lag der Föhn, dessen Kabel noch in der Steckdose neben dem Waschbecken steckte."

„Eines verstehe ich noch nicht so ganz, Herr Bender. Wieso haben Sie dann bei ihr keine erste Hilfe geleistet und den Notarzt gerufen?"

„Herr Kommissar, was denken Sie, wenn Sie erfahren, dass die Witwe eines Ermordeten eine Affäre mit einem anderen Mann hat. Ist derjenige nicht automatisch für Sie verdächtig, den Mord an dem Ehemann begangen zu haben?"

„Das kommt immer auf die Umstände an. Soll ich aus Ihrer Frage jetzt schlussfolgern, dass Sie deshalb weder Erste Hilfe geleistet, noch den Notarzt geholt haben, weil ich Sie dann verdächtigen könnte?"

„So ähnlich, Herr Kommissar. Sie können sich gar nicht vorstellen, was einem in so einem Moment alles für Blödsinn durch den Kopf geht. Da fällt einem dann sogar ein, dass man bei den Papieren im Arbeitszimmer ein Durcheinander machen könnte, damit das nachher wie ein Einbruch aussieht. Hatte auch mit dem Gedanken gespielt, die Glasscheibe von der Terrassentür einzuschlagen. Das habe ich dann aber gelassen, weil das viel zu viel Krach gemacht hätte", sprudelte es jetzt aus ihm heraus.

„Dass Sie geschockt waren, das will ich Ihnen gerne glauben. Dennoch, wenn die Obduktion ergeben sollte, dass für Beeke Gerdes bei sofortiger Wiederbelebung oder schneller ärztlicher Hilfe eine reelle Chance zum Überleben bestanden hätte, dann werden Sie sich zumindest wegen unterlassener Hilfeleistung zu verantworten haben. Und wer sagt uns denn, dass Sie selbst nicht mit dem Föhn sogar nachgeholfen haben?"

„Um Gottes willen, Herr Kommissar. Was unterstellen Sie mir da?"

„Ich unterstelle Ihnen das zunächst ja noch gar nicht, sondern habe nur mal eine hypothetische Frage in den Raum gestellt."

„Was für einen Grund hätte ich denn dafür haben sollen? Mein Gott, wir hatten eine Affäre. Ja. Aber deswegen bestand doch kein Grund, Beeke zu ermorden. Im Gegenteil. Beeke und ich haben doch sogar sehr angenehme Stunden miteinander verbracht. Und was hätte sich an diesem Verhältnis denn durch den tragischen Tod ihres Mannes ändern sollen? Im Gegenteil. Es hätte ja vielleicht später sogar die Möglichkeit bestanden, es zu legalisieren."

„Damit räumen Sie ein, dass der Tod von Nanne Gerdes für Sie durchaus hätte Vorteile haben können. Wo haben Sie sich denn vor dem Zeitpunkt, als die Rettungsleute Sie auf dem Parkplatz gesehen haben, aufgehalten?"

„Ich bin erst unmittelbar vor denen auf dem Parkplatz angekommen. Vorher bin ich zu Hause hier in Esens gewesen."

„Haben Sie dafür Zeugen?"

155

„Nein, nicht dass ich wüsste. Es sei denn, es hätte mich irgendein neugieriger Nachbar zufällig wegfahren sehen."

„Herr Bender, wären Sie denn bereit, uns freiwillig eine Speichelprobe für einen DNA-Abgleich zur Verfügung zu stellen?"

„Ja, natürlich. Ich bitte sogar darum, wenn mich das entlastet. Denn ich habe weder etwas mit dem Tod von Beeke, noch mit dem ihres Mannes zu tun."

„Na, Sie waren aber immerhin im Haus, als Beeke Gerdes umkam, und hätten auch ein Motiv für den Tod ihres Mannes haben können. Aber es spricht zumindest für Sie, dass Sie freiwillig einem DNA-Abgleich zustimmen. Am besten, Sie kommen gleich mit mir nach Wittmund, um die Speichelprobe abzugeben. Ich möchte dann dort auch ein offizielles Protokoll mit Ihnen aufnehmen. Was bekommen Sie für den Kaffee?"

„Ein Dankeschön reicht."

„Dann vielen Dank und Sie können gleich hinter mir herfahren."

Die beiden Fahrzeuge hatten Esens bereits hinter sich gelassen und befanden sich auf der Landstraße Richtung Wittmund, da ging bei dem vorausfahrenden Wagen von Bert die Warnblinkanlage an. Im selben Augenblick klappte hinter seiner Rückscheibe ein elektronisches Schild auf. Joachim Bender wurde aufgefordert zu halten. Kaum dass sie standen, kam Bert bereits auf ihn zugelaufen.

„Herr Bender, Sie müssen alleine weiterfahren zum Kommissariat in Wittmund. Die wissen dort Bescheid. Man erwartet Sie bereits und wird Ihnen die Speichelprobe abnehmen und das Protokoll erstellen. Ich muss sofort zu einem Einsatz."

Bert lies den verdutzten Joachim Bender stehen, sprang wieder in seinen Wagen und wendete mit qualmenden Reifen auf der Stelle. Auf das Wagendach hatte er ein mobiles Blaulicht gesetzt und raste mit hoher Geschwindigkeit davon. Sein Bauchgefühl hatte sich tatsächlich mal wieder nicht geirrt.

Kapitel 23

Nina hatte die Nachbarschaft der Gerdes abgegrast. Es waren alles sehr nette und grundsolide Leute. Überall hatte man ihr sofort einen Tee angeboten, gerne hätte sie sich auch die Zeit dafür genommen. Denn so eine ostfriesische Teezeremonie, das hatte schon was. Und dann noch in der Küche auf einer Friesencouch, da kam gleich Gemütlichkeit auf. Aber sie brauchten Hinweise. Wenn Enno Jansen dort zufällig nachts eine Beobachtung gemacht hatte, dann hatte doch sicher in der Nachbarschaft auch jemand mal etwas gesehen. Und dieser Hummer ist ja nun wirklich kein alltägliches Fahrzeug. So ein Wagen fällt doch auf.

Aber überall Fehlanzeige.

„Mein Mann muss schon früh zur Arbeit, da schlafen wir nachts und beobachten nicht unsere Nachbarschaft", so oder ähnlich hatte sie es häufig zu hören bekommen. Wobei sich Nina nicht sicher war, ob die Leute wirklich nichts gesehen hatten, oder nur nichts sagen wollten.

Die linke Nachbarin, Anke Bremer, war mit Beeke sogar befreundet gewesen. Jedes Mal, wenn sie von ihr sprach, kamen ihr die Tränen. Nina hatte die Hoffnung, von ihr etwas mehr erfahren zu können.

„Frau Bremer, könnte es sein, dass Beeke Gerdes ein Verhältnis hatte?", hatte Nina sie daher gefragt. „Als enge Freundinnen teilt man doch schon mal so das eine oder andere kleine Geheimnis."

„Beeke? Ausgerechnet Beeke?", hatte Anke entsetzt geantwortet. „Es ist wahr, Beeke war eine sehr hübsche Frau. Ich hab sie da immer ein wenig beneidet. Die hätte sicher sogar Model werden können. Groß und gut proportionierte, schlanke Figur. Na, sie ging ja auch seit Jahren in Esens in das Fitness-Center. Da war sie wirklich eisern. Zweimal die Woche. Und die Männer haben ihr nachgeschaut."

Man hätte meinen können, Anke selbst wäre in Beeke verliebt gewesen. So einen verträumten Blick hatte sie bekommen. Und dann hatte sie erneut ein Weinkrampf erfasst.

„Ich kann ja verstehen, dass das schwer für Sie ist", hatte Nina versucht, sie wieder zu beruhigen. „Aber das klingt fast so, als wäre die halbe Männerwelt hinter Beeke Gerdes her gewesen."

„Das ist vielleicht übertrieben. Aber auch in der Saison hätten Sie mal die Blicke mancher Urlauber sehen müssen. Obwohl Beeke wirklich nicht eingebildet war, hatte sie aber doch so eine Art, die manchen geilen Bock wohl automatisch auf Distanz hielt. Bei der haben sich die meisten Männer einfach nicht getraut. Gucken ja, aber mehr nicht."

„Aber Sie sind kein Mann, sondern eine Frau, und dann auch noch ihre Freundin. Da spricht man doch ganz anders miteinander", hatte Nina nachgebohrt.

„Na klar", hatte Anke Bremer geantwortet. „Wir haben über Kleidung, Mode, Frisuren und auch Küchenrezepte gesprochen. Wir kochten nämlich beide sehr gern."

Bei der Erinnerung daran waren Anke Bremer wieder Tränen gekommen und sie hatte eine Weile gebraucht, bis sie weiterreden konnte. „Aber über Gefühle, über Gefühle hat die Beeke nie gesprochen. Auf solche Themen ging sie einfach nicht ein. Mein Mann hat immer gesagt, dass sie bestimmt frigide ist."

Dass Beeke sogar in der Mordnacht noch mit einem anderen Mann Sex gehabt hatte und im zweiten Monat schwanger gewesen war, hatte Nina für sich behalten. Es hätte ihre Ermittlungen sicher auch nicht weiter nach vorne gebracht, wenn sie diese Tatsachen in der Nachbarschaft hinausposaunt hätte. Enttäuscht hatte sie sich wieder auf den Weg zu ihrer Dienststelle machen wollen.

Doch dann war auf einmal doch völlig unerwartet Bewegung in die Sache gekommen. Nina hatte an Berts Bauchgefühl denken müssen. Nach den Befragungen, auf dem Weg zu ihrem Auto, war ihr noch eingefallen, dass sie noch etwas Bargeld brauchte. Ihr Auto stand ja gerade auf dem Parkplatz einer Bank, da hatte sie gleich die Gelegenheit nutzen wollen, um sich etwas Geld am Automaten zu holen.

Bei den Parkplätzen vor der Bank war ihr dabei ein Mann aufgefallen, der nervös an seiner Zigarette zog, diese dann halb geraucht austrat, um sich gleich darauf eine neue anzuzünden. Er hatte einen Sportanzug mit Kapuze an und stand seitlich zu ihr, so dass sie sein Gesicht nicht sofort hatte sehen können. Über dem Sportanzug trug er eine Lederjacke. In dem Moment, als sie an ihm vorbeigegangen war, hatte sie sein Gesicht erkannt. Es war der zur Fahndung ausgeschriebene Kevin Güderitz, der sein Feuerzeug auf dem Kutter von Nanne Gerdes verloren hatte.

Sie hatte sich nichts anmerken lassen und war weitergegangen, um sich ihr Geld aus dem Automaten, der sich im verglasten Vorraum der Bank befand, zu holen. Dabei hatte sie den Typen aus den Augenwinkeln weiter beobachtet. Er schien wirklich äußerst angespannt und nervös zu sein, denn er hatte bereits mehrmals auf die Uhr geschaut.

Es hatte so ausgesehen, als würde er auf jemanden warten. Vielleicht auf Komplizen, die gerade die Bank ausrauben, hatte Nina überlegt. Aber in der Bank schien alles ruhig zu sein. Sie hatte von dem Vorraum, in dem sich die Automaten befanden, durch die Glasscheibe in den Schalterraum schauen können und nur zwei Frauen mit einem Bankangestellten im Gespräch gesehen. Sonst schienen keine Kunden in der Bank zu sein.

Nina war dann wieder an dem Mann vorbei in Richtung Hafen gegangen, so als wenn sie vorhätte einzukaufen. Dann hatte sie Bert angerufen. Sie tat so, als wenn sie sich interessiert die Auslagen in einem Geschäft anschauen würde, während sie telefonierte.

Ihr Kollege würde in wenigen Minuten hier eintreffen. Sie hatte Glück gehabt, dass sie ihn sofort erreicht hatte. Er war gerade ganz in der Nähe auf dem Weg nach Wittmund gewesen und sagte zu, dass er sich um Verstärkung kümmern würde, denn es war nicht auszuschließen, dass Kevin Güderitz bewaffnet war.

159

Der Ganove starrte wie gebannt zur Eingangstür der Bank. Und Nina kamen Zweifel, ob da nicht doch ein Überfall stattfand. Von dem Vorraum aus hatte sie ja gar nicht alles einsehen können.

Sie rief noch mal bei Bert an. „Ich hab irgendwie so ein komisches Gefühl. Das wäre doch nicht der erste Bankraub von dem Güderitz. Im Schalterraum war zwar alles ruhig und normal gewesen, als ich am Geldautomaten war. Aber wer weiß, vielleicht räumen Komplizen von ihm gerade den Tresorraum aus."

„Beruhige dich, Nina. Ich bin gleich da. Mein Blaulicht habe ich schon reingeholt. Mach dir keine Sorgen. Nach dem, was ich von dem Güderitz gelesen habe, wäre der jetzt in der Bank beim Ausräumen des Tresors, aber nicht draußen, um Schmiere zu stehen."

Da sah sie Berts Auto bereits die Straße entlangkommen. Es kam ganz unauffällig mit normaler Geschwindigkeit näher. Nina hatte ihren Autoschlüssel aus der Tasche genommen. Sie bewegte sich nun zügig wieder Richtung Parkplatz, so als hätte sie etwas in ihrem Auto vergessen.

Der Ganove schien gar keine Notiz von ihr zu nehmen. Er fixierte immer noch die Eingangstür der Bank und hatte sich gerade erneut eine Zigarette angezündet.

Als Bert mit seinem Wagen direkt neben Güderitz anhielt und aus dem Auto sprang, war Nina auch nur noch wenige Schritte entfernt.

Mit seinem kriminellen Instinkt hatte Güderitz offensichtlich sofort erfasst, dass er Polizist war. Und da ihm der Wagen den Weg versperrte und Bert ihm entgegenspurtete, ergriff er die Flucht in die andere Richtung und rannte Nina direkt in die Arme. Er versuchte noch, mit der Hand unter seine Lederjacke zu greifen. Aber da hatte ihm Nina bereits den Arm auf den Rücken gedreht. Den Rest erledigte dann Bert mit seinem kräftigen Griff und Nina holte Güderitz' Pistole aus dem Schulterhalfter. Ehe er es sich versah, hatte er die Arme auf dem Rücken in Handschellen.

160

Bert führte ihn gerade zu seinem Auto, als der erste Streifenwagen mit quietschenden Reifen auf den Parkplatz fuhr.

In diesem Moment öffnete sich die Glasschiebetür der Bank. Eine Frau kam herausgestürzt und rannte auf Bert und Güderitz zu.

„Ihr Scheißbullen!", schrie sie. „Lasst meinen Freund in Ruhe. Der hat doch nix gemacht."

„Und wer sind Sie?", stellte sich Nina ihr in den Weg.

„Das geht dich einen Scheißdreck an, Bullenschlampe." Die Frau versuchte, an Nina vorbeizukommen und schlug ihr mit der Faust gegen die Schulter.

Aber schnell hatte ihr Nina auch schon einen Arm auf den Rücken gedreht und ihr Handschellen angelegt. Sie übergab sie den uniformierten Kollegen, die die zeternde Frau auf den Rücksitz des Streifenwagens bugsierten.

„Na, da sind uns ja zwei nette Früchtchen ins Netz gegangen, oder wie siehst du das, Bert?"

„Gute Arbeit, Nina!"

„Was machen Sie denn mit meiner Nichte?", mischte sich nun die ältere Dame ein, mit der die Frau aus der Bank gekommen war.

„Ihre Nichte hat uns gerade als Polizeibeamte beleidigt und tätlich angegriffen, gute Frau. Deswegen haben wir sie vorläufig festgenommen. Und der Freund Ihrer Nichte wird mit Haftbefehl gesucht."

„Die hat auch noch mehrere Päckchen Kokain und einen Haufen Geld in ihrer Tasche", ergänzte die junge Polizistin, die die Frau durchsucht hatte.

„Ach, guck an. Da haben wir dann ja auch noch ein Drogendelikt", sagte Nina und an die ältere Frau gewandt: „Mein Name ist Nina Jürgens, vom Kriminalkommissariat in Wittmund und wer sind Sie?"

„Ich bin Gerda Ostermann. Ich wohne hier in Neuharlingersiel und vermiete Ferienwohnungen. Meine Nichte und ich haben uns nichts zu Schulden kommen lassen."

„Frau Ostermann, wie Sie schon von meiner Kollegin gehört haben, hat Ihre Nichte mehrere Päckchen Kokain in ihrer Tasche. Was haben Sie denn gerade mit ihr in der Bank gemacht?"

„Das geht Sie überhaupt nichts an."

„Frau Ostermann, es geht um die Aufklärung von Verbrechen. Unter anderem auch um den Mord an dem Krabbenfischer hier im Ort. Davon haben Sie sicher auch schon gehört. Und da geht es mich sehr wohl etwas an."

„Aber damit hat doch meine Nichte nichts zu tun!"

„Das wissen wir noch nicht, Frau Ostermann. Wohnt Ihre Nichte bei Ihnen?"

„Jana und ihr Freund sind seit gut zwei Wochen bei mir zu Besuch. Aber was soll denn Jana mit dem Mord von dem Gerdes zu tun haben? Sie können sie doch nicht einfach so mitnehmen."

„Frau Ostermann, es tut mir leid. Aber wie ich schon sagte, gegen Kevin Güderitz liegt ein Haftbefehl vor. Und bei Ihrer Nichte haben wir gerade Rauschgift sichergestellt. Da können wir sie nicht so einfach wieder laufen lassen."

„Jana hat aber am Wochenende einen ganz wichtigen Termin auf Mallorca. Der Eigentümer von dem Bistro, das Jana da aufmachen will, der muss bis zum Wochenende die Kaution haben. Sonst vermietet er das Bistro an einen anderen. Deswegen waren wir doch gerade auf der Bank."

„Um das Geld zu überweisen?", fragte Nina.

„Nein, meine Nichte hat da noch kein Konto. Deswegen muss sie das unbedingt am Wochenende bar nach Mallorca bringen."

„Ist das das Geld, was meine Kollegin gerade bei Ihrer Nichte gefunden hat?"

„Ja, 30.000 Euro."

„Frau Ostermann, aber das Geld kommt von Ihnen, oder?"

„Ja, schon."

„Dann bringen wir beide jetzt gemeinsam das Geld in die Bank zurück und zahlen das wieder auf Ihr Konto ein, bevor

162

damit noch etwas passiert. Das, was Sie da erzählen, klingt nach einer riesengroßen Gaunerei."

„Aber das Geld gehört doch jetzt meiner Nichte. Wir haben das in Abstimmung mit ihrem Bruder offiziell als Schenkung gemacht und das wird dann mal von ihrem Erbteil abgezogen. Da mein eigener Sohn vor vielen Jahren tödlich mit dem Motorrad verunglückt ist, sind Jana und ihr Bruder meine einzigen Erben."

„Trotzdem sollten wir das Geld erst einmal wieder zur Bank zurückbringen, Frau Ostermann. Ich glaube kaum, dass Ihre Nichte an diesem Wochenende oder in absehbarer Zeit nach Mallorca fliegen wird."

Nina nahm das Geld an sich und ging mit der älteren Dame in die Bank. Sie stellte sich dem Bankangestellten vor, der Gerda Ostermann und ihre Nichte vorhin bedient hatte.

„Mir fällt ein Stein vom Herzen, Frau Jürgens", sagte er. „Wir haben uns hier in der Bank schon Sorgen gemacht. Denn die ganze Geschichte, die uns Jana Ostermann da erzählt hat, stinkt irgendwie zum Himmel."

„Deswegen bin ich jetzt mit ihrer Tante hier. Sie haben vielleicht mitbekommen, dass wir Jana Ostermann und ihren Freund draußen auf dem Parkplatz vorläufig festgenommen haben."

„So genau haben wir das nicht sehen können. Wir haben nur das Blaulicht der Streifenwagen auf dem Parkplatz gesehen und hatten schon Angst, dass ein Überfall auf uns geplant gewesen sei."

„Was war Ihnen denn in Bezug auf die Geldauszahlung so komisch vorgekommen?"

„Frau Ostermann war schon mal alleine hier gewesen und hatte den Betrag bar abheben wollen. Da hatte ich ihr empfohlen, dass ihre Nichte sich erst einmal ein Konto auf Mallorca einrichten solle. Auf das hätte man den Betrag dann überweisen können. Das wäre für Frau Ostermann doch erheblich sicherer gewesen. Wissen Sie, Frau Jürgens, man hört heute so viel von Ganoven-Tricks. Gerade bei Senioren.

Und da lassen wir ältere Menschen nicht gerne mit so einem großen Bargeldbetrag alleine auf die Straße gehen. Und wo wird denn heute überhaupt noch mit solch hohen Beträgen bar bezahlt?"

„Aber Sie haben den Betrag dann doch ausbezahlt. Warum?", bohrte Nina nach.

„Heute kam Frau Ostermann in Begleitung ihrer Nichte. Und diese konnte sich mit ihrem Ausweis auch als Jana Ostermann ausweisen. Dann hatten sie einen Vertrag über eine Schenkung dieses Betrages dabei. Diesen hatten sie selbst, ihre Tante und auch ihr Bruder unterschrieben. Ihr Bruder ist uns hier in der Bank gut bekannt. Er verwaltet schon seit vielen Jahren die Ferienwohnungen seiner Tante."

„Das heißt, es blieb Ihnen gar keine andere Wahl, als den Betrag auszuzahlen", stellte Nina fest.

„Genau, obwohl uns die Geschichte, die uns Jana Ostermann hier auftischte, mehr als merkwürdig erschien. Wir hatten sogar schon überlegt, die Kriminalpolizei zu informieren, weil uns das alles so komisch vorkam. Aber andererseits, Sie wissen ja, das berühmte Bankgeheimnis. Und unsere Kundin Frau Ostermann ist schließlich noch im Vollbesitz ihrer geistigen Kräfte."

„Das will ich wohl meinen", mischte sich Gerda Ostermann in das Gespräch. „Und das Einschalten der Polizei ohne meine Zustimmung hätte ich mir auch verbeten. Obwohl mir doch jetzt so gewisse Zweifel kommen. Insbesondere, weil dieser Kevin auch mit mir so seltsame Gespräche geführt und mir auch so merkwürdige Fragen zum Tod und so gestellt hat. Auch über die Erbschaftsverhältnisse wollte er ganz genau Bescheid wissen."

„Darüber sollten wir uns noch mal genauer unterhalten, Frau Ostermann. Wie Sie das mit der Schenkung an Ihre Nichte regeln wollen, darüber können Sie später endgültig entscheiden. Aber die Mallorca-Geschichte erscheint mir jedenfalls nicht echt. Deswegen nochmals mein Vorschlag, das

Sie am besten das Geld erst einmal wieder auf Ihr Konto einzuzahlen", sagte Nina.

Nachdem das erledigt war, verließ Nina mit Gerda Ostermann die Bank.

„Frau Ostermann, wie kommen Sie denn jetzt nach Hause?"

„Da muss ich wohl laufen, oder ich rufe ein Taxi."

„Hätten Sie etwas dagegen, wenn ich Sie mit meinem Wagen nach Hause bringe und mich bei Ihnen im Haus umschaue? Dann können wir uns auch über Ihr Gespräch mit Kevin Güderitz unterhalten. Sie müssen wissen, Frau Ostermann, der hatte schon öfter mit der Polizei und der Justiz zu tun. Und vorhin habe ich ihm sogar eine scharfe Pistole aus der Tasche gezogen."

„Jetzt machen Sie mir aber Angst, Frau Jürgens. Und der hat zwei Wochen bei mir im Haus gelebt. Oh, mein Gott. Ich wäre Ihnen wirklich sehr dankbar, wenn Sie mich nach Hause bringen würden. Vielleicht könnten Sie dann auch nachschauen, ob der nicht noch mehr Waffen bei mir im Haus liegen hat."

Nina machte sich mit der alten Dame auf den Weg. Diese Einladung ersparte ihr den richterlichen Durchsuchungsbeschluss. Und sie war sich sicher, da würde noch einiges zu finden sein.

***

Fietje Sibum und sein Sohn Theo standen vor dem Schalter am Eingang zum Kommissariat in Wittmund.

„Moin, Sie wünschen?", fragte der Beamte hinter der Glasscheibe.

„Moin, mein Name ist Fietje Sibum und das ist mein Sohn Theo. Wir möchten eine Beobachtung melden. Zu einem Aufruf im Radio, im Zusammenhang mit dem Mord an Nanne Gerdes."

„Einen Augenblick bitte", der Beamte griff zum Telefonhörer.

Nachdem er aufgelegt hatte, sagte er: „Erster Stock, Zimmer 113, wenden Sie sich an Kriminalhauptkommissar Linnig."

Die beiden stiefelten nach oben, wo Bert sie bereits im Gang erwartete.

„Moin, Bert Linnig ist mein Name", begrüßte er sie. „Einen Kaffee oder Wasser? Mehr hat unsere Hauskantine leider nicht zu bieten."

„Moin, Herr Linnig. Ich bin Fietje Sibum aus Neuharlingersiel und das ist mein Sohn Theo", stellte Fietje sich vor. „Uns reicht Wasser", ergänzte er nach einem Seitenblick zu seinem Sohn.

Bert gab den Auftrag an Silke im Nebenzimmer weiter. „Kommen Sie. Nehmen Sie Platz." Er wies auf zwei Stühle, die vor seinem Schreibtisch standen.

Silke brachte das Wasser, Bert hatte noch seinen obligatorischen Pott Kaffee vor sich stehen.

„Sie haben eine Beobachtung zu unserem Aufruf im Rundfunk zu melden, hat mir mein Kollege von der Anmeldung gerade gesagt?", eröffnete Bert das Gespräch.

Fietje ergriff das Wort: „Mein Sohn Theo hat da eine Beobachtung gemacht, als er mal nachts von einer Geburtstagsfeier nach Hause ging. Da hat er ..."

„Dann lassen Sie Ihren Sohn doch mal selbst erzählen, Herr Sibum", unterbrach ihn Bert.

Für Theo war das zeit seines Lebens völlig normal gewesen: Wenn sein Vater sprach, dann hatte er den Mund zu halten. Auch bei den Kollegen aus der Fischerei-Genossenschaft führte Fietje Sibum immer noch das Wort. Er galt als die graue Eminenz und wurde von allen respektiert. Sein Wort galt. Das konnte der Kommissar natürlich nicht wissen. Deshalb war Theo ganz verdattert, dass er jetzt plötzlich reden sollte.

„Ja, das war so gewesen", fing er umständlich an, „ich kam nachts von der Geburtstagsfeier bei meinem älteren Bruder. Der ist auch Krabbenfischer, wie mein Vater. Und der hat auch den Kutter übernommen. Ich selbst bin bei der Seenotrettung."

„Und was haben Sie da nachts gesehen", versuchte Bert, das Gespräch ein wenig zu beschleunigen.

„Ja also, da habe ich den Ubbo gesehen."

„Ubbo de Buer?", hakte Bert nach. Den Namen hatte er ja schon gehört und den Typen im Video splitternackt vor dem Feuer im Watt rumtanzen sehen.

„Ja, als der Ubbo mich sah, hatte er sich ganz schnell hinter ein paar Büsche verdrückt. Ich hab dann so getan, als ob ich ihn nicht gesehen hätte. Bin an ihm vorbeigegangen und in die nächste Straße eingebogen. Ich hab gedacht, was ist denn mit dem los. Warum versteckt der sich denn. Dadurch war ich neugierig geworden, was der wohl zu verbergen hat."

„Und dann sind Sie ihm nachgegangen?", folgerte Bert.

„Genau." Theo zögerte und der Kommissar registrierte den fragenden Blick zu seinem Vater.

„Sie können ruhig alles erzählen, Herr Sibum. Das ist hier alles streng vertraulich", versuchte er, ihn zu ermuntern.

Fietje legte seinem Sohn die Hand auf die Schulter. „Theo, deswegen sind wir hier. Du musst dem Kommissar alles sagen."

„Also, ich bin dem Ubbo nachgegangen", erzählte Theo weiter. „Bis er in der Einfahrt bei Nanne Gerdes verschwand. Dann bin ich hinterhergeflitzt. Und dann sah ich ihn gerade noch im Seiteneingang vom Haus verschwinden. Merkwürdig fand ich nur, dass oben im Giebel über dem Haupteingang eine Kerze brannte."

„Ja und was haben Sie gedacht, was der Ubbo da will?", fragte Bert.

„Na, Herr Kommissar", übernahm Fietje wieder das Wort. „Das ist so eine heikle Sache."

„Was genau meinen Sie damit, Herr Sibum", versuchte Bert, die Sache auf den Punkt zu bringen, nachdem er bemerkt hatte, dass auch Fietje an dieser Stelle versuchte, sich um eine konkrete Antwort herumzudrücken.

„Also, das ist so", setzte Fietje wieder umständlich an. „Nanne ist der einzige der Fischer-Kollegen, der den Ubbo immer in Schutz nimmt. Wegen seiner schweren Kindheit und so. Sie müssen wissen, der hat früh seine Mutter verloren. Die war wohl schwer krebskrank und ist dann eines Tages ins Watt gegangen. Und Ubbos Vater hat ihn dann in ein Internat nach Oldenburg gesteckt. Und da könnte es ja sein, dass Nanne und Ubbo, vielleicht heimlich so was wie befreundet waren. Was dann aber keiner erfahren sollte, weil wir anderen dem bescheuerten Ubbo nämlich nicht aufs Fell schauen können. Wenn Sie wissen, was ich meine."

„Kann's mir vorstellen", sagte Bert. „Aber da ist doch sicher noch etwas anderes, was Sie mir sagen wollen, oder?"

„Das haben Sie als Kriminalist genau richtig erkannt", fuhr Fietje fort. „Der Ubbo und die Beeke, die sind ja schon zusammen zur Schule gegangen und waren damals unzertrennlich. Das weiß ich von einem meiner Söhne, der mit den beiden in eine Klasse gegangen ist. Die Beeke war damals schon ein bildhübsches Mädchen, aber schon immer auch ziemlich unnahbar. Außer Nanne hatten sich kaum irgendwelche Jungen an die rangetraut. Nur beim Ubbo war das anders. Und vielleicht hat es ja wieder gefunkt zwischen den beiden, als Ubbo wieder hergezogen ist."

„Sie meinen also, dass die beiden ein Verhältnis miteinander gehabt haben könnten?", hakte Bert konkret nach.

„Sehen Sie, Herr Kommissar, genau das ist der Punkt. Hätte sein können, hätte aber auch nicht sein können. Wer weiß das schon. Deswegen haben Theo und ich das auch schön für uns behalten. Wir haben bisher mit keinem drüber gesprochen, auch mit unseren Frauen nicht. Denn wenn so etwas erst mal durch das Dorf geht ... Das wollten wir dem Nanne nicht antun. Das hatte der nicht verdient. Und dann, wie gesagt, es hätte doch auch sein können, dass der Nanne sogar zu Hause war und alles eine ganz harmlose Erklärung hatte. Theo hatte nämlich nicht nachgeschaut, ob der Kutter von Nanne im Hafen lag oder nicht. Und dann stellen Sie sich mal vor, man hätte so ein Gerücht in die Welt gesetzt. Nee!"

„Okay, Herr Sibum. Manches Mal würde man sich wünschen, dass andere auch so verantwortungsvolle Überlegungen anstellen, bevor sie ihre Gerüchte verbreiten."

Für Bert war das die Information, nach der sie gesucht hatten. Es war die Bestätigung der Aussage von Enno Jansen. Der war tatsächlich nicht der Einzige mit einer solchen Beobachtung gewesen.

Fietje unterbrach ihn in seinen Überlegungen. „Herr Kommissar, ich habe da was. Damit wollte ich Anzeige gegen den Ubbo erstatten, wegen Umweltverschmutzung." Mit diesen Worten zog er einen verschmorten Benzinkanister und einen angekohlten Stiefel aus der Plastiktüte, die er schon die ganze Zeit auf dem Schoß gehalten hatte. „Die Sachen habe ich bei einer Wattwanderung mit einer Besuchergruppe gefunden. Dazu habe ich auch noch eine Ohrmarke von einem halbverkohlten Hammel. Den Kadaver haben wir aber liegen lassen. Eine Identifizierung ist ja mit der Ohrmarke möglich. Der Theo hat dazu auch noch ein Video auf seinem Smartphone."

„Das hat der Wachleiter von der Seenotrettungsstation bereits gemeldet und den Videospot hat er uns auch schon zugeleitet. Die Sachen können Sie mir dalassen, ich werde sie an die zuständige Stelle bei uns im Haus weiterleiten. Haben Sie denn sonst noch Beobachtungen in Bezug auf diesen Ubbo de Buer gemacht?", wollte Bert noch abschließend wissen.

„Also, der Ubbo ist ja schon ein ziemlich verrückter Typ. Aber einen Mord würde ich ihm eigentlich doch nicht zutrauen", antwortete Fietje. „Obwohl ..."

„Obwohl was, Herr Sibum?", hakte Bert nach.

„Ja, ich weiß nicht, ob das nicht alles zu weit hergeholt ist. Aber man kann fast sagen, jedes Mal, wenn wir, entweder Theo oder ich, den nachts mit seinem Umhang und Kapuze irgendwo wie den Sensenmann haben rumlaufen sehen, dann ist anschließend jemand ermordet worden. Da kann einem ja schon irgendwie unheimlich werden."

„Was meinen Sie denn mit: jedes Mal? Wann haben Sie den denn noch gesehen?", bohrte Bert nach. Ihm kam ein Verdacht.

„Na, vor zwei Jahren, da habe ich ihn auch mal nachts gesehen. In der Nähe vom Haus der Petersens. Und dann waren die nachher auch tot. Genau wie Nanne und Beeke."

„Moment." Bert war von seinem Bürosessel aufgesprungen. „Moment, Herr Sibum. Ich hole mal schnell meine Kollegin zu unserem Gespräch dazu. Das müssen Sie uns genauer erzählen."

Kapitel 24

„Kann ich Ihnen was anbieten? Vielleicht einen Kaffee oder ein Wasser?"

„Vielen Dank, Frau Ostermann. Vielleicht nachher. Lassen Sie mich doch erst einmal einen Blick in die Zimmer Ihrer Nichte und dieses Kevin Güderitz werfen." Nina konnte ihre Ungeduld kaum zügeln.

„Die Gästezimmer sind oben. Ich laufe die Treppen nicht mehr so gerne. Sie können sich oben alleine umschauen, Sie werden sich schon zurechtfinden. Wenn Sie Fragen haben, ich bin in der Küche und mache uns einen Kaffee."

Nina ging nach oben und verschaffte sich zunächst einen Überblick. Im Obergeschoss befanden sich drei Zimmer und ein Bad. Eins der Zimmer schien unbenutzt. Von den anderen beiden diente eines als Schlafzimmer, möbliert mit einem Doppelbett und einem großen Kleiderschrank. Das dritte Zimmer war mit einer Couch, zwei Sesseln und einem Fernseher auf einem Sideboard ausgestattet. In den beiden Räumen sowie dem Bad herrschte ein heilloses Chaos. Saubere und getragene Wäsche flog wahllos verteilt in allen Räumen herum.

Im Bad lagen auf der Ablage über dem Waschbecken neben einer Zahnbürste und einer offenen Zahnpastatube ein aufgerissenes Papiertütchen und ein kleiner Handspiegel. Die erfahrene Kriminalistin erkannte sofort, dass hier jemand Kokain konsumiert hatte. Höchste Zeit, die Spurensicherung anzufordern. Nina informierte mit ihrem Handy die Dienststelle. Sie hatte sich bemüht, so wenig wie möglich zu verändern. Schon auf der Treppe hatte sie sich Plastik-Überzüge über ihre Schuhe gezogen und auch die Gummihandschuhe waren für sie obligatorisch.

Im Schlafzimmer fand sie einen halbausgepackten rosafarbenen Koffer, der, nach der Spitzenwäsche zu urteilen, wohl Jana Ostermann zu gehören schien. Eine fast leere

Sporttasche enthielt noch zwei Herrensocken und einige Herrenslips.

Schränke und Schubladen waren alle leer. Im Schlafzimmer befand sich an der halbhohen Wand unter der Dachschräge eine Tür, die in eine Abseite führte. Der Schlüssel steckte und Nina warf einen Blick hinein. Die Abseite war leer. Im Wohnzimmer befand sich ebenfalls eine solche Tür. Allerdings war diese verschlossen. Manchmal passen solche einfachen Schlüssel ja auf mehrere Schlösser, dachte sich Nina und holte sich den Schlüssel aus dem Schlafzimmer.

Wie vermutet passte der Schlüssel auch zu diesem Schloss. In dieser Abseite lagen einige Klappstühle und Sitzauflagen, die im Sommer wohl sonst auf der überdachten Terrasse ihren Platz hatten. Nina wollte die Tür schon wieder schließen, aber irgendetwas passte nicht. Nina kroch jetzt tiefer in die Abseite hinein. Hinter dem Stapel Sitzauflagen, die mit einer Plastikplane vor Staub geschützt wurden, lugte der Griff einer Sporttasche hervor.

Sie griff danach und zerrte sie nach vorne, was gar nicht so einfach war, denn sie war erstaunlich schwer. Im Wohnzimmer öffnete sie den Reißverschluss. Die Tasche enthielt einen schweren Wagenheber, mehrere Brech- und Stemmeisen, Schraubenschlüssel, Schraubendreher, diverse Zangen und eine Maschinenpistole mit acht vollen Magazinen. Unter dem Wagenheber fand Nina noch ein scharfes feststehendes Messer, wie es Köche oder Metzger verwenden. Mit einem solchen Messer hätte auch der Mord an dem Krabbenfischer begangen worden sein können.

Nina lief eine Gänsehaut über den Rücken. Trotz ihrer Gummihandschuhe hatte sie sich bemüht, sowenig Gegenstände wie möglich zu berühren, um nicht eventuelle Fingerabdrücke zu verwischen. Sie hatte genug gesehen. Damit sollten sich die Kriminaltechniker beschäftigen. Sie ging zu Frau Ostermann in die Küche.

„Meine Kollegen von der Spurensicherung sind bereits unterwegs und werden in Kürze hier eintreffen. Also nicht erschrecken, wenn nachher einige Polizeiwagen hier vor Ihrem Haus halten."

„Haben Sie denn noch mehr Waffen gefunden?", wollte die alte Dame besorgt wissen.

„Leider ja. Herr Güderitz hatte eine Sporttasche in der Abseite vom Wohnzimmer versteckt. Weitere Details möchten Sie sicher gar nicht wissen."

„Oh mein Gott, nein. Der Bruder von Jana hatte sicher recht, als er mich vor diesem Kevin gewarnt hat. Er meinte, dem würde er sogar einen Mord zutrauen. Aber er ist doch der Freund von meinem Patenkind. Und die war mal ein so liebes Mädchen gewesen."

„Ja, so kann es leider manchmal gehen, Frau Ostermann, wenn die Kinder in schlechte Gesellschaft geraten. Und dieser Kevin ist mit Sicherheit kein guter Umgang. Aber Sie wollten mir doch noch was über ihn erzählen?"

„Ja, ich bin richtig froh, dass Sie mitgekommen sind. Ich trau mich alleine gar nicht mehr nach oben." Gerda Ostermann goss Nina eine Tasse Kaffee ein. „Milch und Zucker?", fragte sie dann.

„Danke, weder noch." Nina spürte, dass der alten Frau dieses Thema unangenehm war. „Um was ging es denn bei Ihrem Gespräch mit diesem Kevin?", versuchte Nina, sie zu ermuntern.

„Wir saßen beim Frühstück. Da kam Kevin auf den Tod meines Mannes zu sprechen. Der ist nämlich an Krebs gestorben und hatte keinen leichten Tod, müssen Sie wissen."

„Nicht gerade sehr einfühlsam von diesem Kerl", sagte Nina und hatte damit auch bereits die Bestätigung dafür, dass dies für Frau Ostermann tatsächlich ein sehr unangenehmes Thema war. „Und was interessierte diesen Kevin daran so sehr?"

„Er wollte wissen, wie ich mir denn mal meinen Tod vorstellen oder wünschen würde. Ob ich auch so leiden wollte wie mein Mann. Oder ob es mir nicht viel lieber wäre, einfach morgens nicht mehr aufzuwachen."

„Was haben Sie ihm denn darauf geantwortet?"

„Mir war das ganze Gespräch sehr unangenehm und am liebsten hätte ich da gar nicht geantwortet. Und schon gar nicht diesem Kevin gegenüber. Aber Jana hat mich dann ermuntert, doch zu antworten. Einfach, was ich mir mal wünschen würde. Na, und wer will schon so leiden wie mein Mann. Das war nicht nur für ihn traurig und schmerzhaft. Ich habe genauso mitgelitten. Und das möchte ich auch meinen Hinterbliebenen nicht zumuten. Wer wünscht es sich nicht, wenn die Uhr mal abgelaufen ist und der Herrgott einen abberuft, einfach einzuschlafen und dann nicht mehr aufzuwachen.“

„Und das haben Sie Kevin Güderitz geantwortet?“

„Ja, genau so habe ich ihm das gesagt. Daraufhin hat er zu Jana was ganz Komisches gesagt: 'Jetzt weißt du, wie deine Patentante es mal gerne hätte. Das solltest du dir in jedem Fall merken.' Dabei hatte er auch noch so einen merkwürdigen Gesichtsausdruck gehabt. Irgendwie hat mir das auf einmal richtig Angst gemacht. Ich weiß auch nicht genau wieso.“

„Klingt auch nicht gerade vertrauenerweckend.“ Nina wollte die Angst der alten Frau nicht noch fördern. Andererseits sprang sie die Zweideutigkeit in der Aussage, besonders von so einem Ganoven, geradezu an. „Sie sagten doch bei der Bank, dass Ihre Nichte und ihr Bruder Ihr Vermögen erben werden?“

„Ja, das werden sich Jana und ihr Bruder teilen. Die Jana wollte im Vorgriff auf ihre Erbschaft dreißigtausend Euro von mir haben. Das heißt, eigentlich hatte sie viel mehr haben wollen. Aber das meiste Geld ist angelegt, beziehungsweise in Ferienwohnungen hier an der Küste investiert. Janas Bruder verwaltet das alles für mich.“

„Wie viel hatte Jana denn ursprünglich haben wollen?“

„Eigentlich Einhunderttausend. Aber da habe ich gesagt, das kommt überhaupt nicht in Frage. Wir haben uns dann auf die Dreißigtausend geeinigt. Und dazu haben wir dann gemeinsam mit Janas Bruder einen Schenkungsvertrag aufgesetzt, damit der Betrag dann später bei seinen Ansprüchen berücksichtigt werden kann. Sie wollte außerdem auch für ihren Aufenthalt hier Bargeld von mir haben. Sozusagen als Taschengeld für ihren Urlaub hier, wie sie sich ausgedrückt hatte."

„Und wie viel haben Sie ihr dann als Urlaubsgeld gegeben?"

„Nichts. Ich bin da vielleicht ein bisschen altmodisch. Aber Janas Bruder bekommt von mir jeden Monat ein offizielles Gehalt. Und der muss sich das sauer verdienen. Der arbeitet schließlich in Vollzeit als Verwalter und Hausmeister für meine Ferienwohnungen. Wieso sollte ich dann der Jana einfach fürs Nichtstun ein volles Monatsgehalt schenken? Das habe ich gar nicht eingesehen. Vor allem dieser Kevin war darüber wohl ziemlich sauer. Die beiden haben sich oben öfter lautstark gestritten. Ich habe nur mitbekommen, dass es da auch um Geld ging."

„Haben Sie denn mal daran gedacht, Jana zu enterben?"

„Früher nicht, Frau Jürgens. Aber in den letzten zwei Wochen schon. Die beiden haben mir irgendwie Angst gemacht. Nur, was sollte ich machen? Sie ist die Tochter des jüngsten Bruders meines verstorbenen Mannes. Eigentlich war Jana ja sein Patenkind. Das Testament meines Mannes können wir nicht mehr ändern. Wenn es nach mir gegangen wäre, hätte ich am liebsten überhaupt kein Geld rausgerückt. Aber es war die Idee von Janas Bruder, auch das mit dem Schenkungsvertrag. Er meinte, dass wir so diesen Kevin am schnellsten loswürden."

„Frau Ostermann, ich sehe gerade, dass meine Kollegen angekommen sind. Die werden, Ihr Einverständnis vorausgesetzt, Ihr Haus nach Waffen und Drogen absuchen, so dass Sie sich nachher wirklich keine Sorgen mehr machen müssen."

„Nehmen die dann auch die Sachen von den beiden mit? Ich möchte nichts mehr hier im Haus haben. Was ist denn eigentlich mit dem Hausschlüssel, den Jana noch hat?"

„Die Kollegen werden die Sachen mitnehmen und den Hausschlüssel wird meine Dienststelle in jedem Fall schon sichergestellt haben. Sie erhalten den dann von uns später wieder zurück."

Es läutete an der Haustür.

„Soll ich mal für Sie aufmachen gehen?", bot Nina an. „Ich muss meine Kollegen sowieso noch einweisen."

„Wenn Sie das machen würden, danke."

Kurz danach kam Nina mit einem großgewachsenen Kollegen zurück.

„Das ist Sönke Nansen, Leiter der Spurensicherung, Frau Ostermann. Er wird sich jetzt um alles Weitere kümmern. Und ich darf mich jetzt verabschieden. Meine Dienststelle erwartet mich ganz dringend."

Kapitel 25

„Nina, das musst du dir unbedingt mit anhören." Nina war gerade eben erst von Gerda Ostermann zur Dienststelle zurückgekehrt, als Bert in ihr Dienstzimmer kam.

„Ich hole mir gerade noch einen Pott Kaffee. Übrigens ist Sönke mit seinen Leuten noch bei der Tante von Jana Ostermann. Dort habe ich unter anderem eine Tasche mit Einbruchwerkzeug, einer Maschinenpistole mit Munition und einem Messer gefunden. Das Messer könnte zu den tödlichen Verletzungen des Krabbenfischers passen."

„Meinst du, dass Kevin Güderitz der Mörder von Nanne Gerdes sein könnte?"

„Wäre nicht auszuschließen. Schließlich haben wir das Feuerzeug mit seinen Fingerabdrücken auf dem Kutter von Gerdes gefunden. Wobei ich aber, rein aus dem Bauch heraus, ihn als Liebhaber von Beeke Gerdes ausschließen würde. Hat Güderitz denn schon etwas ausgesagt?"

„Der? Der hat seinen Anwalt aus Bremen angefordert. Ohne den wollten weder er noch Jana Ostermann irgendeine Aussage machen."

„Und von wem muss ich mir dann unbedingt was mit anhören?"

„Von Fietje Sibum und seinem Sohn Theo. Von dem ist das Video von diesem Ubbo de Buer und seinem Feuer im Watt. Aber komm einfach dazu und mache dir selbst ein Bild."

„Na, da bin ich mal gespannt."

„So, das ist Nina Jürgens, meine Kollegin", stellte Bert Nina vor. „Fietje und Theo Sibum." Dann setzte er sie über das bisherige Gespräch mit Vater und Sohn in Kenntnis.

„Also Nina, Herr Sibum senior ist nun auf eine Merkwürdigkeit gestoßen. Jedes Mal, wenn er oder sein Sohn Ubbo de Buer nachts irgendwo haben rumlaufen sehen, dann ist anschließend jemand ermordet worden. Sein Sohn hat de

177

Buer bei Gerdes gesehen und er selbst vor zwei Jahren bei den Petersens."

„Entschuldigen Sie, wenn ich das mal so direkt frage, Herr Sibum, warum haben Sie sich denn nicht vor zwei Jahren auf unseren Aufruf hin gemeldet?"

„Hatte ich ja, Frau Jürgens. "

„Aber?"

„Kein aber. Ich bin sogar hier im Kommissariat gewesen. In so einem Vernehmungszimmer. Da war hier allerdings ein anderer Kollege von Ihnen. So ein großer, hagerer. Sonderkommissionsleiter, wie der mehrfach ausdrücklich betont hat."

Bert hob die Augenbrauen. „Aber die Information, dass Sie Herrn de Buer beim Haus der Petersens gesehen haben, ist nach meiner Kenntnis bei uns in den Akten bisher nicht aufgetaucht."

„Kann schon sein, Herr Kommissar."

„Sie scheinen aber etwas darüber zu wissen, Herr Sibum. Denn die Feststellung meines Kollegen hat Sie offensichtlich nicht wirklich überrascht", hakte Nina nach.

„Wissen Sie, Frau Jürgens, Sie und der Kommissar sind hier ja wohl auch nicht geboren und aufgewachsen. Sie behandeln uns aber wie Menschen. Und Ostfriesen sind auch Menschen, wenn ich das mal so anmerken darf. Wir haben zwar unsere Eigenheiten, aber ..."

„Aber auch sehr liebenswerte Eigenheiten, wenn ich da nur an das gemütliche Teezeremoniell in der Küche auf der berühmten Friesencouch denke", konnte sich Nina nicht verkneifen, ihn zu unterbrechen.

„Sehen Sie, Frau Jürgens, das ist genau das, was ich meine. Sie sind bereit, auch das Positive in uns zu sehen. Wo der Kollege von Ihnen herkommt, der vor zwei Jahren hier war, weiß ich nicht. Aber der hat mich behandelt, als wenn ich eine ostfriesische Witzblattfigur von Otto Waalkes wäre. Was sollte ich da noch sagen?"

Bert und Nina tauschten vielsagende Blicke.

„Okay, Herr Sibum. Dann sagen Sie uns doch bitte jetzt, was Sie damals genau beobachtet haben", forderte Bert ihn auf.

„Herr Kommissar, der Ubbo und der Petersen schienen sich vom Studium her zu kennen. Jedenfalls haben die damals beim Hafenfest gemeinsam ganz schön was weggesoffen. Ich saß zufällig am Nebentisch und die waren nicht gerade besonders leise und zurückhaltend. Da hat jeder mitbekommen, dass die sich nach Jahren zufällig beim Hafenfest wieder begegnet sind. ‚Mensch Atze, dass wir uns hier wiedersehen', hat der Petersen immer wieder zum Ubbo gesagt. ‚Atze', das war wohl dem Ubbo sein Spitzname in Berlin. Ja und dann, einige Wochen danach, habe ich Ubbo mal nachts gesehen, wie er zu dem Gulfhof der Petersens unterwegs war. Der Weg, auf dem er ging, führt nur zu diesem Haus. Und dann war das unter der Woche, Herr Kommissar. Unter der Woche war Klaus Petersen normalerweise irgendwo in Deutschland geschäftlich unterwegs. Da macht man sich schon so seine Gedanken. Renate Petersen war eine gutaussehende Frau, genau wie Beeke Gerdes. Merkwürdig. Und in beiden Fällen war Ubbo nachts unterwegs zu den Frauen? Da sind gewisse Gedanken sicher berechtigt."

„Was für Gedanken haben Sie sich denn da gemacht", fragte Nina nach.

„Wie ich dem Kommissar schon sagte, ich kann mir schon vorstellen, dass der verrückte Ubbo etwas mit den Frauen hatte. Irgendwie scheint der etwas zu haben, was manche Frauen vielleicht anzieht. Aber ein Mörder? Das kann ich mir eigentlich nicht vorstellen."

„Haben Sie denn sonst noch irgendwelche Beobachtungen gemacht?"

„Außer dass ich bei der Wattwanderung diese Sachen hier gefunden habe, eigentlich nicht." Fietje Sibum zeigte auf die Ohrmarke, den verschmorten Kanister und den angekohlten Stiefel. „Oder ist dir noch was aufgefallen, Theo?" Theo schüttelte mit dem Kopf.

„Dann dürfen wir uns herzlich bedanken, dass Sie sich gemeldet haben", beendete Bert das Gespräch. „Man kann sich nur wünschen, dass alle Bürgerinnen und Bürger mit so offenen Augen durch die Welt gehen wie Sie. Und die Sachen aus dem Watt werden wir an die zuständige Stelle weiterleiten. Dieses Feuer wird bereits von den Kollegen untersucht. Aber da wird wahrscheinlich nicht viel mehr als eine Ordnungswidrigkeit mit einem Bußgeld rauskommen."

„Das hat mir mein Wachleiter auch schon gesagt", brummte Theo.

„Dass die Schiffe draußen alles Mögliche über Bord gehen lassen, ist ja mal eine Sache, Herr Kommissar. Aber wenn ein Einheimischer wie der Ubbo unser Weltkulturerbe Wattenmeer verschmutzt, dann ist das etwas ganz anderes", musste Fietje noch als Schlusswort loswerden, bevor er mit seinem Sohn das Büro des Kommissars verließ.

Die Ermittler schauten sich an, dann mussten beide spontan lachen.

„Mensch Bert, wie findest du das denn? Der Herr Sonderkommissionsleiter höchstpersönlich. Und der hat uns in stundenlangen Vorträgen beibringen wollen, wie wir dumme, unerfahrene Dorfpolizisten hier die Vernehmung von Zeugen durchzuführen haben. Von wegen ‚in der Küche auf der Friesencouch bei einem gemütlichen Tee oder hier im Büro mit einem Pott Kaffee'. Wir mussten ja erst noch lernen, dass es dafür den Verhörraum mit allen technischen Mitteln gibt. Und der übernimmt wieder die Leitung der Sonderkommission?"

„Richtig, er muss in der nächsten Woche noch einige Abschlussberichte fertigen, sonst wären er und sein Kollege schon hier. Aber wir sollen erst einmal *den Ball flach halten*, wie er sagte. Nicht dass es uns wieder so geht wie vor zwei Jahren. Denn nach Auffassung von Hannover haben wir, unter anderem mit unseren unprofessionellen Verhörmethoden im Vorfeld, den Fall seinerzeit schon einmal vergeigt."

„Diese Arroganz ist wirklich durch nichts mehr zu überbieten. Ich sagte schon mal, ich bin in Urlaub."

„Jaja, kannst du dann bei dem Herrn Sonderkommissionsleiter persönlich einreichen", entgegnete Bert grinsend. „Aber lass uns bis dahin erst mal unseren Job machen."

„Genau. Und da brennt mir nach dem jetzigen Erkenntnisstand eine Frage auf der Seele. Könntest du dir vorstellen, dass Ubbo de Buer Sex mit beiden Frauen hatte, der Erzeuger von Beekes Fötus ist und der Mörder doch ein ganz anderer war? Zum Beispiel bei Gerdes der Güderitz?"

„Denkbar ist sicher alles. In jedem Fall brauchen wir dringend die DNA von Ubbo de Buer. Dann sind wir sicher schon ein Stück weiter."

„Eigentlich sind wir davon ausgegangen, dass, wenn wir denjenigen finden, zu dem die DNA aus beiden sexuellen Kontakten gehört, wir dann auch den Mörder haben. Aber es könnte auch durchaus sein, dass der jemanden, wie zum Beispiel diesen Güderitz, damit beauftragt hat", überlegte Nina.

„Der Güderitz scheint ja nicht gerade deine Freundschaft errungen zu haben."

„Nee. Der nun wirklich nicht."

Nina berichtete nun ausführlich über ihren Besuch bei Gerda Ostermann.

„Da bin ich auf das Verhör mit Güderitz und seiner Freundin gespannt", sagte Bert. „Schau doch mal, ob der Anwalt aus Bremen inzwischen da ist. Und würdest du dich dann noch bitte um die Sachen da von dem Fietje Sibum kümmern."

„Die werde ich vorsorglich an Sönke geben. Damit soll sich erst einmal die SpuSi beschäftigen. Die Sachen stammen ja wohl von de Buer, vielleicht findet sich was, das zur Spurenlage bei den Morden passt", erwiderte Nina, nachdem sie einen Blick auf die nicht angebrannte Sohle des Stiefels geworfen hatte, und verließ das Büro.

Kapitel 26

„Mein Name ist Heiko Klinger, ich bin der Anwalt von Kevin Güderitz und Jana Ostermann. Ich möchte sofort mit dem zuständigen Beamten sprechen."

„Nachdem der Polizist am Schalter des Polizeikommissariats telefoniert hatte, sagte er: „Bitte im ersten Stock, Zimmer 113, Kriminalhauptkommissar Linnig erwartet Sie."

„Bert Linnig?"

„Ja, wieso?"

„Nur so."

Heiko Klinger ging die Treppe zum ersten Stock hinauf. Zimmer 113 hatte er schnell gefunden. Er klopfte kurz an und trat ein, ohne eine Aufforderung abzuwarten.

„Schau an. So sieht man sich wieder, Herr Linnig. Wie klein doch die Welt ist. Und es bewahrheitet sich mal wieder: Man sieht sich immer zweimal im Leben", fügte der Anwalt dann noch bedeutungsvoll hinzu.

„Tag, Herr Klinger. Nehmen Sie Platz", begrüßte ihn Bert sehr reserviert. Er war sitzen geblieben und wies mit der Hand auf einen der vor seinem Schreibtisch stehenden Stühle. „Das ist meine Kollegin, Nina Jürgens."

Nina hatte sich auf einen Stuhl neben Berts Schreibtisch gesetzt. Sie musterte den Anwalt kritisch. Man soll ja keine Vorurteile haben, dachte sie. Aber wieso traue ich diesem Mann nicht?

Klinger hatte ihr nur kurz zugenickt. „Kommen wir gleich zur Sache. Ich vertrete Kevin Güderitz und Jana Ostermann, die von Ihnen vorläufig festgenommen wurden. Was wird meinen Mandanten vorgeworfen?"

„Gegen Kevin Güderitz besteht ein Haftbefehl im Zusammenhang mit der Ermordung eines Krabbenfischers in Neuharlingersiel."

„Dann wünsche ich sofortige uneingeschränkte Akteneinsicht. Insbesondere interessiert mich, welche dubiosen Zeugen der Herr Oberkommissar diesmal aufzubieten hat", versuchte er Bert ganz offensichtlich zu provozieren.

Bert musste sich eine bissige Bemerkung verkneifen. Stattdessen sagte Nina: „Kriminalhauptkommissar ist die korrekte Amtsbezeichnung von Herrn Linnig."

Der Anwalt ignorierte ihren Einwurf: „Die Akten bitte!", sagte er stattdessen an Bert gewandt.

Der zog wortlos zwei Blätter aus der vor ihm liegenden Aktenmappe und legte sie vor den Anwalt auf den Schreibtisch.

„Ich sagte ‚uneingeschränkte Akteneinsicht', Herr Linnig. Sie kennen das ja schon bereits. Darauf hat mein Klient Anspruch."

Der Kommissar blieb cool. „Das, was da vor Ihnen liegt, enthält alles, was Ihren Klienten betrifft."

Der Anwalt überflog die beiden Schriftstücke. „Das ist alles?", stellte er ungläubig fest.

Bert hatte mit Heiko Klinger bereits als Oberkommissar in Essen sehr unangenehme Erfahrungen gemacht. Nach einer umfassenden Akteneinsicht durch ihn in einem Mordfall hatten kurz darauf alle Zeugen ihre Aussagen widerrufen. Zwar waren die Kripo und die Staatsanwaltschaft in Essen davon ausgegangen, dass die Zeugen massiv unter Druck gesetzt worden waren, aber das hatte sich leider nicht nachweisen lassen. Bert sah es daher als absolut legitim an, wenn er diesmal im Umgang mit diesem Anwalt aus dem Fundus seiner Erfahrungen schöpfte.

„Das heißt, sie haben im Moment nur dieses Ergebnis Ihrer kriminaltechnischen Untersuchungen und diesen Haftbefehl? Nach den Untersuchungen haben Sie auf dem Krabbenkutter lediglich ein Feuerzeug mit den Fingerabdrücken meines Klienten gefunden? Weitere Ergebnisse liegen Ihnen noch nicht vor? Keine Zeugenaussagen? Nichts? Mit welcher Berechtigung halten Sie dann meinen Klienten überhaupt fest."

„Mit der Berechtigung, dass er mordverdächtig ist, Herr Klinger. Denn der Krabbenkutter, auf dem wir das Feuerzeug gefunden haben, ist der Tatort."

„Das heißt doch überhaupt nichts. Mein Klient kann das Feuerzeug ja vielleicht nur so verloren haben."

„Auf einem Krabbenkutter verliert man nur dann ein Feuerzeug, wenn man sich dort auch aufhält. Und das geschieht nicht, weil man einfach mal so zufällig da vorbei geschlendert ist, Herr Anwalt. Dazu muss man in der Regel auf den Kutter rauf- oder runterklettern, je nach Tide."

„Und weitere Ermittlungsergebnisse, die meinen Klienten betreffen, befinden sich nicht in der Akte?", hakte der Anwalt noch mal zweifelnd nach.

„Nein", war die klare und wahrheitsgemäße Antwort von Bert. Dass Nina ihren Bericht nur noch nicht geschrieben hatte, das hätte ihm der Anwalt an seiner Stelle mit Sicherheit auch vorenthalten. Davon war Bert nach seinen bisherigen Erfahrungen überzeugt. Und im Umgang mit solchen Leuten hatte er inzwischen ein Prinzip: Was man sagt, muss wahr sein. Schließlich konnte das mal gerichtsrelevant werden. Aber man muss nicht alles sagen, was wahr ist.

Heiko Klinger schien nicht zufrieden zu sein. „Ich bitte darum, sofort informiert zu werden, falls Sie neue Erkenntnisse haben. Unabhängig davon werden wir die Rechtmäßigkeit des Haftbefehls erst einmal prüfen."

Bert zuckte mit den Schultern, was alles Mögliche heißen konnte. Und genauso meinte er das auch.

„Und was werfen Sie Jana Ostermann vor?", wollte der Anwalt dann wissen.

„Beamtenbeleidigung, Drogenbesitz und Widersetzung bei der Festnahme."

„Akten?"

„Liegen noch keine vor."

„Okay, es gilt das Gleiche, wie ich vorhin schon bei Kevin Güderitz sagte, sobald Ermittlungsergebnisse vorliegen, sofort

Information an mich beziehungsweise meine Kanzlei." Der Anwalt legte seine Visitenkarte vor Bert auf den Tisch.

Der nickte nur mit dem Kopf.

„Dann möchte ich jetzt ungestört mit meinen Klienten sprechen. Mit Herrn Güderitz zuerst."

„Meine Kollegin begleitet Sie dorthin." Bert blieb sitzen, während Nina Heiko Klinger hinausbegleitete.

***

„Mensch Kevin, in was für eine Scheiße hast du dich denn da wieder reingeritten?"

„Hallo Heiko. Keine Ahnung. Ich weiß gar nicht, was diese Scheißbullen von mir wollen. Wegen Mordverdacht, die haben sie doch nicht mehr alle. Wenn ich schon jemand kaltmachen muss, dann doch nicht so dilettantisch", musste Kevin Güderitz erst einmal Dampf ablassen.

„Aber Tatsache ist doch wohl, dass die ein Feuerzeug mit deinen Fingerabdrücken auf diesem Kutter gefunden haben, wo ein Mord passiert ist. Auch nicht gerade professionell, oder?"

„Scheißfeuerzeug. Muss mir wohl irgendwie aus der Tasche gerutscht sein."

„Was wolltest du denn überhaupt auf dem blöden Kutter?"

„Mann Heiko, ich bin mal wieder ein bisschen klamm. Der Boss muss ja zurzeit die Füße stillhalten. Du weißt schon. Also keine Aufträge."

„Wenn du klamm bist, okay. Aber dann fährst du außerhalb der Saison hier an die Küste, wo touriemäßig tote Hose ist, um wieder flüssig zu werden? Die Logik musst du mir mal erschließen."

„So blöd bin ich auch nicht. Aber die Jana wird doch mal mit ihrem Bruder ein großes Vermögen erben, wenn ihre alte Tante endlich abnippelt."

„Verstehe. Aber abgenippelt ist hier ja wohl ein Krabbenfischer. Was hatte der denn damit zu tun gehabt?"

„Gar nichts, den hab ich nicht umgebracht."

„Aber du warst eindeutig zur falschen Zeit auf seinem Kutter. Das willst du doch nicht bestreiten, oder?"

„Nein. Aber das mit dem Geld von der ollen Tante lief nicht so reibungslos. Erst wollte die gar nichts rausrücken. Dann hatte Jana sie endlich so weit, dass sie wenigstens 30.000 Ocken rüberwachsen lassen wollte. Als Schenkung auf die spätere Erbschaft, sogar mit Vertrag. Aber das hat sich gezogen und uns ging das Geld aus. Vor allem Jana brauchte auch dringend wieder Stoff. Und da hab ich das gemacht, was ich am besten kann."

„Aber auf so einem Kutter ist doch nix zu holen!"

„Hab ich auch gemerkt. Ein paar Funkgeräte, Notebooks und so´n Kram. Und von dem Kutter mit dem ermordeten Krabbenfischer habe ich gar nichts geholt. Ich hatte doch nicht damit gerechnet, dass der mitten in der Nacht auf seinem Boot aufkreuzt. Konnte mich gerade noch rechtzeitig verstecken, bis der in seinem Führerhaus verschwunden war."

„Du hast aber auch von nichts eine Ahnung. Die Fischer fahren doch zum Teil nachts mit Wechsel der Tide raus."

„Da hab ich ja noch richtig Glück gehabt, dass mich auch kein anderer Fischer erwischt hat."

„Und der Fischer hat dich wirklich nicht zufällig überrascht und du hast den kaltgemacht? Als Kollateralschaden sozusagen, wie du so was zu nennen pflegst?"

„Wenn ich es dir doch sage, nein. Das kannst du mir wirklich glauben!"

„Bisher habe ich immer wieder die Erfahrung gemacht, dass man euch Bagalutten gar nichts glauben kann. Wenn ihr das Maul aufmacht, lügt ihr und wenn ihr es zumacht, dann habt ihr gelogen. Aber das kann mir persönlich letztlich scheißegal sein. Habt ihr denn inzwischen wenigstens das Geld von der Tante?"

„Ich hatte Jana mit ihrer Tante zur Bank gefahren und auf dem Parkplatz vor der Bank gewartet. Da waren dann plötzlich die Bullen da. Keine Ahnung, wo die auf einmal herkamen."

„Nach dir wurde gefahndet, du Pfeife. Da wird dich 'ne Zivilstreife erkannt haben. Ist doch klar, dass die alle auf Hochtouren laufen, wenn in ihrem Bereich ein Mord passiert ist. Davon hattest du doch sicher auch gehört. Deshalb begreife ich sowieso nicht, wieso du nicht ganz schnell die Platte geputzt hast."

„Deswegen wollten wir ja auch gleich mit dem Geld verschwinden."

„Na, egal, wie auch immer, Kevin. Also, wenn es wirklich nur um deine Fingerabdrücke auf dem Feuerzeug geht, dann sollte es kein Problem sein, dich hier rauszuholen. Schließlich könntest du das ja auch woanders verloren haben und ein anderer hat es gefunden und eingesteckt."

„Da ist aber noch was", druckste Kevin rum.

„Was denn noch? In der Akte stand nichts weiter drin."

„Ich hatte die Wumme noch nicht entsorgt. Du weißt schon."

„Kevin! Sag, dass das nicht wahr ist. Wo ist die jetzt?"

„Die haben mir die Bullen abgenommen."

„Sag mal, bist du total bescheuert? Damit läufst du Idiot auch noch rum? So viel Dämlichkeit auf einen Haufen. Ich fass es nicht. Wie soll ich für euch Armleuchter denn einen vernünftigen Job machen, wenn ihr eure Aufträge nicht ausführt? Hast du die Uzi etwa auch noch?"

„Ja", musste Kevin kleinlaut zugeben. „Habe ich versteckt."

„Du weißt aber, dass du beides entsorgen solltest, oder?"

„Ich dachte, könnte ich vielleicht noch mal brauchen."

„Das erklär dem Boss mal selbst. Warum, glaubst du, sollte beides entsorgt werden? Wie lange meinst du denn, werden die Bullen brauchen, bis sie merken, was ihnen da ins Netz gegangen ist?"

„Tut mir ja leid, Heiko. Tut mir wirklich leid."

„Und was ist mit Jana? Was weiß sie? Wenn die Stoff braucht, wird sie doch schneller singen, als uns allen lieb ist."

„Die weiß nix, Heiko. Außer, dass ich die Brüche gemacht habe, damit die dumme Tucke ihren Stoff kriegt. Bloß weil sie die Alte nicht in den Griff kriegen konnte und die sich so pissig und geizig angestellt hat. Der Bruder von Jana müsste schließlich auch für sein Geld bei ihr arbeiten und bekäme nichts geschenkt, hat die Olle gesagt."

„Jetzt müssen wir erst mal sehen, dass wir dich hier möglichst schnell rauskriegen. Und wenn es gar nicht anders geht, auch gegen Kaution. Und dann musst du untertauchen. Darum wird sich der Boss kümmern. Aber noch mal zu Jana. Wieso haben sie die wegen Drogenbesitzes verhaftet. Hat sie das Zeug etwa mit sich rumgeschleppt?"

„Hat sie wohl. Ich wusste nix davon. Ehrlich. Sonst hätte die schon Zoff mit mir bekommen."

„Also ihr zwei habt euch in Bezug auf eure Dämlichkeit wirklich gesucht und gefunden. Da wünsch ich dir jetzt schon mal viel Spaß für deinen Rapport beim Boss, wenn du wieder draußen bist. Du weißt, was da auf dich zukommt. Du kennst die Spielregeln. Es sei denn, du nimmst den Notausgang. Aber das musst du selbst entscheiden. Das soll nicht mein Problem sein."

„Und was soll ich jetzt bei der Vernehmung sagen?"

„Ganz einfach. Das Feuerzeug hättest du schon vor einiger Zeit verloren. Wo weißt du nicht. Und wie das auf den Kutter kommt, da müsste die Polizei den Finder oder Dieb deines Feuerzeuges fragen."

„Was sage ich denn, wenn die Bullen behaupten, dass da nur meine Fingerabdrücke drauf sind?"

„Da bleibst du stur bei deiner Version. Das Feuerzeug alleine beweist nämlich noch gar nichts. Dann sollen sie dir einen Zusammenhang mit dem Mord erst mal nachweisen. Das kannst du denen ruhig so sagen. Aber denk daran, du kennst die Spielregeln. Das größte Problem für dich wird nicht der Kommissar sein. So, ich werde jetzt noch kurz mit Jana reden. Die soll einfach stur behaupten, dass ihr die Polizistin die Briefchen in die Tasche geschoben hat. Danach wird der Kommissar euch dann wahrscheinlich nacheinander zum Verhör holen. Und keine Angst, ich werde dabei sein und notfalls eingreifen."

Kapitel 27

Nina steckte den Kopf durch Berts Bürotür. „Wir können loslegen. Der Anwalt ist mit seinen Klientengesprächen fertig. Du kennst den von früher?"

„Und ob", antwortete Bert und erzählte ihr kurz von den damaligen Ereignissen. „Möchte wissen, für wen der heute arbeitet. Ein Kevin Güderitz bezahlt den bestimmt nicht. Da muss noch jemand anderes ein Interesse daran haben, dass Güderitz wieder auf freien Fuß kommt. Aber leider lässt unser Rechtssystem es nicht so ohne weiteres zu, hier zu ermitteln. Gerade das Verhältnis Anwalt Klient steht im Strafprozess ja unter ganz besonderem Schutz."

„Grundsätzlich ein in hohes Rechtsgut in einer Demokratie."

„Da gebe ich dir grundsätzlich auch durchaus recht. Aber wenn das dann missbraucht wird, Zeugenadressen in die falschen Hände geraten und dann Zeugen in einem Mordprozess plötzlich ihre Aussagen revidieren, vor lauter Angst um sich selbst und ihre Angehörigen, dann muss man sich fragen, wo bleibt da das hohe Rechtsgut? Wen wundert es dann noch, wenn in der Bevölkerung der Spruch die Runde macht: *Täterschutz ist offensichtlich wichtiger als Opferschutz!*"

„Dem möchte ich nichts hinzufügen. Gehen wir? Ich habe schon veranlasst, dass Güderitz aus der Zelle geholt wird. Der Anwalt sitzt schon im Vernehmungszimmer."

„Sag mal, was ist denn da unten für ein Auftrieb?", fragte Bert, als er mit Nina an der Treppe vorbei in Richtung Vernehmungsraum ging. In diesem Moment kam ein uniformierter Kollege atemlos die Treppe heraufgerannt.

„Herr Kommissar, bitte kommen Sie schnell. Der Güderitz liegt tot in seiner Zelle. Den Notarzt haben wir schon alarmiert."

Bert und Nina rannten nach unten in den Zellentrakt. Kurz nach ihnen traf auch bereits der Notarzt mit zwei Sanitätern ein.

„Das sieht nach einem Suizid mit Zyankali aus", sagte der Notarzt, nachdem er den Toten kurz untersucht hatte. „Die Symptome dafür sind klassisch. Und wenn ich das richtig sehe, dann hatte der das Zyankali in seine Zahnprothese versteckt, die er da noch in seiner Hand hält."

Kevin Güderitz fehlten oben alle vorderen Zähne. Bei seinem Vorleben hatte er diese wahrscheinlich mal bei einer Schlägerei eingebüßt. Bert, der nicht zum ersten Mal ein Zyankali-Opfer sah, stimmte dem Arzt zu.: „Ich glaube, wir können Ihre Sanitäter wieder wegschicken, Herr Doktor. Vielen Dank Jungs, dass ihr so schnell da wart. Ab hier übernehmen wir selbst und den Rest besorgt dann unsere Rechtsmedizin.

„Bin mal gespannt, was sein Anwalt uns zu sagen hat. Der hat doch als Letzter mit ihm gesprochen", sagte Bert zu Nina, nachdem er die üblichen Anweisungen in Bezug auf Rechtsmedizin und Spurensicherung gegeben hatte. „Ich glaube, wenn wir das Gespräch hätten aufzeichnen können, dann würden wir auch den Grund für diesen offensichtlichen Suizid kennen."

„Das Thema hatten wir vorhin schon", antwortete Nina, während sie jetzt zum zweiten Mal zum Vernehmungszimmer unterwegs waren. Der Anwalt hatte nichts von dem Auftrieb mitbekommen und schien völlig ahnungslos zu sein, als Bert das offizielle Gespräch mit ihm begann.

„Herr Klinger, konnten Sie vorhin ungestört mit Ihren beiden Klienten sprechen?"

„Ja, kein Problem. Alles okay. Aber warum fragen Sie das? Und wo bleibt mein Klient? Ich bin nicht im Öffentlichen Dienst und kann meine Zeit schließlich nicht so wie Sie auf Kosten des Steuerzahlers vertrödeln."

Der Anwalt wirkte angespannt, was Bert seiner nach vorne gebeugten Haltung entnahm.

„Gleich, Herr Klinger", antwortete er ausweichend. „Wir wollen ja nichts falsch machen, oder? Hatte Ihr Klient in dem Gespräch mit Ihnen irgendwelche Beschwerden geäußert?"

„Nein, nicht dass ich wüsste. Aber Sie sollten doch eigentlich meinen Klienten verhören und nicht mich. Oder irre ich mich da, Herr Kommissar?"

„Sie irren sich nicht, Herr Anwalt. Aber Sie sind der Letzte, mit dem Kevin Güderitz noch gesprochen hat. Daher sind Sie für uns ein wichtiger Zeuge."

„Heißt das etwa, mein Klient ist tot?"

„Das heißt es", erwiderte Bert und registrierte dabei für den Bruchteil einer Sekunde eine freudige Gesichtsregung bei seinem Gegenüber.

Der Anwalt lehnte sich entspannt auf seinem Stuhl zurück. „Wie kann er denn auf einmal tot sein. Was haben Sie mit ihm gemacht?", fragte er scheinheilig.

„Das müssen wir Sie fragen, Herr Anwalt."

„Sie kennen doch die Spielregeln, Herr Linnig", antwortete dieser mit einem süffisanten Grinsen. „Das Verhältnis Anwalt Klient ist im Strafprozess und bei Ihren Ermittlungen absolut tabu. Daher möchte ich von Ihnen wissen, wie Herr Güderitz denn so plötzlich zu Tode gekommen ist."

„Genau, Sie kennen ja auch die Spielregeln, Herr Anwalt. Ich werde Sie hier doch nicht mit unqualifizierten Mutmaßungen eines Polizisten konfrontieren. Sobald wir den qualifizierten Untersuchungsbericht unserer Rechtsmedizin aus der Autopsie vorliegen haben, werden wir diesen selbstverständlich Ihrer Kanzlei zur Kenntnisnahme zuleiten. So, dann können wir jetzt Ihre Klientin zur Vernehmung kommen lassen."

„Ich glaube, dass Jana Ostermann dabei ganz gut ohne mich zurechtkommen wird. Sie entschuldigen mich, ich habe noch weitere Termine heute."

„Frau Ostermann hat aber ausdrücklich darauf bestanden, namentlich nur in Ihrem Beisein aussagen zu wollen, da können Sie sie doch jetzt nicht einfach so im Stich lassen", mahnte Nina an.

„Nichts ist so beständig wie der Wandel, Frau ... wie war noch gleich Ihr Name?"

„Nicht so wichtig, Herr Anwalt. Vielleicht hätten Sie bei meiner Vorstellung besser hinhören sollen", gab Nina bissig zur Antwort. „Ich gehe davon aus, wenn Frau Ostermann jetzt noch mal einen Anwalt verlangen sollte, dass Sie dann nicht mehr zur Verfügung stehen. Habe ich das richtig verstanden?"

„Verstehen Sie es, wie Sie wollen", antwortete Klinger und verschwand grußlos.

„Es war hier bei dieser Anwaltsvertretung ganz offensichtlich nur um Güderitz gegangen. Nur dafür wurde dieser arrogante Lackaffe bezahlt. Und diese Vertretung hat sich nun auf wundersame Weise für ihn erledigt", dachte Nina laut nach.

„Ich frage mich, was durch Güderitz' Suizid vertuscht werden sollte. Hat das etwas mit dem Mord an Gerdes zu tun, oder steckt doch etwas anderes dahinter? Wir sollten bei den Bremer Kollegen nachfragen, wen dieser Heiko Klinger sonst noch so vertritt. Das könnte vielleicht ganz aufschlussreich sein. Werde ich später machen."

„Dann lass uns jetzt die Ostermann vernehmen. Mal sehen, was die ohne Anwalt bereit ist auszusagen. Danach wollte ich diesen Ubbo de Buer um eine Speichelprobe bitten. Auf die bin ich nämlich schon äußerst gespannt."

„Da werden wir aber zu zweit hinfahren. Schon aus Sicherheitsgründen, denn der gehört inzwischen mit zu den Hauptverdächtigen."

„Okay Chef. Dann lass ich jetzt mal die Ostermann holen."

Nachdem Bert die bei der Vernehmung einer beschuldigten Person üblichen Formalien und Belehrungen erledigt hatte, informierte er Jana Ostermann, dass ihr Anwalt offensichtlich sein Mandat niedergelegt hat.

„Der darf mich doch nicht einfach ohne anwaltlichen Schutz hier sitzen lassen, oder?", fragte Jana.

„Ob er das darf oder nicht, da sind wir die falschen Ansprechpartner, Frau Ostermann. Wir sind Polizisten und keine Anwälte", entgegnete Nina kühl. „Aber, wenn Sie weiterhin nur in Gegenwart eines Anwalts aussagen wollen, dann müssten Sie uns einen neuen benennen, oder es wird

Ihnen einer gestellt. Beides wird sich aber nicht vor morgen realisieren lassen."

„Wir haben inzwischen einen richterlichen Haftbefehl gegen Sie wegen Beamtenbeleidigung, Widerstand gegen die Staatsgewalt und Drogenbesitzes", erläuterte Bert. „Ferner besteht bei Ihnen sowohl Flucht- wie auch Verdunkelungsgefahr."

„Ihr habt sie doch nicht mehr alle, Ihr Scheißbullen", wurde Jana aggressiv.

„Frau Ostermann, mit solchen Bemerkungen verbessern Sie Ihre Situation bestimmt nicht. Das würde Ihnen jeder Anwalt sagen. Mein Ratschlag ist für Sie kostenlos. Vielleicht sollten Sie es mal mit Kooperation versuchen. Das könnte in Ihrer Situation sicher hilfreich sein", versuchte Nina, die Situation zu entspannen.

„Ich will hier raus, und zwar sofort. Also, was wollt Ihr wissen?"

„Zunächst einmal würde ich Sie bitten, einen höflicheren Ton anzuschlagen. Wir reden mit Ihnen schließlich auch respektvoll", setzte Nina die Vernehmung fort. „Seit wann konsumieren Sie Kokain?"

„Erstens konsumiere ich keinen Koks. Und zweitens würde Sie das auch gar nichts angehen."

„Nun, zu erstens, das wird die Blutuntersuchung zeigen. Zu zweitens, ist der Konsum von Kokain nicht legal und geht mich als Polizistin daher schon etwas an. Wir haben vier Beutelchen mit Kokain bei Ihrer Festnahme in Ihren Taschen gefunden. Eventuell finden wir ja sogar noch mehr davon in Ihrer Unterkunft. Dann könnte es doch sogar sein, dass Sie damit auch noch dealen."

„Das Zeug hat mir die Polizistin in die Tasche gesteckt, nur um einen Grund für die Festnahme zu haben. Aber dieser Trick zieht bei mir nicht. Ich habe den durchschaut."

„Hat Ihnen diese Aussage Herr Klinger in den Mund gelegt?", erkundigte sich Bert.

„Ich sage noch mal, das Kokain hat mir die Polizistin in die Tasche gesteckt", blieb Jana bei ihrer Behauptung.

„Und das leere Tütchen in Ihrem Bad auf der Ablage über dem Waschbecken, das hat diese Polizistin Ihnen wohl auch dort hingelegt?", konfrontierte Nina sie mit ihrem Besichtigungsergebnis. „Und Ihre Fingerabdrücke auf dem Handspiegel hat die Kollegin dann wohl auch noch da draufgezaubert?", setzte sie noch eins drauf.

Jana stutzte. Man sah förmlich, wie es in ihrem Kopf arbeitete. Vermutlich versuchte sie, sich zu erinnern, ob sie das Tütchen ins Klo gespült oder vielleicht doch vergessen hatte. Schließlich sagte sie kackfrech: „Da war kein Tütchen im Bad oder sonst wo in der Wohnung, als mein Freund und ich heute Morgen aus dem Haus gegangen sind. Das kann der Kevin hundertprozentig bestätigen. Das haben Sie dahin gelegt, um mich zu belasten. Und dass auf meinem eigenen Handspiegel auch meine Fingerabdrücke sind, beweist doch gar nichts!"

Nina ging auf die frechen Behauptungen nicht ein. „Frau Ostermann, wo war Kevin Güderitz in der Nacht, als der Krabbenfischer ermordet wurde?",

„Bei mir im Bett. Wo sollte er sonst gewesen sein. Und wir haben eine Menge Spaß miteinander gehabt. Wollen Sie auch noch wissen, wie oft es mir gekommen ist, Frau Kommissarin? Aber da würden Sie vor Neid nur erblassen."

„Ich glaube, das bringt uns hier alles nicht weiter. Wir beenden an dieser Stelle die Vernehmung", hakte Bert ein. „Da soll morgen der Haftrichter entscheiden."

Als Jana Ostermann von einer uniformierten Kollegin abgeholt und in ihre Zelle zurückgebracht worden war, sagte Bert zu Nina: „Wir ziehen Schutzwesten an, bevor wir zu de Buer rausfahren. Das ist mir sicherer."

„Okay. Jedenfalls bin ich mal gespannt, was uns bei diesem Vollpfosten erwartet. Nicht, dass wir am Ende noch verhext werden. Dann nützen uns die Westen wahrscheinlich auch nichts", feixte Nina.

Jan ahnte nichts Gutes, als er den Wagen mit ziemlichem Tempo auf den Hof zufahren sah. Er hatte gerade die Schafe aus dem Gatter wieder in den Stall getrieben und mit Futter versorgt. So konnte er sich auf dem Hof doch noch ein wenig nützlich machen. Wie hatte das sein Vater damals schon immer gesagt: Nur wer rastet, der rostet. Und rosten wollte Jan nicht.

Der Wagen hielt genau vor dem Eingang zum Haupthaus. Ein Mann und eine Frau stiegen aus und schauten sich suchend um.

„Suchen Sie was?", fragte Jan.

„Ja, wir hätten gerne den Hausherrn, Ubbo de Buer, gesprochen. Mein Name ist Kommissar Bert Linnig und das ist meine Kollegin Nina Jürgens vom Kommissariat in Wittmund." Bert hielt seinen Ausweis hoch, den Jan auf diese Entfernung ohnehin nicht lesen konnte.

„Worum geht es denn? Der Ubbo ist gar nicht da. Der ist in Berlin zu einer Ausstellung."

„Wann kommt er denn wieder zurück?", erkundigte sich Nina.

„Ach gute Frau, das kann man bei Ubbo nie wissen. Das kommt immer darauf an, wen er da alles an alten Bekannten trifft. Manchmal können das schon ein paar Wochen sein."

„Wissen Sie denn, wo er sich in Berlin aufhält?"

„Nee, Herr Kommissar. Der hat ja längere Zeit in Berlin studiert und kennt da eine Menge Leute. Da weiß ich nicht, wo er da immer unterkommt."

„Meldet er sich denn nicht mal so zwischendurch und fragt, ob zu Hause alles in Ordnung ist?", bohrte Nina nach.

„Man merkt, Sie kennen Ubbo nicht. Es kommt schon mal vor, dass er anruft. Das ist aber selten. Meistens kündigt er noch nicht mal an, wann er wieder nach Hause kommt. Er ist dann einfach überraschend wieder da. Ja, so ist der Ubbo eben. Und so ist er auch, wenn er hier ist. Manchmal ist er die ganze Nacht unterwegs und kommt morgens erst wieder nach Hause. Das ist bei Ubbo ganz normal."

„Das mit dem Feuer im Watt, ist das auch ganz normal?", griff Bert die Vorlage von Jan auf.

Jan druckste herum und Nina und Bert spürten, dass er nicht wusste, was er antworten sollte oder durfte.

„Sie können ganz offen mit uns reden. Wir wissen, dass er da nackt um das Feuer gesprungen ist. Das sah sogar fast aus wie eine Beschwörung. Ubbo wurde dabei gefilmt.", versuchte Nina das Vertrauen von Jan zu gewinnen. „Können Sie uns dazu vielleicht irgendetwas sagen?"

„Beschwörung, gute Frau. Beschwörung, ja das trifft es vielleicht schon. Es gibt ja Dinge und Mächte zwischen Himmel und Erde, wie der Ubbo das immer sagt, da weiß der Normalbürger nix von. Und mit diesen Mächten redet der Ubbo manchmal."

„Und vor diesen Mächten haben Sie aber Angst?", legte Bert bei Jan den Finger in die Wunde.

„Man weiß ja nie, Herr Kommissar. Man weiß ja nie. Vor allem, wenn man so in mein Alter kommt. Und auf einmal holt einen der Teufel in seinen Höllenschlund. Ubbo scheint davor jedenfalls keine Angst zu haben."

„Deswegen beschwört er wohl auch das Oktagramm", gab sich Nina sachkundig.

„Genau, gute Frau, so nennt der Ubbo das auch manchmal. Das ist so eine magische Formel, wie er sagt. Kennen Sie sich denn damit auch aus?", staunte Jan.

„Kommt darauf an", blieb Nina unverbindlich. „Aber vielleicht sollten wir mal bei Ihnen im Haus nachschauen, ob da noch alles in Ordnung ist."

„Wenn Sie sich mit so was auskennen, dann wäre ich Ihnen dankbar. Denn seit dem Feuer im Watt habe ich hier auf dem Hof immer so ein komisches Gefühl. Ganz besonders, weil Ubbo doch unseren einzigen Hammel in diesem Feuer geopfert hat. Manchmal habe ich schon gedacht, dass es um das ganze Haus herum spukt." Jan schien richtig erleichtert zu sein, endlich mit jemand über seine Sorgen und geheimen

Befürchtungen sprechen zu können. Das Haus war ihm, seit er hier mit Ubbo alleine lebte, immer unheimlicher geworden.

Der alte Mann ging mit den Besuchern ins Haus. In der großen Diele standen neben einer alten Garderobe aus Schafbockgehörn ein paar vom Wattboden völlig verdreckte Stiefel. Nina hob einen hoch und schaute sich das Profil an.

„Ziemlich neu", sagte sie, „weit ist er damit noch nicht gelaufen."

Sie stellte den Stiefel wieder zu dem anderen. An einem Gehörn hing der Umhang mit Kapuze, von dem schon mehrfach die Rede gewesen war. Auch der Umhang war voll mit Spritzern aus dem Watt.

Jan führte die beiden Beamten zunächst in die Küche, dann ins Wohnzimmer. Neugierig schauten die beiden sich um. Typischer Junggesellenhaushalt, registrierte Nina. Die alten Möbel hatten offensichtlich schon Generationen überdauert.

„Vom Schlafzimmer habe ich keinen Schlüssel", sagte Jan, „aber hier ist das Bad."

Das war wohl schon mal vor Jahren modernisiert worden und erstrahlte im Charme der 80er Jahre. Nina ging zu einem Spiegelschrank über dem Waschbecken und öffnete die Flügeltüren.

„Ich darf doch", schaute sie fragend zu Jan.

„Klar, wenn Sie da was spüren. Der Ubbo ist normal da nicht so pingelig. Insbesondere bei Frauen nicht. Kommt schon mal vor, dass er eine mitbringt. Frauen dürfen meistens bei ihm alles. Da ist er nicht kleinlich. Die dürfen hier auch nackt rumrennen, wenn sie das wollen. Das macht er ja auch oft. Er sagt immer, das wäre Freikörperkultur. Bei uns zu Hause gab es so was nicht. Da schämte man sich viel zu sehr. Aber heute ist ja wohl, was das angeht, alles ganz anders als früher."

„Was meinen Sie denn damit genau, was das angeht?", hakte Bert konkret nach.

„Na, Herr Kommissar, da hätten Sie mal hier sein müssen, als Ubbo hier die letzten beiden Osterfeuer abgebrannt hat. Da haben anschließend eine Menge junger Leute splitternackt in der Scheune, im Stall, im Heu und zwischen den Schafen herumgetobt und es auch miteinander getrieben. Ich musste dafür das Bier ranschleppen. Aber das hat die gar nicht gestört. Na ja, ich bin ja ein alter Mann."

„Und wo war dann Ubbo? War der auch da zwischen den jungen Leuten?", Nina hatte Mühe, ernst zu bleiben.

„Nein, der war in seinem Schlafzimmer und hatte es dort sicher etwas kuscheliger und gemütlicher. Da musste ich ja auch für Biernachschub sorgen."

„Und da war er alleine?", jetzt wollte sie es genau wissen, was dieser verrückte Ubbo alles so trieb. Rein berufliches Interesse versteht sich.

„Nee." Jan lachte. „Beim letzten Osterfeuer hatte der sogar drei von diesen jungen Hühnern im Bett. Der schien sie verhext zu haben."

„Ich sagte doch schon, Oktagramm, aber deswegen sind wir ja hier." Nina machte eine bedeutungsvolle Miene und nahm eine Haarbürste aus dem Spiegelschrank. „Meinen Sie, Ubbo hätte was dagegen, wenn ich hier mal ein paar Haare aus seiner Bürste mitnehme?"

„Sie sind wohl auch so was wie eine heimliche Hexe, oder? Da hätte der Ubbo ganz sicher nichts dagegen. Und werden dann die Haare mit Kräutern und dem Blut einer schwarzen Katze in einem Topf gekocht?", das hatte Jan mal in einer Illustrierten gelesen.

„Nicht ganz so, aber so etwas Ähnliches", Nina dachte an die DNA-Analyse. Sie kreuzte ihren Zeigefinger mit dem Mittelfinger zu einem *bayerischen Blitzableiter*. Das hatte sie von einem Kollegen aus Süddeutschland gelernt. Innerlich musste sie lachen und auch Bert warf ihr grinsend einen Blick zu, als er ihre gekreuzten Finger sah. Dabei dachte er: Hoffentlich müssen wir nicht eines Tages vor Gericht haarklein, im wahrsten Sinne des Wortes, darlegen, wie wir an diese DNA-Probe gekommen sind.

Jan führte die beiden Polizisten noch durch die restlichen Räumlichkeiten im Haus und dann noch in die Scheune und den Stall. Aber sie konnten so im ersten Überblick nichts entdecken, was irgendeinen Hinweis auf die Morde gab.

Schließlich verabschiedeten sich die beiden von Jan, nicht ohne ihm vorher noch ihre Visitenkarten dagelassen zu haben. Nina hatte ihm versprochen, bei ihrer nächsten Oktagramm-Sitzung, wie sie das genannt hatte, für positive Schwingungen zu sorgen. Dann machten sie sich auf den Weg. Jan wollte sich sofort melden, sobald Ubbo wieder da wäre.

„Wir bringen gerade noch die Haarprobe für den DNA-Abgleich auf den Weg. Und dann glaube ich, dass noch zwei Pizzen in der Truhe sind. Ein Fläschchen Chianti sollte wohl auch noch da sein", sagte Bert. Was meinst du? Hättest du vielleicht Lust?"

Ninas Eifersuchtsteufelchen meldete sich zwar zurück: „Mensch Nina, wir haben da doch noch was mit Bert zu klären. Der will uns mit seiner Pizza und dem Chianti doch nur einlullen."

„Du hast hier heute nichts zu suchen", wies Nina ihre wieder aufkeimende Eifersucht jetzt aber energisch in die Schranken. „Von dir lass ich mir heute die Stimmung nicht vermiesen."

Und zu Bert sagte sie: „Deine Phantasie hat wohl bei der Schilderung des Osterfeuerrituals vorhin Nahrung bekommen?", dabei lächelte sie ihn charmant und vielsagend von der Seite an. „Es muss ja nicht unbedingt Osterfeuer sein. Pizza und Chianti tun es vielleicht auch."

Kapitel 28

„Moin zusammen", begrüßte Silke Nina und Bert auf dem Gang. „Ihr werdet schon dringend erwartet."

„Moin Silke, wer hat es denn so eilig?", seufzte Bert.

„Jana Ostermann. Die hatte übrigens eine sehr unruhige Nacht. Ihr fehlt wohl der Stoff."

„Sie gehört zu einem Arzt", erwiderte Nina, „und dann auf Entzug."

„Dann hol uns mal die junge Dame mit der frechen Klappe", bat Bert. „Anschließend kannst du Nina und mich vielleicht noch mit einem starken Kaffee versorgen."

„Wird gemacht, Chef", und schon war Silke mit einem hintergründigen Grinsen unterwegs. Von wegen starkem Kaffee und so.

„Bin mal gespannt, was die so dringend von uns will", sagte Nina auf dem Weg zum Verhörraum.

„Vielleicht hat sie sich heute Nacht eine neue Lügengeschichte ausgedacht. Der Pflichtanwalt wird wohl kaum inzwischen mit ihr gesprochen haben."

Kurze Zeit darauf brachte Silke Jana Ostermann in das Vernehmungszimmer. „Möchten Sie auch was trinken?", fragte sie sie.

„Ja, gerne. Vielleicht ein Wasser."

Bert eröffnete offiziell die Vernehmung: „Sie wollten uns heute Morgen ganz dringend sprechen? Sogar unter Verzicht auf anwaltlichen Beistand?"

„Ja", antwortete Jana und griff mit zitternden Händen nach ihrem Glas.

„Es geht Ihnen nicht gut?" Nina war nun doch etwas besorgt.

„Nein, nicht besonders."

„Aber Sie wollen trotzdem aussagen?", vergewisserte sich Bert noch einmal. „Oder sollen wir erst einen Arzt holen?"

Jana trank ein paar Schlucke. „Nein, keinen Arzt. Geht schon."

„Wissen Sie, was ich Ihnen gestern zu Kevin gesagt habe, das stimmte alles nicht."

„Was meinen Sie konkret?", hakte Bert nach.

„Der ist in der Nacht auf dem Boot gewesen, wo der Fischer ermordet wurde. Allerdings hatte er nicht gemerkt, dass er ausgerechnet da sein Feuerzeug verloren hatte."

„Was hatte er denn auf dem Kutter gewollt?"

„Der wollte auf dem Schiff einbrechen, aber dann ist da plötzlich der Fischer aufgetaucht. Kevin hat sich versteckt, bis der Fischer in seinem Ruderhaus verschwunden war, dann ist er abgehauen."

Nina musterte die junge Frau. „Es ist gut, dass Sie jetzt aussagen, das wird sich sicher positiv für Sie auswirken. Was hat denn Ihren Sinneswandel bewirkt?"

„Wenn ich ganz ehrlich bin, dann lief es mit Kevin und mir in der letzten Zeit überhaupt nicht mehr gut. Immer wieder hat er gedroht, mich zu verlassen, wenn ich nicht endlich dafür sorge, dass meine Tante Geld rausrückt. Es gäbe genug Weiber, die nur darauf warteten, mit ihm ins Bett zu steigen, hat er mir immer wieder gedroht. Inzwischen glaube ich, der will gar nicht mich. Der will nur an das Geld meiner Tante. Und wenn er es dann hat, dann ist er mit seinen ganzen Weibern über alle Berge."

„Eine späte Erkenntnis, Frau Ostermann", stimmte ihr Nina zu. „Aber besser eine späte als gar keine Einsicht."

„Ich konnte heute Nacht überhaupt nicht schlafen und da ist mir alles Mögliche durch den Kopf gegangen. Kevin hatte sogar schon versucht, mich davon zu überzeugen, dass wir ein gutes Werk täten, wenn wir beim Eintritt der Erbschaft etwas nachhelfen würden. Es stimmte ja, meine Tante hatte tatsächlich mal geäußert, dass ihr ein Tod nachts im Schlaf lieber wäre als ein langes Leiden wie bei meinem Onkel. Und Kevin hat dann zu mir gemeint, dass es dafür gute Mittel gäbe. Das würde dann später für den Notarzt wie ein ganz normaler Herzinfarkt aussehen. Was in so einem Alter ja nicht ungewöhnlich wäre.

„Sie sprechen hier von einer Mordabsicht. Sind Sie sich wirklich im Klaren darüber, was Sie uns hier gerade erzählen und was das für Konsequenzen für Herrn Güderitz und eventuell auch für Sie haben könnte?", wollte Bert fürs Protokoll wissen.

„Mit Kevin bin ich fertig. Ich weiß gar nicht, wie ich das überhaupt so lange mit dem ausgehalten habe. Am Anfang war ja alles gut, auch im Bett. Aber jetzt glaube ich, dass der mich ganz gezielt auch an den Schnee gebracht hat. Vielleicht hatte er es von vornherein nur auf eine reiche Erbschaft abgesehen. Meine Tante vermietet nämlich eine ganze Menge Ferienhäuser und -wohnungen. Und das wusste Kevin schon am Anfang unserer Beziehung, weil der mal so vor ungefähr zwei Jahren hier in Neuharlingersiel zu tun gehabt hatte."

„Dass er es nur auf Ihre Erbschaft abgesehen haben könnte, klingt logisch", bestätigte Nina sie. Dabei warf sie Bert einen bedeutungsvollen Blick zu. Kevin Güderitz hatte vor zwei Jahren hier in Neuharlingersiel zu tun gehabt. Hallo! Bei ihr gingen sämtliche Alarmleuchten an. Und Bert schien nach seinem Gesichtsausdruck dasselbe zu denken.

„Zu der Erbschaft hat Kevin ohnehin seine eigene Philosophie", fuhr Jana dann mit ihrer Geschichte fort. „Für ihn hatte meine Tante ihr Leben doch schon hinter sich. Es wäre ja geradezu unsozial von meiner Tante, mir die Erbschaft noch so lange vorzuenthalten. Was könnte meine Tante schließlich noch mit ihrem ganzen Geld anfangen? Nach seiner Auffassung nichts. Stattdessen müsste ich, wenn mal wieder Ebbe in der Kasse ist, nur für so ein bisschen Stoff sogar anschaffen gehen. Das wäre doch alles andere als sozial."

„Sind Sie denn dafür anschaffen gegangen?", hakte Nina nach.

„Ja. Ein paarmal schon. Wenn gar nichts mehr ging", antwortete Jana zögernd und offensichtlich ein wenig verlegen. „Und es war mal wieder Ebbe bei uns in der Kasse. Deswegen waren wir ja hier. Aber meine Tante wollte nicht so ohne weiteres Geld rausrücken. Bis dann mein Bruder die Idee mit der Schenkung hatte, die man dann später mit meiner Erbschaft verrechnen kann."

„Dann hätten Sie mit dreißigtausend Euro doch aber erst einmal genug Geld gehabt?", bohrte Nina nach.

„Ja, aber das dauerte Kevin alles viel zu lange. Und Urlaubsgeld wollte die Tante auch nicht rausrücken. Schließlich müsste mein Bruder auch dafür hart arbeiten. Anschaffen ging für mich hier auch nicht. Das wäre in so einem Dorf, gerade außerhalb der Saison, ja sofort aufgefallen. Also ist Kevin Bruch machen gegangen. Und dabei ist er auch auf dem Kutter von diesem ermordeten Krabbenfischer gewesen."

„Hat er von da denn auch was mitgehen lassen?", wollte Bert wissen.

„Nein, ich glaube nicht. Wie ich schon sagte, ist der Fischer da aufgetaucht, noch bevor er etwas Verwertbares gefunden hatte."

„Könnten Sie sich denn vorstellen, dass Kevin zum Messer greift, wenn er überrascht wird?"

„Bei Kevin kann ich mir vieles vorstellen, Herr Kommissar. Seine Kumpels haben alle einen Mordsrespekt vor ihm."

„Dürfen wir das wörtlich verstehen, Frau Ostermann?", unterbrach Nina sie.

„Das sagt man doch wohl so, oder? Aber wenn man Kevin reizt, dann ist man selber für die Konsequenzen verantwortlich. Das hat er jedem gesagt, mit dem er es zu tun hatte." Jana Ostermann nahm ihre langen schwarzen Haare auf die Seite und eine schlecht verheilte Schnittwunde wurde unter ihrer linken Kinnhälfte sichtbar. „Das war auch nur ganz allein meine Schuld. Schließlich wusste ich doch, dass man ihn nicht reizen darf. Er hatte mich oft genug gewarnt."

„Darf ich mal?" Nina und ging um den Tisch herum, um sich die Narbe genauer anzuschauen. „Da hätte aber nicht viel gefehlt und Ihre Halsschlagader wäre durch gewesen. Wissen Sie das?"

203

„Das hat der Kevin ja nicht gewollt. Da konnte er auch nichts dafür. Schließlich hatte ich ihn doch mal wieder so in Rage gebracht", erklärte Jana schuldbewusst.

„Es ist mir immer wieder unbegreiflich", ereiferte sich Nina. „Solche Typen können Frauen nicht nur ungestraft misshandeln. Nein, die schaffen es dann auch noch, dass sich die misshandelten Frauen am Schluss sogar noch schuldig fühlen. Ich könnte ausrasten! Solche Kerle gehören zeitlebens weggesperrt!" Nina war außer sich und brauchte einen Augenblick, um sich wieder zu beruhigen.

„Wo du recht hast, hast du recht", stimmte Bert ihr zu. „Für mich ist so was auch unbegreiflich! Aber ich muss noch mal auf den Krabbenfischer zurückkommen, Frau Ostermann. Hat Herr Güderitz da vielleicht doch zugestochen?"

„Gesagt hat er dazu nichts, aber er war stinkesauer, weil es danach auf einmal von Bullen – Entschuldigung, ich meine natürlich Polizei – hier im Ort gewimmelt hat. Eigentlich müsste er sofort verschwinden, hat er immer wieder gesagt. Aber wir brauchten ja dringend Geld. Und dann ist er doch noch mal wieder nachts los, nach Bensersiel in den Yachthafen. Aber viel hat das auch nicht gebracht. Und dann wollte der blöde Bankfuzzi die 30.000 nicht bar auszahlen. Da ist er fast ausgerastet. Ich glaube, wenn der von der Bank ihm in diesem Moment über den Weg gelaufen wäre, das hätte der bestimmt nicht überlebt."

Nina und Bert warfen sich erneut einen bedeutungsvollen Blick zu.

„Wenn ich das jetzt so von Ihnen höre, Frau Ostermann, das klang gestern bei Ihnen ja alles noch ganz anders. Das heißt, die Tütchen Kokain hat Ihnen dann auch nicht unsere Kollegin zugesteckt?"

„Nein, Herr Kommissar. Es tut mir auch leid. Aber das hatte mir so der Anwalt von Kevin eingebläut. Und als der mich dann auf einmal hier im Stich gelassen hatte, da habe ich angefangen, mal richtig nachzudenken."

„Das spricht alles für Sie, Frau Ostermann und das Gericht wird Ihnen das auch mit Sicherheit zugutehalten, dass Sie jetzt so offen aussagen. Kannten Sie denn den Anwalt, Heiko Klinger, eigentlich schon vorher?".

„Kennen wäre zu viel gesagt, Herr Kommissar. Ich hatte den aber schon mal bei irgend so einer Firmenfete gesehen, wo der Kevin mich mit hingenommen hatte."

„Wissen Sie denn den Namen der Firma?"

„Den habe ich mir nicht gemerkt, aber die verkaufen, glaube ich, hochwertige Saunen und Bad-Ausstattungen in ganz Deutschland."

„Wir unterbrechen hier das Gespräch. Frau Jürgens und ich müssen mal kurz etwas besprechen." Bert stoppte die Aufnahme und verließ mit Nina den Raum.

„Bei mir läuteten vorhin schon sämtliche Glocken. Ich dachte, das ist ja wohl nicht wahr, als diese Jana so einfach davon erzählte, dass Kevin Güderitz vor zwei Jahren schon mal hier in Neuharlingersiel gewesen ist."

„Das ging mir ganz genauso. Ich hab es deinem Blick angesehen, dass wir in diesem Moment dasselbe dachten."

„Auch das mit der Firma in Bremen. Für eine solche Firma war doch Klaus Petersen als Vertreter unterwegs. Das müssen wir nachher noch mal genau prüfen. Denn dann wäre es doch nicht auszuschließen, dass sich Kevin Güderitz und Klaus Petersen schon vorher persönlich gekannt haben."

„Das würde aber unsere bisherigen Vermutungen, wie die beiden Morde zusammenhängen könnten, etwas auf den Kopf stellen", gab Nina zu bedenken.

„Na ja, würdest du es denn ausschließen, dass der Kevin seine DNA im Fötus von Beeke Gerdes und bei Renate Petersen hinterlassen hat?", fragte Bert konkret nach.

„Nachdem, was uns Jana Ostermann erzählt hat, würde ich jetzt gar nichts mehr ausschließen. Vom Äußeren her ist der Güderitz ja ein ganz smarter Typ. Da könnte ich mir schon vorstellen, dass so manche Frau auf den reinfällt. Aber da wird uns der DNA-Abgleich Aufschluss geben. Theoretisch könnte auch dieser verrückte Ubbo sein Sperma hinterlassen haben und dieser Güderitz ist nur zufällig der Mörder der Ehemänner. Oder vielleicht sogar ein bestellter, wer weiß das schon."

„Aber das wäre dann schon eine ganze Menge Zufälle auf einem Haufen, obwohl uns die Realität ja leider immer wieder zeigt, dass nichts unmöglich ist. Und manchmal kann man gar nicht genug um zwanzig Ecken denken. Aber was helfen uns jetzt alle Spekulationen, Nina. Wie du schon sagtest, wir müssen einfach die Fakten aus dem DNA-Abgleich abwarten."

„Wann wollen wir Frau Ostermann denn sagen, dass sie Kevin nicht mehr fürchten muss?"

„Ich werde es ihr jetzt schonend beibringen. Mal sehen, wie sie reagiert."

Sie gingen in das Vernehmungszimmer zurück.

„Entschuldigung, Frau Ostermann, meine Kollegin und ich mussten gerade mal etwas besprechen. Wir haben Ihnen noch eine wichtige Mitteilung zu machen, die Kevin Güderitz betrifft", holte Bert etwas aus. „Er wurde tot in seiner Zelle aufgefunden. Die näheren Umstände werden wir erst nach der Autopsie wissen."

„War deswegen gestern der Lärm auf dem Gang gewesen?"

„Berührt Sie das denn gar nicht?", fragte Nina erstaunt nach.

„Wo Sie es sagen - ich merke, dass, was Kevin betrifft, alles tot in mir ist. Mausetot, Frau Kommissarin. Für mich steht inzwischen absolut fest, dass er es von Anfang an nur auf meine Erbschaft abgesehen hatte. Es war ja nicht zum ersten Mal, dass er unbedingt mit mir zu meiner Tante wollte. Das hat er in den letzten zwei Jahren immer wieder angesprochen. Aber meine Tante ist so ein bisschen komisch. Die ist nicht nur geizig und stur, sie machte mir mit ihrer resoluten Art auch schon immer richtig Angst. Deshalb hatte ich mich bisher auch einfach nicht getraut, mit Kevin bei ihr aufzutauchen."

„Aber dann haben Sie die Angst vor Ihrer Tante doch irgendwie überwunden, oder?", ließ Nina nicht locker. Jetzt wollte sie es ganz genau wissen.

„Stimmt", sagte Jana nur. Sie hob noch mal ihre langen Haare auf die Seite und drehte den Kopf leicht nach hinten, so dass die Narbe unterhalb ihres Kinns sichtbar wurde.

„Das hat Ihnen mehr Angst gemacht?", Bert zeigte auf die Narbe.

Jana nickte stumm und die Tränen rannen ihr die Wangen hinunter. Aber irgendwie schienen sie sie zu erleichtern. Nina wäre am liebsten spontan um den Tisch herumgelaufen, um die junge Frau tröstend in den Arm zu nehmen. Aber es war schließlich eine offizielle Vernehmung.

„Ich glaube, Bert, wir sollten jetzt vielleicht doch nach einem Arzt schicken."

„Nicht nur das. Ich werde die Aufhebung des Haftbefehls sofort veranlassen. Aus meiner Sicht besteht jetzt keine Flucht- und Verdunkelungsgefahr mehr. Sicher werden Sie sich noch vor Gericht zu verantworten haben, Frau Ostermann, das können wir Ihnen leider nicht ersparen. Aber Ihre umfassende Aussagebereitschaft wird sich dabei sicher positiv für Sie auswirken."

„Ich war ja so was von blind. Welcher Mann lässt denn seine geliebte Freundin sogar auf den Strich gehen? So viel Dummheit gehört eben bestraft."

„Können wir davon ausgehen, dass Sie mit einer Einweisung in eine Fachklinik einverstanden sind?", fragte Bert.

„Ich bitte sogar darum. Irgendwie muss ich doch wieder aus diesem Sumpf herauskommen."

„Das ist eine gute Einstellung. Haben Sie denn eigentlich schon mal daran gedacht, Ihrer Tante im Haushalt zur Seite zu stehen?", fragte Nina. „Als ich bei ihr war, habe ich gesehen, dass sie sich mit manchem schon etwas schwertut. Aber ihre Tante ist eine Frau, die ungern das Ruder aus der Hand gibt. Wahrscheinlich will sie bis zu ihrem letzten Atemzug sozusagen als Käpt'n an Bord bleiben. Da kann sie die Hilfe von Ihnen und Ihrem Bruder sicher gut gebrauchen."

„Danke, Frau Kommissarin. Das wäre sicher eine gute Idee. Und wenn ich wieder clean bin und meine Tante einverstanden wäre ..." Ihr kamen wieder die Tränen.

Sie beendeten offiziell die Vernehmung und sorgten dafür, dass Jana Ostermann in die psychiatrische Klinik nach Bad Zwischenahn gebracht wurde.

Dann setzten sie sich in Berts Dienstzimmer für eine kurze Zwischenbilanz zusammen. Das Gespräch mit Jana Ostermann hatte einige neue Aspekte ins Spiel gebracht. Kevin Güderitz konnte man nicht mehr dazu befragen, da würden Indizien herhalten müssen, so viel stand schon fest. Dabei ahnten beide nicht, dass sich noch so einiges auf den Kopf stellen würde.

***

„Jan, ich bin wieder da. Hilf mir mal mit den Transportkisten. Jan, wo steckst du?", rief Ubbo über den Hof. Dann ging er zum Haupthaus. Es war früher Nachmittag. Es konnte sein, dass Jan sich ein bisschen hingelegt hatte, das machte er öfter. Tatsächlich war Jan in seinem Fernsehsessel eingenickt.

„Moin Jan. Ich bin wieder da", weckte ihn Ubbo auf.

„Moin Ubbo." Jan schaute noch ganz weggetreten in die Welt. So langsam schien es sich in seinem Gehirn zu sortieren. „Moin Ubbo", wiederholte er. „Wie war denn die Fahrt?"

„Alles gut, Jan. Los, hilf mir mal mit den Transportkisten."

„Hast du denn nichts verkauft?" Er hatte einen Horror davor, die schrecklichen Bilder wieder auspacken zu müssen.

„Doch, sogar mehr als die Hälfte ist verkauft. Aber die restlichen Kisten müssen wir wieder auspacken. Da hilft nichts."

Sie waren inzwischen beim Transporter angekommen. Nach einer guten halben Stunde hatten sie es geschafft. Jan strengte das schwere Schleppen schon sichtlich an.

„Komm Jan, ich mache uns mal eine schöne Tasse Tee", lud ihn Ubbo in die Küche ein. „Den Tee habe ich in Berlin am meisten vermisst. Die wenigsten können dort richtig Tee kochen. Und dann fehlt bei denen auch unser Wasser und die Kluntjes, von der Sahne ganz zu schweigen."

Es dauerte eine Weile und dann hatten schließlich beide ihren heimatlichen Tee mit Kluntje und Sahne vor sich stehen. Beide verfolgten schweigend und in Gedanken versunken die Entwicklung der Sahnewölkchen in dem goldbraunen Tee. Wie kleine Cumuluswolken türmten sie sich in der Tasse auf.

„Na, Jan, was gibt es hier Neues?"

„Hier ist alles beim Alten. Wie immer. Außer ..."

„Außer was?"

„Na, ich weiß nicht, wie ich es sagen soll. So allein hier im Haus. Da hab ich immer das Gefühl, es spukt. Manchmal denke ich schon, der Sensenmann schleicht um das Haus und schaut, wann er mich endlich holen kann."

„Du weißt doch, Jan, hier gibt es nur einen Sensenmann. Und der bin ich. Und bei mir stehst du noch nicht auf dem Zettel. Außerdem habe ich dir schon gesagt, dass ich gute Verbindungen zum Jenseits habe. Und da habe ich mit dem extra vor meiner Abfahrt geopferten Hammel noch für gute Schwingungen gesorgt."

„Hat aber wohl nicht so richtig geklappt, denn es war hier immer so unheimlich ums Haus. Habe mich im Dunkeln nicht mehr vor die Tür getraut."

„Vielleicht waren ja nur die Schafe im Stall unruhig."

„Ja, die Schafe waren tatsächlich sehr unruhig. Fast jede Nacht. Und ich dachte, das ist kein gutes Omen."

„Warte mal, mir ist da vorhin etwas aufgefallen, dem ich zunächst gar keine Bedeutung beigemessen hatte. Bin gleich wieder da."

Ubbo kam nach wenigen Augenblicken bereits wieder zurück. „Komm mal mit, Jan. Ich glaube, ich habe schon einen Hinweis auf deinen Spuk gefunden."

Jan folgte ihm nach draußen. Ubbo ging in Richtung Stall. Dort im aufgeweichten Boden beim Gatter waren deutlich einige sehr große Pfotenabdrücke zu sehen. Die meisten waren von den Hufen der Schafe platt getreten, aber an einigen Stellen waren sie deutlich sichtbar.

„Jan, ich glaube, dass ein sehr großer Hund hier nachts herumstreunt. Der wird wohl von den Schafen angelockt. Und das erklärt auch, warum sie nachts dann besonders unruhig sind."

„Auf die Idee wäre ich jetzt gar nicht gekommen. Du solltest doch wieder einen Hund anschaffen. Ich habe dir das ja schon ein paarmal vorgeschlagen."

„Ach, für die paar Schafe, das lohnt doch gar nicht. Und so ein Hund braucht dann auch immer seine Beschäftigung, das weißt du doch."

Die beiden Männer gingen in die Küche zurück zu ihrem Tee. Ubbo schenkte die Tassen erneut voll und beide hingen ihren Gedanken nach.

„Und sonst war nichts, Jan?"

„Doch", sagte Jan auf einmal. „Der Fietje war da gewesen. Der wollte dich wegen des Feuers im Watt sprechen und hatte einen zusammengeschmorten Benzinkanister und einen verkohlten Stiefel dabei."

„Meinst du Fietje Sibum?"

„Ja."

„Ah, dann hat der bestimmt wieder eine Wattwanderung mit Feriengästen gemacht und dabei Sachen gefunden, die irgendwelche Schiffe haben außenbords gehen lassen. Da wird immer wieder so ein Müll angeschwemmt."

„Kann sein. Aber der dachte, dass du das verbrannt hättest. Die haben auch noch Reste von einem verkohlten Hammel gefunden … Und unser ist seitdem weg."

„Sollen sie doch, Jan. Von mir aus. Die können mich alle mal."

Dann hatte Ubbo auf einmal diesen stieren Blick, den Jan immer so an ihm fürchtete.

„Ist was Ubbo?"

Doch Ubbo gab keine Antwort und ging wortlos in sein Schlafzimmer.

Draußen hatte es gerade zu dämmern begonnen. Jan hatte inzwischen die Schafe im Stall versorgt und war in der Küche dabei, sich ein paar Eier mit Schinken in die Pfanne zu hauen, als Ubbo wieder auftauchte.

„Für mich auch ein paar, hab einen Bärenhunger. Du wolltest mir doch noch erzählen, was es Neues gegeben hat."

„Hatte ich doch schon", antwortete Jan besorgt. So etwas kam bei Ubbo in der letzten Zeit immer wieder vor.

„Dann wüsste ich das doch, Jan. Ich glaube, du wirst langsam wunderlich. Na, so etwas kommt mit dem Alter." Solch ein Gespräch hatten sie nicht zum ersten Mal und Jan wusste inzwischen, wie das enden würde. Ubbo war dann jedes Mal ausgerastet. Dann konnten auch schon mal Brocken fliegen. Und dieser stiere Blick vorhin wieder. Also erzählte er ihm die Geschichte von Fietje noch mal. Die Antworten von Ubbo waren fast die gleichen wie beim letzten Mal.

„War denn sonst noch jemand wegen des Feuers da?", stieß Ubbo plötzlich hervor.

„Ja, zwei Leute von der Polizei in Zivil. Ein Mann und eine Frau. Die Frau macht auch so was mit dem Oktagramm, wie sie sagte.

„Oktagramm? Das hat sie gesagt? Wie kommt sie da drauf?"

„Das weiß ich nicht."

„Und was haben die hier gewollt?"

„Eigentlich wollten sie dich nur sprechen. Und dann wollten sie wissen, wann du wieder da bist und ob man dich in Berlin erreichen kann. Aber das wusste ich ja alles nicht."

„Und was haben sie dann gemacht?"

„Die haben sich hier umgeschaut. Ich hab denen das auch mit dem Spuken erzählt. Auf die Idee mit dem Hund sind die aber nicht gekommen. Irgendwie hat die Frau dann was von dem Oktagramm erzählt. Das könnte vielleicht helfen. Du hattest ja auch von so was schon mal gesprochen."

„Ja und dann?"

„Sie hat dann gesagt, sie könnte mal für gute Schwingungen sorgen. Die hatten das mit den Hundespuren ja nicht gefunden und wohl auch wirklich an Spuk geglaubt. Deshalb haben die sich dann hier im Haus umgeschaut. Aber gefunden haben sie nichts. Doch, warte mal. Die Frau hat ein paar Haare von dir aus deiner Haarbürste mitgenommen, die wollte sie dann wohl mit Kräutern und dem Blut einer schwarzen Katze kochen und so für gute Schwingungen hier im Haus sorgen."

Ubbo war auf einmal hellwach. „Ich glaube, Jan, die hat deine Angst ausgenutzt und dir einen Bären aufgebunden. Und du bist sicher, dass die wirklich von der Polizei waren?" In seinem Gehirn arbeitete es.

„Absolut sicher, Ubbo. Der Mann hatte doch sogar einen Ausweis dabei. Ach ja, die haben mir auch ihre Karten hiergelassen. Das hätte ich beinahe vergessen." Jan suchte die Visitenkarten von Bert und Nina aus dem Küchenschrank heraus und gab sie Ubbo.

Ubbo schaute kurz drauf. „Kripo Wittmund. Hm. Haben die sonst noch irgendetwas mitgenommen, oder ist dir sonst noch etwas aufgefallen?"

„Nee, mitgenommen haben die sonst nichts, Ubbo. Nur die Frau hat sich einen deiner Stiefel in der Diele angeschaut. Sie hat dann so was gesagt wie: Weit ist der damit aber noch nicht gelaufen. Dann hat sie den Stiefel wieder zurückgestellt."

„Und Fietje hatte einen verkohlten Stiefel dabeigehabt, hast du vorhin gesagt?"

„Ja, und einen verschmorten Kanister."

Ubbo standen auf einmal Schweißperlen auf der Stirn. Er schien plötzlich unter hochgradigem Stress zu stehen. Jan hatte inzwischen Brot geschnitten und in einem Korb auf den Tisch gestellt. Die Schinkeneier hatte er auf die Teller verteilt. Aber Ubbo schien keine Notiz davon zu nehmen.

„Guten Appetit", sagte Jan und begann zu essen. „Greif zu, du hattest doch so einen Hunger."

Aber Ubbo hatte schon wieder diesen stieren Blick. Jan bekam es mit der Angst. So war er ihm unheimlich. Genauso, wenn er seine Geisterbeschwörungen machte. Ubbo stand auf und verschwand wieder in seinem Schlafzimmer. Es dauerte

212

eine ganze Weile, bis er schließlich zurück in die Küche kam. Er hatte seinen Umhang übergeworfen und die Stiefel an.

„Jetzt sind deine Schinkeneier aber kalt geworden", bedauerte Jan.

„Ich muss mich mit jemand treffen, Jan." Ubbo ging nicht auf Jans Worte ein. Dann verließ er das Haus und ließ den verdutzten alten Mann mit seinen sorgenvollen Gedanken allein zurück. Was um alles in der Welt hatte Ubbo jetzt wieder vor? Mit wem musste er sich jetzt unbedingt treffen? Schon bald sollte Jan die Antworten erhalten.

Kapitel 29

Bernd schaute auf die Uhr, als er mit Silke zum Besprechungsraum ging. „Jetzt machen andere Leute Feierabend und wir haben Teambesprechung. Was ist denn so wichtig, dass es nicht bis morgen früh noch Zeit hätte, frage ich mich."

„Ich auch, aber es sind noch einige Ergebnisse aus der Forensik gekommen. Ich hab sie Bert vorhin reingebracht."

„Mir schwant ja Böses."

„Ein Problem, Bernd?" Bert Linnig war gerade hinter Bernd aus der Toilette gekommen und hatte seine letzten Worte mitbekommen.

„Unser Meeting. Hätte das denn nicht bis morgen Zeit, Chef?", maulte Bernd. „Ausgerechnet heute habe ich eine wichtige Verabredung."

„Für uns zählt im Moment jede Stunde. Ab nächste Woche Mittwoch wiehert hier wieder der Niedersachsenhengst aus Hannover, wenn du verstehst, was ich meine."

„Oh mein Gott. Das hatte ich schon wieder völlig verdrängt. Dann lieber Teambesprechung, solange man noch von Team sprechen kann", zeigte sich Bernd einsichtig.

Bert grinste. „Sag ich doch."

Sie hatten den Besprechungsraum erreicht und Bert ging sofort zum Flipchart.

„So Leute, ihr wollt alle nach Hause, das kann ich gut verstehen. Bevor wir beginnen, habe ich noch eine offizielle Mitteilung zu machen. Ihr wisst ja, ab Mittwoch nächster Woche haben wir wieder die Sonderkommission aus Hannover hier. Leiter wie vor zwei Jahren. Er hat mich heute am Telefon noch mal ausdrücklich darauf hingewiesen, dass wir im Vorfeld nicht schon wieder unprofessionelle Aktionen starten sollten, wie er sich ausdrückte. Denn damit hätten wir vor zwei Jahren auch seine gute Arbeit zunichtegemacht. Und ich soll allen im Team wörtlich von ihm ausrichten, wenn wir diesmal wieder den Fall versemmeln, würden wir uns ausnahmslos danach nur noch beim Flur wischen und Toiletten putzen wiederfinden."

„Na, das sind doch mal Aussichten", kommentierte Nina. „Das motiviert doch ohne Ende."

„Machen wir es kurz. Bis auf zwei sind alle bisherigen Verdächtigen entweder durch Zeugenaussagen oder DNA-Abgleich entlastet. Das heißt konkret, sie kommen als unmittelbare Mörder weder bei dem Fall von vor zwei Jahren noch bei dem Krabbenfischer in Frage. Aber fast alle, die wir bisher im Fokus hatten, hätten zumindest ein Motiv haben können. Daher kommt natürlich nach wie vor jeder von ihnen als Auftragsmörder in Betracht. Diese Überlegung stellen wir aber erst einmal zurück."

Nina trommelte gereizt mit ihrem Kugelschreiber auf den Tisch. „Sind wir denn jetzt durch das Ausschlussverfahren der Lösung des Falles wenigstens schon irgendwie näher gekommen?"

„Kann man so sagen. Denn dadurch können wir uns jetzt auf unsere zwei Hauptverdächtigen konzentrieren. Wenn sich bei einem von beiden der Mord nachweisen lässt, dann hätten wir die beiden Fälle gelöst. Dazu möchte ich jetzt mit euch gemeinsam ein paar Fäden zusammenführen.

Fangen wir mit dem hochkriminellen Kevin Güderitz an. Wie die Autopsie bestätigt, hat er sich mit Zyankali, welches in seiner Zahnprothese versteckt war, selbst aus dem Verkehr gezogen. Die beiden Waffen, die wir bei ihm gefunden haben, gehören zu einem Überfall auf einen Geldtransporter in Bremerhaven mit tödlichem Ausgang. Dies ist für unsere Morduntersuchung allerdings von nachrangiger Bedeutung, wird aber für die Bremer Kollegen von höchstem Interesse sein. Anders sieht das bei der Messersammlung aus, die wir ebenfalls bei ihm sicherstellen konnten. Bis auf eines waren alle Messer in seiner Sporttasche unter einem doppelten Boden versteckt. Es waren mehrere dabei, die nach Auffassung unseres Rechtsmediziners als Mordwaffe in beiden Fällen in Betracht kämen. Außerdem war an einigen Blut nachzuweisen.

Allerdings leider nicht mehr geeignet, um eine DNA daraus gewinnen zu können. Und dann haben wir aus Bremen noch einen Hinweis erhalten. Silke, trägst du mal vor."

„Das erste Mordopfer, der Handelsvertreter Klaus Petersen und Kevin Güderitz haben sich persönlich gekannt. Bei einer Firmenfeier vor etwa zwei Jahren, an der beide teilgenommen hatten, war es zwischen ihnen zu einer körperlichen Auseinandersetzung gekommen. Dabei wurde Klaus Petersen erheblich verletzt. Daraufhin hat er Güderitz wegen schwerer Körperverletzung angezeigt."

„Hinzu kommt noch, dass wir aus der Vernehmung der Freundin von Güderitz wissen, dass dieser sich vor zwei Jahren hier in Neuharlingersiel aufgehalten haben soll", ergänzte Nina.

„Vielleicht wollte er sich an Petersen wegen der Anzeige rächen?", mutmaßte Bernd.

„Nicht auszuschließen. Und Güderitz ist laut seiner Freundin in der Mordnacht tatsächlich auf Nanne Gerdes' Kutter gewesen. Also käme er theoretisch in beiden Fällen als Mörder in Betracht.", fasste Nina zusammen.

„Richtig", fuhr Bert mit seiner Analyse fort. „Kommen wir zu dem zweiten Hauptverdächtigen, Ubbo de Buer aus Neuharlingersiel. Seit heute Nachmittag wissen wir, dass seine DNA zu der des Fötus der Beeke Gerdes passt. Gleichzeitig stimmt seine DNA aber auch mit der der Spermien überein, die bei Renate Petersen sichergestellt wurden. Das Problem ist allerdings, wie wir ihm nachweisen können, dass er sich auch zum Todeszeitpunkt bei den Mordopfern aufgehalten hat. Möglicherweise werden wir hier durch Ninas Aufmerksamkeit den Durchbruch erzielen können. Wenn du kurz mal berichten würdest, Nina."

„Fietje Sibum, ein Wattführer, hatte nach dem von Ubbo de Buer im Watt gelegten Feuer einen verschmorten Plastik-Benzinkanister und einen halbverkohlten Stiefel als Beweis für dessen Verstoß gegen den Umweltschutz bei uns vorgelegt. Als ich mir die Sohle des Stiefels anschaute, die Gott sei Dank nicht verkohlt war, fiel mir das Profil auf. Es ähnelt den Abdrücken in der Blutlache bei Petersen und auch bei Gerdes. Das ließ einen Zusammenhang mit unseren Morden vermuten. Daher haben wir sofort eine Untersuchung der Sohle veranlasst, das Ergebnis steht noch aus. Bin vor allem mal gespannt, ob überhaupt noch Blut an der Sohle nachgewiesen werden kann. Schließlich hatte der Stiefel ja schon eine Nacht im Watt gelegen. Aber vielleicht haben wir ja Glück."

„Warum wurde denn de Buer bisher noch nicht vernommen?", wunderte sich Bernd.

„Ganz einfach", antwortete Bert, „der befindet sich seit dem Feuer im Watt mit seinen Bildern in Berlin bei einer Ausstellung. Sein dortiger Aufenthaltsort ist uns nicht bekannt. Und für einen Haftbefehl reichten die bisherigen Erkenntnisse leider noch nicht aus. Nachdem wir jetzt einen positiven DNA-Abgleich vorliegen haben, läuft der Haftbefehl natürlich bereits. So Leute, es war mir wichtig, dass alle im Team aktuell informiert sind."

Als er gerade sein Team in den wohlverdienten Feierabend schicken wollte, betrat ein uniformierter Kollege den Besprechungsraum.

„Herr Kommissar, Sie möchten einen Jan Boeker in Neuharlingersiel zurückrufen. Es sei sehr dringend. Ubbo de Buer wäre wieder da."

Man hätte für Sekunden eine Stecknadel fallen hören können, bevor eingespielte Routine die Gesetze des Handelns übernahm.

***

Rotierende Blaulichter und Martinshörner fraßen sich weithin sichtbar und lautstark durch die sonst so friedliche ostfriesische Landschaft. Alle hatten ein Ziel: Neuharlingersiel. Eigentlich hätte es ein ruhiger Frühlingsabend an der Küste werden können. Die Sonne war bereits mit rotglühendem Licht im Westen hinter dem Horizont im Wattenmeer versunken. Doch keiner der Akteure in den Fahrzeugen hatte dafür einen Blick gehabt.

Als Bert auf den Hof des Deichschäfers fuhr, stand Jan Boeker schon in der Eingangstür.

„Kommen Sie, Herr Kommissar. Im Schlafzimmer."

„Ach, da hatten wir ja nicht reinschauen können", sagte Nina. „Da bin ich jetzt mal gespannt, was uns da erwartet."

Bert und Nina folgten Jan Boeker. Die Tür zum Schlafzimmer stand offen und flackerndes Kerzenlicht warf ein gespenstisches Licht in die Diele.

„Da", sagte Jan und zeigte auf eine Kommode, die wie ein Altar hergerichtet war. Darüber hing ein großes Schwarz-Weiß-Bild in einem Glasrahmen, welches eine hübsche junge Frau zeigte. „Das war die Mutter von Ubbo", kommentierte Jan. „Und gucken Sie mal, was da auf dem Bild steht."

„Mutter, ich komme", war dort in fahrigen Buchstaben mit einem Filzstift quer über das Bild geschrieben.

„Deswegen habe ich Sie gerufen", sagte Jan und man spürte seine Besorgnis. „Sie müssen sofort zum Watt, Herr Kommissar! Der Ubbo tut sich bestimmt was an!"

„Das haben Sie am Telefon ja schon gesagt, Herr Boeker. Deswegen sind Kollegen von uns mit Notarzt und Sanitätern vorhin sofort über den Deich zum Watt."

Bert und Nina schauten sich in dem Schlafzimmer um. Auf der Kommode waren mindestens zehn große Kerzen aufgereiht. Zwei geöffnete Koffer lagen, nur zum Teil ausgepackt auf einem Doppelbett. Daneben waren einige Kleidungsstücke achtlos auf dem Bett verteilt. Die Türen eines alten Kleiderschranks standen offen.

Auf der Kommode lagen neben den Kerzen einige Medikamentenpackungen, die sich Nina interessiert anschaute.

„Solch ein Medikament ist mir schon mal in meiner Zeit bei der Drogenfahndung in Hannover begegnet", sagte sie flüsternd zu Bert. „Das wird bei Schizophrenie verordnet, um den Patienten zu stabilisieren. Solange es regelmäßig eingenommen wird, ist normalerweise alles gut."

„Kenne ich auch", erwiderte Bert genauso leise. „Aber wenn das abgesetzt wird, dann ist alles möglich von Suizid bis Amoklauf. Das hängt natürlich auch sehr davon ab, wie stark die Erkrankung ausgeprägt ist."

„Mit Ersterem haben wir es ja möglicherweise hier schon zu tun", meinte Nina. „Hat Ubbo, als er nach Hause kam, sich irgendwie merkwürdig verhalten?", wandte sie sich dann an Jan.

„Erst eigentlich nicht. Ganz normal. Wir haben noch die nichtverkauften Bilder ins Atelier geschafft und uns zu einem Tee in der Küche zusammengesetzt. Dann wollte er wissen, ob irgendwas gewesen wäre. Ich habe ihm von Fietje Sibum erzählt. Ja und dann hatte er auf einmal wieder seinen stieren Blick."

„Hat er das öfter gehabt?", unterbrach ihn Nina.

„Kam schon mal vor. Das hat mir dann immer Angst gemacht. Dann wusste er manchmal auch einiges hinterher nicht mehr. Heute Nachmittag auch. Als er nach einer Weile wieder in die Küche kam, hatte er schon vergessen, was ich ihm über Fietje erzählt hatte. Ich hatte gerade ein paar Schinkeneier in der Pfanne. Da wollte er auch unbedingt was essen. Und dann hat er auf einmal wieder diesen Blick bekommen. Seinen Teller hat er gar nicht mehr angerührt. Der steht noch so in der Küche. Auf einmal hat er seine Stiefel und seinen Umhang angehabt. Er müsste sich mit jemandem treffen, hat er gesagt. Dann war er weg. Nachdem ich das hier im Schlafzimmer gesehen habe, habe ich sofort bei Euch in der Dienststelle angerufen."

„Ist Ubbo mal in einer psychiatrischen Anstalt gewesen?"

„Das kann schon sein, Herr Kommissar. Ubbos Vater hat über so was eigentlich nicht mit mir gesprochen. Aber ich habe mal zufällig was mitbekommen. Sein Vater hat mit irgendwem telefoniert. Und da hat er was von einer Anstalt in Berlin gesagt. Aber mehr weiß ich nicht."

Als die Drei aus dem Schlafzimmer kamen, traf gerade die Spurensicherung ein. Bert gab Sönke Nansen einen kurzen Überblick.

„Ich habe gerade auf der Herfahrt im Funk mitbekommen, dass die Seenotretter bereits mit ihrem Boot draußen sind und auch ein Hubschrauber soll schon unterwegs sein", berichtete Sönke. „Bin mal gespannt, ob wir hier auf die Mordwaffe stoßen werden."

„Wir sind dann mal zum Deich", sagte Bert. Dann holten sich Nina und er noch wärmende Jacken und Scheinwerfer aus ihrem Fahrzeug und machten sich auf den Weg.

***

„Verdammt, der ist tatsächlich ins Watt gegangen. Oder wie siehst du das?", fragte Bernd. Dabei zeigte er auf den Schäferumhang, der auf einem der Felsbrocken lag, die als Wellenbrecher den Deich schützen sollten.

„Offensichtlich", antwortete Silke und leuchtete mit ihrer Lampe in gerader Linie in das Watt hinein. Das Wasser war bereits bis kurz vor der Steinkante aufgelaufen und verschluckte das Licht des Scheinwerfers.

„Von dem Mann ist nichts zu sehen", stellte sie fest.

„Da werden wir auf die Seenotretter warten müssen", sagte Bernd und rief über sein Handy bei der Seenotrettungsstation im Hafen von Neuharlingersiel an. Von dort erfuhr er, dass bereits das Rettungsboot und auch ein Hubschrauber unterwegs seien.

Inzwischen waren auch der Notarzt und die Sanitäter mit einer Trage eingetroffen.

„Von dem Deichschäfer ist nichts zu sehen, nur seinen Mantel haben wir hier gefunden. Der Seenotrettungsdienst ist bereits alarmiert und auch ein Hubschrauber ist schon auf dem Weg hierher", informierte Bernd den Notarzt.

„Viel Hoffnung, den Mann noch lebend bergen zu können, kann ich bei den gegenwärtigen Wassertemperaturen nicht machen", sagte der Arzt. „Zumal wir auch keine genauen Angaben darüber haben, wann er ins Watt gegangen ist."

„Mit unseren kleinen Funzeln können wir auch nicht weit rausleuchten", seufzte Silke.

„Nein", stimmte der Notarzt zu, „von hier werden wir da nicht viel ausrichten können. Mal sehen, was die Rettungsleute finden. Die kennen sich mit so etwas besser aus und haben auch stärkere Scheinwerfer."

Im selben Augenblick tauchte auch schon der Suchscheinwerfer des Seenotrettungsbootes in der Ferne auf. Bis zum Hafen war es ja nicht weit, so dass das watttaugliche Boot relativ schnell das Suchgebiet erreicht hatte und sehr schnell näher kam.

Bernd sah Bert und Nina gerade den Deich herunterkommen, als sich der Einsatzleiter des Rettungsbootes bei ihm über Funk meldete. Er informierte ihn über den Stand der Dinge und dass sie an ihrem gegenwärtigen Standort den Mantel des Mannes gefunden hatten.

„Wir sehen ihre Lampen", schnarrte es aus dem Funkgerät. „Bleiben Sie am besten dort stehen, dann können wir uns von da aus orientieren. Ganz bis ans Ufer kommen wir mit unserem Boot nicht ran. Aber wir werden von hier aus bereits mit einer systematischen Suche beginnen."

„Wann wird denn der Hubschrauber etwa hier sein?", erkundigte sich Bert, der inzwischen bei Bernd eingetroffen war.

„Der ist zwar bereits unterwegs, wird aber wohl noch eine Weile brauchen. Weiß man denn in etwa, wann der Mann ins Watt gegangen ist? Denn dann können wir zumindest grob einschätzen, wie weit er dem Wasser entgegengehen musste."

„Könnte ein bis zwei Stunden her sein", antwortete Bert. „Genauer wissen wir das nicht."

„Das macht uns die Sache nicht gerade einfacher. Dafür sind die Wetterbedingungen heute aber relativ gut. Wenig Wind und gute Sicht

Das Boot begann mit der Suche, dazu kreuzte es jeweils etwa 100-200 Meter, vom Standort der Polizisten aus gesehen, quer zum Ufer nach rechts und links. Dabei kam es langsam immer näher zum Ufer hin, während der Suchscheinwerfer stetig über das Wasser strich. Die Mannschaft kannte sich offensichtlich aus, auch mit den unterschiedlichen Strömungen in den Prielen.

Nach einer guten halben Stunde tauchten in der Ferne die Positionslampen des Hubschraubers auf. Das Seenotrettungsboot hatte bereits zuvor Funkkontakt aufgenommen und die Besatzung in die Lage eingewiesen.

Es war schon ein gespenstisches Bild, wie unten das Boot hin und her kreuzte und oben der Hubschrauber immer quer zur Küstenlinie hin und her flog.

Plötzlich schien die Hubschrauberbesatzung etwas entdeckt zu haben, denn der Helikopter stand in der Luft. Dann ging er langsam etwas tiefer. Das Rettungsboot nahm auch Kurs dorthin auf. Kurz darauf wurde jemand aus dem Hubschrauber abgeseilt. Es dauerte eine Weile und dann wurden zwei Personen nach oben gezogen.

Bert hatte noch ein Nachtglas aus dem Auto mitgenommen und beobachtete damit die Bergung. Und dann kam der Hubschrauber auch schon auf sie zugeflogen.

Über Funk meldete sich die Besatzung des Rettungsbootes: „Der Hubschrauber hat den Mann am Rand einer Sandbank gefunden. Er ist von dem auflaufenden Wasser dort angetrieben worden. Er ist tot. Sie bringen ihn jetzt zum Deich, das ist dann euer Part. Unser Einsatz ist damit erst einmal erledigt."

„Danke für die Unterstützung und gute Heimfahrt", antwortete Bernd.

Der Pilot setzte den Hubschrauber vorsichtig auf der Deichkrone ab. Bei laufendem Rotor wurde der Tote auf einer Trage aus dem Helikopter herausgehoben. Zwei Männer von der Besatzung trugen ihn einige Meter vom Hubschrauber weg und übergaben den Leichnam dem Arzt und den Sanitätern.

Nachdem sie die Formalitäten abgewickelt hatten, bestiegen sie wieder den Hubschrauber. Dieser hob kurz darauf ab, um zu seinem Stützpunkt zurückzufliegen.

„Wir können den Leichnam in unserem Rettungstransportwagen nicht mitnehmen, das wissen Sie ja", sagte der Arzt zu Bert.

„Aber es wäre schon hilfreich, wenn Ihre Leute ihn mit der Trage bis zum Haus bringen würden. Unser Rechtsmediziner wird sich dann um das Weitere kümmern."

„Weil Sie es sind."

Die Karawane setzte sich in Richtung Haus in Bewegung. Nina hatte den Mantel mitgenommen, um ihn dann der Spurensicherung zu übergeben. Hatte die Suche nach dem zweifachen Mörder hier bereits ihr dramatisches Ende gefunden? Die Antwort sollte nicht lange auf sich warten lassen.

Kapitel 30

Bert Linnig hatte sein Team zusammengerufen. Die Suche nach dem Deichschäfer war nun schon einige Tage her. Inzwischen lag auch das Ergebnis der Untersuchung des verkohlten Stiefels vor und Bert informierte sein Team.

„Vorweg die Nachricht des Tages, die euch sicher freuen wird", verkündete er. „Der Niedersachsenhengst wird weiterhin nur aus Hannover wiehern. Die Sonderkommission mit diesem Sonderspezialisten als Leiter ist uns diesmal erspart geblieben und natürlich auch das Toiletteputzen."

Heftige Beifallsbekundungen zeigten die Freude des Teams.

„Ich ziehe mein Urlaubsgesuch zurück", rief Nina in den Raum, was mit schallendem Gelächter honoriert wurde.

„Nina, dir nochmals Anerkennung und Respekt! Leute, an diesem Beispiel könnt ihr sehen, was gute Polizeiarbeit ausmacht. Nicht nur auf das Vordergründige und Offensichtliche zu achten. Wenn Nina das getan hätte, dann wäre der Stiefel aus dem Watt wahrscheinlich in der Asservatenkammer auf Nimmerwiedersehen verschwunden, als Beweisstück für eine Umweltschutzanzeige. Aber Nina hat weitergedacht. Nach einem kurzen Blick auf die Sohle des verkohlten Stiefels, hat sie diesen zur entsprechenden Untersuchung an die SpuSi gegeben. Und auch das gehört zu guter Polizeiarbeit dazu, Intuition."

Die letzten Worte gingen fast im anerkennenden Klatschen des gesamten Teams unter.

„Also im Detail", fuhr Bert fort, „es waren bei dem Stiefel nur Teile des Oberleders verbrannt gewesen. Und in der Sohle hatte angetrockneter alter Schlamm die darunterliegenden Blutreste konserviert. Trotz der Nacht im Salzwasser war es dem kriminaltechnischen Institut gelungen, die Blutspuren in der Stiefelsohle zu analysieren. Es war eindeutig das Blut des ermordeten Krabbenfischers Nanne Gerdes. In Bezug auf den Petersen-Mord vor zwei Jahren kam die Forensik zu dem

Ergebnis, dass das Profil der Sohle mit der Trittspur in der Blutlache übereinstimmt. Auch das Messer hat unsere SpuSi im Haus sichergestellt. Daran konnte ebenfalls Blut von Gerdes nachgewiesen werden. Damit steht fest, Ubbo de Buer war in beiden Fällen der Mörder."

„Einem weltlichen Gericht hat er sich ja entzogen. Aber hätte man ihn strafrechtlich überhaupt zur Verantwortung ziehen können?", zweifelte Nina.

„Hundertprozentig wird sich das natürlich jetzt nicht mehr feststellen lassen. Fest steht aber, dass sich Ubbo de Buer tatsächlich in psychiatrischer Behandlung befunden hat. Ganz offensichtlich hatte er den Freitod seiner Mutter im Watt, den er als Kind hatte mit ansehen müssen, zeit seines Lebens nicht verkraftet. Nach dem forensischen Gutachten ist wohl davon auszugehen, dass in seiner geistigen Erkrankung tatsächlich die Ursache für seine Morde zu finden ist. Dabei hätten auch Ängste vor Liebesentzug eine ganz entscheidende Rolle gespielt."

„Wo besteht denn da ein Zusammenhang?", fragte Silke.

„So wie es in unseren beiden Fällen aussieht, hatten die Frauen die Liebesbeziehung zu ihm beendet. Die Ursache dafür sah Ubbo de Buer jeweils in den Ehemännern. Im Fall vor zwei Jahren mag das auch tatsächlich so gewesen sein. Wahrscheinlich, weil der Ehemann von Renate Petersen durch seinen Gehirntumor nicht mehr lange zu leben gehabt hätte. Bei Beeke Gerdes ist aber wahrscheinlich das neue Verhältnis zu diesem Fitness-Trainer der tatsächliche Grund gewesen."

„Mensch Bert, was für eine Tragik", resümierte Nina. „Da bringt Ubbo de Buer den Ehemann der Beeke Gerdes um, weil er glaubte, sie an diesen verloren zu haben. Aber in Wirklichkeit hat die ihn wegen ihres neuen Verhältnisses mit dem Bodybuilder zurückgewiesen. Und der hat Glück gehabt!"

„Dann ist der Krabbenfischer ja eigentlich völlig grundlos gestorben", warf Silke ein. Dieser Gedanke passte nicht ihn ihr doch etwas empfindsames Gemüt. „Aber wenn ich mir nur vorstelle, wie de Buer als Kind mit ansehen musste, wie seine geliebte Mutter ins Watt ging und nicht mehr zurückkam - das muss für ein Kind doch ein Trauma gewesen sein!"

„Davon geht das forensische Gutachten tatsächlich aus, Silke", antwortete Bert.

„Dann ist Kevin Güderitz ja in unseren Fällen völlig entlastet, oder? Da fragt man sich doch wirklich, warum er dann Suizid begangen hat?", überlegte Nina laut.

„Das ist fast der klassische Fall, wo normalerweise ein Opfer zur falschen Zeit am falschen Platz ist. Den Güderitz in der Rolle eines Opfers zu sehen, fällt mir allerdings wirklich schwer. Aber er war wohl tatsächlich einfach nur in beiden Fällen zur falschen Zeit am falschen Ort und ist daher in unser Visier geraten. Und über den Grund für seinen Suizid können wir nur spekulieren. Da hat offensichtlich auch dieser Anwalt eine gewisse Rolle gespielt. Möglicherweise hatten auch die bei ihm gefundenen Waffen damit zu tun. Aber das zu untersuchen, wird Sache unserer Bremer Kollegen sein."

„Und was wird aus Jana Ostermann?"

„Das werden wir hoffentlich unter der Überschrift: Ende gut alles gut, verbuchen können. Die Tante hat sich bei uns gemeldet und sich bedankt. Sobald Jana Ostermann aus dem Entzug kommt, wird sie bei ihrer Tante einziehen und ihr den Haushalt führen. Aus heutiger Sicht war sie auch weniger Täterin, als vielmehr selbst ein Opfer von diesem Güderitz."

„Dann hat sich jetzt doch alles geklärt!" Nina sah Bert vielsagend an.

„Hat es. Euch allen ein großes Lob! Ihr wart mal wieder ein tolles Team! Die Wand räumen wir morgen ab. Für heute ist Dienstschluss."

Und als Bert mit Nina allein im Raum war, fügte er noch hinzu: „Nina, ich glaube, wir haben uns einen entspannten gemeinsamen Abend verdient."

Nina wollte gerade antworten, als Silke noch mal zurückkam. „Bert, da war ein Anruf. Du möchtest bitte mal eine Kriminalhauptkommissarin a. D. Heike Grabowski in Neuharlingersiel zurückrufen."

Ostfrieslandkrimi Empfehlungen
des Klarant Verlages

In der Reihe „Bert Linnig und Nina Jürgens ermitteln" von
Rolf Uliszka sind weitere Ostfrieslandkrimis als Taschenbuch
und eBook erschienen!

Für Serien-Fans genau richtig:

*Bert Linnig leitet die Mordkommission der Kripo Wittmund im
Nordosten Ostfrieslands. Er und seine Kollegin Nina Jürgens
sind nicht immer einer Meinung, wenn es um die Vorgehens-
weise bei einer Mordermittlung geht. Ihre „Nicht-Beziehung"
nach einer gemeinsam verbrachten Nacht macht die Zusam-
menarbeit auch nicht leichter. Doch sind sie professionell genug, um die atmosphärischen Störungen auszublenden und gemeinsam erfolgreich Mordfälle zu lösen.*

*Beharrlich und einfühlsam ermitteln die beiden erfahrenen
Kommissare, denn die besondere Herausforderung ist oftmals
die ostfriesische Mentalität...*

Klarant Verlag

Lernen Sie die Ostfrieslandkrimi-Titel des Klarant Verlages kennen und besuchen Sie uns im Internet unter:

www.ostfrieslandkrimi.de

und

www.klarant.de

Sie können dort Näheres über unsere Autoren erfahren, viele weitere interessante Bücher und eBooks finden und Leseproben herunterladen. Mit dem kostenlosen Newsletter auf

www.ostfrieslandkrimi-lesen.de

erhalten Sie aktuelle Informationen rund um das Verlagsprogramm, wie beispielsweise spannende Neuerscheinungen und Gewinnspiele.